O TEMPO DAS BORBOLETAS

Ramayana Adolfo,
outubro 2020.

O TEMPO DAS BORBOLETAS

Andrea Portes

Tradução
Alice Mello

HarperCollins
Rio de Janeiro, 2016

Título original: The Fall of Butterflies

Rua Nova Jerusalém, 345 – Bonsucesso – 21042-235
Rio de Janeiro – RJ – Brasil
Tel.: (21) 3882-8200 – Fax: (21) 3882-8212/831

CIP-BRASIL. CATALOGAÇÃO NA PUBLICAÇÃO
SINDICATO NACIONAL DOS EDITORES DE LIVROS, RJ

P879t

Portes, Andrea
O tempo das borboletas / Andrea Portes ; tradução Alice Mello. - 1. ed. - Rio de Janeiro : HarperCollins Brasil, 2016.
288 p. : 23 cm.

Tradução de: The fall of butterflies
ISBN 978.85.695.1425-1

1. Ficção americana. I.Mello, Alice. II. Título.

16-35274 CDD: 813
CDU: 821.111(73)-3

Para meu filho, Wyatt,
meu sol, minha lua
e minhas estrelas.

E para meu marido, Sandy,
minha montanha, meu oceano
e minha estrela-guia.

PARTE I

UM

Aposto que você nunca pensou que estaria sentado na mesa dos excluídos. Não se preocupe. Você se acostuma. Confie em mim. Mas há algumas regrinhas aqui, então vamos aos fatos.

Vamos dar a volta na mesa, pode ser? No sentido horário... Garoto Alérgico a Amendoim, Garota Freio de Burro, TOC e eu. Provavelmente você quer saber os nomes deles. Olhe, não vou tentar disfarçar. Tem um motivo para eu não contar. Chegaremos nessa parte. Calma. Por que você está me apressando?

Talvez tenha que cuidar dessas pessoas quando eu partir, ok? Tipo, a Garota Freio de Burro é bem tranquila. E, sinceramente, o Garoto Alérgico a Amendoim também. Tirando o fato de que precisa se certificar de que não tem nenhum tipo de noz perto dele, nem pinhão, sério. Se ele comer nozes, vai inchar como um baiacu e você vai precisar enfiar uma injeção de adrenalina na coxa dele, senão ele morre. Não estou exagerando. Ele vai morrer, literalmente. Não esquenta. Não quero botar nenhuma pressão. Mostro como fazer antes de ir.

Na verdade, você precisa ficar de olho mesmo é no TOC. Porque se você não arrumar os potes de sal, pimenta, ketchup e mostarda em uma fileira, tipo, numa fileira perfeita, paralela à mesa, bem, ele meio que começa a se debater e depois chora e treme e grita que vamos todos morrer. Mas não tem problema. Ele toma remédio. Um pequeno detalhe, às vezes ele esquece de tomar e então, do nada, a posição dos condimentos é responsável pelo fim do mundo. É melhor botar tudo no lugar certo logo de uma vez. Por que arriscar?

Dá para imaginar que toda essa concentração de bizarrice em um só lugar resulte em muita porrada. Você nunca esteve tão certo. Mas não tem problema. Geralmente eu pago o pato. Meio que estou aqui para isso. Também é, mais ou menos, por isso que estou aqui. Eu era uma adolescente normal que odiava a escola e caiu de paraquedas nessa coisa de Escola Pública. Em uma espécie de purgatório. Um lugar seguro.

Mas eu meio que enlouqueci no décimo ano e decidi defender o Garoto Alérgico a Amendoim depois de colarem pela milésima vez um cartaz nas costas dele escrito “Alergia a Pingulim”. Na verdade, ele tentou se defender, o que não era permitido pelos populares, que sentiram uma alegria daquelas que deixam o rosto corado ao jogarem ele na lixeira mais próxima e depois rolaram a lata corredor abaixo entre o quarto e o quinto tempo.

Olha, eu não sei o que me deu. Mas seja lá o que for, veio como um turbilhão. Na primeira parte eu gritei com eles e os chamei de neandertais idiotas com o QI de um bloco de concreto. Na segunda parte, eles me botaram em uma lixeira e me lançaram pelo mesmo corredor anteriormente mencionado entre o quarto e o quinto tempo. Na terceira parte, eu sentei na mesa dos excluídos para todo o sempre. Não tem problema. Quer saber de um segredo?

Eu gosto daqui.

Este é o lugar ideal para mim.

É. Na mesa dos excluídos. Qual foi?

Pelo menos não preciso me emburrecer ou fingir que me interesso por futebol americano ou falar sobre os prós e os contras de usar laquê. Aqui, é perfeitamente normal eu ficar encarando o nada por uma hora inteira, e ninguém me incomoda. Só preciso me certificar de que a mesa esteja *sans* amendoim, de que os condimentos estejam enfileirados e de que não tenha nada muito fibroso que possa ficar preso no aparelho. Fácil, né?

Eu teria ficado aqui alegremente. De verdade. Tipo, para sempre.

Neste exato momento, TOC e Garoto Alérgico a Amendoim estão fantasiando sobre o ano que vem. Sobre o que vai acontecer quando eu voltar da costa leste, que eles chamam de a Costa Besta, e dizem que vou comer sanduíches de lagosta, mudar meu sotaque e ser molestada por um Kennedy. Garota Freio de Burro acha que eu deveria investir em muitos blazers azul-marinho e quem sabe até inventar um brasão falso para a minha família.

E não tenho a coragem de dizer a verdade para eles. Não tenho a coragem de dizer que não vou voltar. Não tenho coragem de dizer que tenho um plano em duas etapas. Mas para você eu conto, ok? Contanto que você guarde segredo. Está pronto? É um plano simples, na verdade.

Me mudo para a costa leste.

E...

2) Me mato.

DOIS

Quer saber o que aconteceu?

Está bem. Posso explicar tudo.

É por causa do "deveria".

Aham, uma única palavra. É esse o motivo disso tudo.

Parece maluco? Não vai achar isso por muito tempo. Não depois que eu contar a história toda. E essa parte? É sobre a história que você quer ouvir.

Então, é isso. "Deveria."

Se a questão envolve "deveria" ou "deveria ser", estamos, sem sombra de dúvida, falando da minha mãe.

Se a questão envolve "o jeito como as coisas são", estamos falando do meu pai.

E "o jeito como as coisas são" não é nunca, jamais, bom o suficiente.

Não. Não para a minha mãe.

Não que ela more aqui. Ela mora na França. Nos arredores de Paris. Em Fontainebleau. Na *floresta de Fontainebleau*. É, na verdade ela é uma fada. Isso não tem a maior cara de fábula? Mas calma aí, vamos chegar lá, porque isso é uma treta nervosa.

Se você acha que meu pai e eu moramos em Paris ou na França ou em *Fontainebleau*, vai ter uma surpresa. Não, nós somos de um lugar muito glamoroso que você talvez conheça. É a última moda. Só se fala disso. Consegue adivinhar? Ok, aqui vai.

What Cheer, Iowa.

Aham, isso aí. What bosta Cheer. Você deve ter achado que eu espirrei enquanto a gente falava, mas não. Não. Esse é o nome da cidade. What Cheer.

Existem muitas teorias sobre o nome da cidade. Tenho bastante certeza de que sua principal finalidade é confundir as pessoas quando conto de onde sou.

A história que o povo mais gosta de contar é a versão na qual, antigamente, todos os moradores — quero que você imagine aqui um monte de gente de macacão, quem sabe alguém fumando um cachimbo de espiga de milho, outra pessoa com um cinto feito de corda e um senhor gentil de terno preto e cabelo grisalho, feito George Washington — se reuniram na prefeitura para dar um nome à cidade. Ninguém concordava. Começam a se insultar e a cuspir acusações. Talvez tenham arremessado uma cadeira.

Finalmente, a situação ficou tão caótica e demagoga que a única pessoa respeitável na reunião, imagino que tenha sido o cara com o cabelo de George Washington, declarou: "Muito bem! A próxima pessoa que entrar pela porta, a primeira coisa que ela disser SERÁ o nome da cidade!"

E, então... do nada, um forasteiro solitário entra. Imagino que nessa hora todos tenham ficado calados. Quem sabe uma bola de feno passou na frente do local. Talvez até os ratos tenham ficado imóveis com tanta expectativa. Um morador gentil disse "Entre, senhor. Sente-se." E o forasteiro "Atchim!", mas ninguém ouvia nada, porque tinham todos deixados suas trombetas auditivas em casa ou algo do tipo, e então todos disseram: "What Cheer!" E, assim, foi criada a primeira e mais constante fonte de desconforto na minha vida. What Cheer, Iowa.

Os locais amam entreter as pessoas com essa história. Eles contam com um entusiasmo e tanto. Na parte final, todo mundo ri, balança a cabeça e finge que não ouviu tudo aquilo mil vezes.

Ah, sim. Posso tagarelar sobre essa história e mais um milhão de outras lendas sobre What Cheer que deixam o povo local orgulhoso, mas no momento vamos nos concentrar no fato de que a população da cidade é de 646 moradores. Na verdade, 645, se estiver contando comigo.

Porque neste instante, se estiver olhando para mim, vai ver que estou em um trem. Pode me ver ali? Sou a garota de cabelo desgrenhado ruivo, com uma boca engraçada. Não faça piada com a minha boca — todo mundo precisa de uma boca e simplesmente a minha é esquisita. Na verdade, não é esquisita, só meio grande. Tenho uma boca grande. Em todos os sentidos. Primeiro que a boca é literalmente grande e, segundo, que a boca está frequentemente aberta, perguntando bastante — ok, talvez demais — sobre todo tipo de coisa. Mas eu quero saber mesmo é o que veio primeiro? A boca grande ou a "boca grande"? Não dá muito para viver com uma boca dessas sem, de praxe, acabar usando-a bastante para perguntar coisas que todo mundo quer saber mas ninguém quer perguntar. Se eu tivesse nascido com uma boca fina, como a da Kristen Stewart ou coisa assim, aposto que sempre ficaria calada e saberia meu lugar. Aposto que usaria muita roupa bege. Aposto que me banharia em bege.

Mas não foi o que aconteceu.

Aconteceu que eu tenho uma boca engraçada, o que, por definição na existência humana, faz de mim uma "boca grande". E, mais, eu tenho um pai falido, porque ele e a minha mãe são divorciados. Então, tenha uma criança com uma personalidade arrogante, crie tal criança em um lugar chamado What Cheer e dê zero dinheiro a ela (Obrigada, família falida!), aí você terá eu. Uma garota que precisa comprar roupas em brechós e nunca para de fazer perguntas.

Eles chamam isso de "exótico".

Eu chamo de "Se eu não estivesse vestindo essas roupas de brechó, eu estaria usando um barril como vestido".

Se eu tivesse nascido com uma boca pequena e uma família rica, teria vestido bege até a chegada das vacas loucas. Ou dos zumbis. O que quer que pessoas ricas esperem que chegue.

Eu poderia ter um cabelo alisado e diria coisas como "Para fazer uma pedicure caseira, banhe seus pés em um gel de mil dólares feito de ovos raros de dodô" igual àquela mulher famosa que tem um "blog de estilo de vida". Já reparou como essa loura branco-azeda está sempre pagando mico? Sabe de quem estou falando. Pode admitir. Eu tenho uma teoria de que ela não é completamente sem noção ou privilegiada demais ou *simplesmente transcendental demais*. A minha teoria: ela é burra. Pronto, falei.

Mas não estamos contando a história dela. Nossa, isso seria um tédio.

E o trem já partiu. Literalmente. Tipo, o trem deixou a plataforma há quinze minutos e agora estou indo conquistar o mundo. E ao dizer "conquistar o mundo", quero dizer, "me acomodar confortavelmente em uma tumba construída por mim mesma e então dar um fim a tudo com um toque dramático". Ainda estou decidindo os detalhes finais, pouco a pouco. Gostaria de ver as acomodações antes de tomar uma decisão precipitada.

Diria que passo oitenta por cento do ano sentada aqui entre TOC, Garota Freio de Burro e Garoto Alérgico a Amendoim. Qual é o melhor método? Qual o melhor momento? Será que é melhor ir de forma silenciosa, sem ninguém saber de nada, e aí simplesmente esbarrarem comigo em algum lugar, como no depósito da biblioteca? Ou é melhor um salto dramático do alto da torre de relógio gigante que eles mostram para todo mundo nos folhetos?

Mas, olha, TOC, Freio de Burro e Amendoim não faziam ideia de que, ao se despedirem de mim, jamais me veriam novamente. Eu disfarcei. Tipo, para que deixá-los tristes? Acho que eles já têm problemas o suficiente, não?

Estaria mentindo se dissesse que não vou sentir saudades deles. Vou sentir saudades para caralho. Esse plano? Fazer eu me mudar para a costa leste? Para que eu fique sofisticada? Vire uma cidadã respeitável da sociedade? Sinceramente? É diabólico.

Então fiz um pacto comigo mesma. Não pense neles. Esconda-os no fundo da mente e nunca pense neles de novo. Ou, pelo menos, tente. Eu não quero chorar todos os dias, quero? Isso não seria sofisticado.

Aposto que você está se perguntando por que não estou indo para o oeste. Não é para lá que todo mundo vai? Não parece ser assim no final de todo filme, livro ou sei lá o que, quando o machão principal dá de ombros ou tem um momento de reflexão ou mata o vilão antes de pegar um trem, avião ou cavalo em direção ao oeste — onde o sol brilha o tempo todo e as palmeiras o abanam na hora de dormir?

É de se pensar o que todo mundo faz quando chega lá.

Aposto que olham em volta e dizem: "Ãhn."

Aposto que a Califórnia inteira meio que dá de ombros e volta a focar em sua dieta detox.

Então, caso esteja se perguntando, não. Não, não estou indo para a Califórnia. Afinal, estamos no começo da história, não é? Se eu fosse para lá agora não seria adequado. Aposto que acabaria nas ruas formando uma dupla criminosa com um cara chamado Spike.

Não, não. Esta história é sobre o "deveria". Tipo, eu "deveria" ser mais sofisticada a essa altura, segundo minha mãe. E "deveria" ser menos bizarra se eu quiser chegar a algum lugar em uma universidade importante onde não vou estudar. Enviar uma pessoa para a Califórnia para que ela fique mais sofisticada é o mesmo que mandar alguém ao McDonald's para perder peso.

Não, para assegurar essa sofisticação de extrema importância, estou a caminho da escola Pembroke, na costa leste. Ah, você nunca ouviu falar da Pembroke? Talvez seja porque é basicamente um segredo e ninguém pode estudar lá a não ser que os pais estejam no círculo social deles, ou se o tatatatataravô de um dos alunos tenha chegado no *Mayflower*, ou se seu nome for Sasha ou Malia. Se não tiver nada disso, pode esquecer. Nem pense no assunto. Vai te deixar deprimido.

Então, como que uma bocuda esquisita e maltrapilha caipira, como a que vos fala, consegue uma vaga em um lugar que obviamente deveria rejeitá-la e repudiá-la antes mesmo que ela pronunciar o nome da instituição? Bem, esta é a melhor parte.

Então, já ouviu falar de uma teoria financeira chamada "A lógica da Ação Coletiva"? Sabe, a tal "teoria em ciência política e econômica sobre benefícios concentrados versus custos difusos, e o argumento central de que o interesse concentrado da microeconomia será super-representado e o interesse da macroeconomia será atropelado, por causa do problema de *free-riders*, que é mais forte quando um grupo se torna maior"?

Claro que não.

Ninguém ouviu falar.

A não ser que você seja um economista. Ou um banqueiro. Ou um cientista político. Ou qualquer um que se importa muito com dinheiro e poder, basicamente porque você já tem dinheiro e poder e precisa ter certeza de que continuará tendo dinheiro e poder, enquanto todo o resto fica se perguntando onde estão todos os empregos, ou por que trabalham quarenta horas por semana e ainda assim não conseguem comprar comida.

Muito bem, essa teoria, impossível de entender, foi o trabalho principal e mais importante de... rufem os tambores, por favor... minha mãe. Basicamente todos naquele microcosmo do mundo, do dinheiro e poder, conhece a teoria e a minha mãe.

Não "conhece", exatamente. "Idolatra" é mais preciso.

Sim. Ela é idolatrada.

Eu sei, é estranho.

E, por causa disso, ela escreveu um zilhão de livros e visitou um zilhão de investidores e trabalhou não apenas para um, mas dois presidentes. Tipo, no gabinete deles. Você entendeu. Ela é uma toda-poderosa. Suuuper importante.

Não fique com inveja, ela não é uma pessoa legal.

Assim, mesmo se estiver cogitando sentir inveja, talvez deva jogar essa ideia pela janela, descer correndo as escadas e abraçar sua mãe normal, que talvez não tenha criado uma teoria econômica famosa, mas quem sabe se lembra do seu aniversário, ou do Natal, ou que você existe. Confia em mim. Se você tem uma mãe e ela apareceu em, quem sabe, UM evento da sua vida, um jogo, peça da escola ou na apresentação de Natal em que você representou o papel de Maria (MARIA, em nome de Deus!) — bem, então você está melhor do que eu. E está bem de vida, meu caro.

Isso tudo serve para uma coisa, no entanto: a escola Pembroke.

Porque, em lugares como esse, se o lugar não é determinado ao nascer, é preciso que alguém dê um telefonema. E quando um ex-presidente liga, você atende. Mesmo que o tal ex-presidente seja, sabe, um amigo ligando para outro amigo. Para conseguir uma vaga para a filha de uma amiga.

É assim, entendeu? É assim que as coisas funcionam nesses lugares.

Ah, você achou que era uma seleção pela melhor candidata?

Viajou muito.

Esse é o tipo de coisa que você não deveria saber. Tem um posto de gasolina na entrada da cidade, na entrada de What Cheer. E o meu pai teve que parar de frequentar o posto. Pelo menos quando estou no carro. Por quê? Porque eles moram lá. A família inteira. O frentista, a mulher dele, as três crianças. Moram bem ali. Em cima do posto de gasolina. Dava para ver as crianças espiando pela porta da frente, escondidas, apenas de bermuda. E o mais novo, um bebê, só de fraldas. E o meu pai teve que parar de me levar junto. Porque toda vez eu dava um chilique e dizia que precisávamos voltar e dar umas roupas novas para aquelas crianças, e quem sabe comida, e que "não é justo, pai. Simplesmente não é justo, não é JUUUUUUSTO".

E o meu pai ficava lá, tentando me acalmar. "Xiu, tudo bem. Xiiu, a gente volta. Ok? Está bem, filha?" Mas dava para ver que parte dele se questionava, sabe? Questionava se sua filhinha talvez não tinha um parafuso a menos. Se talvez a filha dele não era uma daquelas garotas que inevitavelmente seria levada para um hospício.

Mas e aquelas crianças que moram em cima do posto de gasolina? Quem faz ligações por elas? Quem pega o telefone para ter certeza de que elas vão estudar em uma boa escola? Ou terão algo para comer? Ou até mesmo se terão sapatos?

Ninguém. É isso aí.

Então, com licença, que vou ali me matar.

Brincadeira. Não posso me matar. Ainda nem saímos de Iowa! Fala sério, seja paciente. Qual é o seu problema?

Assim, neste momento, estamos olhando para uma garota falida de dezesseis anos, vestida em roupas de segunda mão, a caminho de uma escola esnobe na costa leste.

A adolescente de dezesseis anos está se recuperando de uma despedida chorosa e ranhenta de seu grupo heterogêneo de almoço — um grupo que, apesar das adversidades, ela NÃO queria abandonar. Esta adolescente também pode ou não estar com uma foto do garoto por quem ela era obcecada para ser seu par no baile do colégio, garoto cujo nome ela não ousa pronunciar, e foi arrancada sorrateiramente de um anuário na biblioteca da escola.

Ok, Gabriel. Ele se chama Gabriel.

Na verdade, Gabe, mas eu o chamo de Gabriel. Quando falo com ele na minha imaginação. Porque ele obviamente é um anjo enviado pelos céus. E ele gosta quando eu o chamo de Gabriel. Na minha imaginação.

Não contei sobre a despedida do meu pai. Sinceramente, acho que se eu contar vou começar a chorar tudo de novo. Meu pai tentou não chorar. Ele estava tentando ser forte. Meio que como um caubói. Como um caubói magrelo que aperta os olhos quando olha ao longe. E eu gostaria de dizer que não importa. Que nada disso importa.

Mas importa. Porque ninguém precisa dizer adeus ao próprio pai por causa de um "deveria".

A pessoa que inventou essas regras pode ir para o inferno.

Sabia que a minha mãe até me enviou um moletom de Princeton? Como se a coisa toda estivesse escrita nas estrelas. Pembroke e, em seguida, Princeton.

Neste exato momento, a adolescente de dezesseis anos certamente não está vestindo um moletom de Princeton, mas sim passando pelo vagão de comida e pensando, "Preciso de um drinque". Mas não se preocupe. Ela não bebe. Porque se uma garota como essa começa a beber agora, bem, vamos ser sinceros, ela ficará a dois passos do fundo do poço logo de cara.

Então, não está totalmente fora de cogitação que ela esteja na sarjeta em setembro.

E já estamos em 31 de agosto.

TRÊS

É assim que acontece... você passa por uma cidade pequena depois da outra, algumas paradas, algumas quase paradas que acabam não sendo paradas. Às vezes você chega em uma cidade grande. Davenport. Rockford. Chicago. E então acontece um tumulto e todo mundo enlouquece tentando pegar as tralhas, conferir o assento, o bagageiro superior, conferir, conferir, conferir. Mas é só um bando de lixo, na verdade. Não tem nada realmente necessário aqui. Talvez a identidade e alguns dólares. Mas e aquele casaco, aquela revista *Us* e aqueles Cheetos? Você não precisa de nada disso. Acha que precisa, mas ninguém precisa de verdade. Deixe para trás e pronto.

Quando o trem chega na estação de Chicago, o barman do café já deixou suas intenções bem claras. Ele gostaria de almoçar. Em Chicago. Comigo. Disse algo sobre pizza de massa grossa, mas tenho quase certeza de que tem outra coisa em mente. Outro tipo de coisa grossa.

Eu sou jovem *demais* para ele, mas isso nunca parece um fator impeditivo. Quando os peitos resolvem aparecer, de repente todos os Toms, Dicks e Cletus começam a olhar para você de forma maliciosa, e quando menos espera precisa começar a inventar desculpas para que um tarado não tente enfiá-la em um canto para fazer o que quiser com você.

PS: Tenho dezesseis anos. Ninguém que tenha carteira assinada e os primeiros pés de galinha deveria me convidar para comer pizza.

Claro, nunca é o Gabriel, ou Alex, o caixa fofo do supermercado. Vai ver eles não gostam de pizza de massa grossa. Vai ver eles não gostam de mim.

Mas acontece o seguinte... Eu tenho um probleminha. Digamos que seja uma falha.

Curiosidade.

Eu sei, eu sei, a curiosidade matou o gato. Todo mundo diz isso. Não posso acreditar que você tenha dito algo tão sem criatividade.

Mas é a parte seguinte do ditado que faz sentido. Conhece? Diz: "Mas a satisfação o trouxe de volta."

Eu não sei por que esse gato é macho. Todo mundo sabe que gatos são meninas. De agora em diante mudarei oficialmente o ditado. Vai ser assim:

"A curiosidade matou a gata. Mas a satisfação a trouxe de volta."

Pronto. Vê se não fica melhor?

Quando eu era pequena, a minha curiosidade fez a cuidadora da creche pensar que eu tinha caído de cabeça. Meu pai confirmou a ela que eu não tinha caído de cabeça. Mas ela não conseguia entender por que eu ficava sentada do outro lado do parquinho, olhando o tempo todo para a rua. Mas, tenta entender, tinha muita coisa acontecendo. As idas e vindas das pessoas grandes. Uma vez teve até uma briga de mães na frente do Piggly Wiggly. Por causa de uma cesta de Páscoa. A chapa esquentou.

Mas agora, neste instante, a minha curiosidade problemática me faz atravessar o esplendor de mármore chamado Estação Central de Chicago. O teto é arqueado e tomado por colunas da cor de casca de ovo, mas não escuras o suficiente para serem bege. É o tipo de lugar onde Al Capone poderia fazer um tiroteio. Talvez alguém da *Identidade Bourne* passasse correndo por aqui com alguém

— Hum, não.

— Ok, tudo bem.

Agora ele parece puto. Os homens sempre mudam rapidinho, já reparei, assim que reparam que não têm chance alguma. É como se uma máscara fosse retirada e a gente percebesse que estava falando com um merda o tempo todo.

— Bom, foi um prazer. Foi mal não ter te dado chance de me estrangular ou sei lá o quê.

Ele revira os olhos, irritado.

— Menos. Você nem é tão bonita assim.

— Se está querendo dizer que não sou bonita o suficiente para ser estrangulada, vou levar isso como um elogio, muito obrigada.

Está vendo o que estou querendo dizer? Dois minutos atrás esse cara era tipo o Tom Hanks, um tesouro nacional. Mas agora...

Nunca confie em um homem que dá muita importância à pizza de massa grossa.

No caminho de volta para a plataforma, encontro uma loja de souvenirs. Tento evitar o espelho na prateleira dos fundos, agora que sei que não sou bonita. Na microloja é possível comprar todo o tipo de coisa que diz para seus pais que você esteve em Chicago. Copos de tequila. Canecas. Ímãs de geladeira. Eu também compraria um negócio desses. Se tivesse pais.

Eu não tenho pais.

Eu tenho pai.

Singular.

Meu pai.

E ele não quer um ímã de geladeira que prove que estive em Chicago.

Nesse exato momento, ele deve estar desejando que Chicago nunca tivesse existido.

E, nesse exato momento, estou desejando que eu também nunca tivesse existido.

QUATRO

Já teve a sensação de que precisava fazer algo? De que existe uma enorme coisa obscura pairando sobre sua cabeça, mas é algo invisível e desconhecido e você precisa descobrir o que é, se não você meio que vai ferrar tudo?

Pior, talvez de fato você descubra. Talvez descubra o que é o troço grande e misterioso que precisa alcançar e simplesmente não consegue. Simplesmente não. Você o encara e diz: "Não consigo."

E então saberá pelo resto da vida o que você é.

Uma *procrastinadora*.

É como o medo que aflige meu cérebro às vezes quando estou deitada para dormir. O que é isso? O que é isso? Será que um dia vou descobrir? Será que ao menos existe algo? Tem que ser alguma coisa. Não? Se não, eu sou uma *procrastinadora*.

Por outro lado, a minha mãe é uma *conquistadora*.

Ela alcançou.

Todo mundo sabe quem ela é e surta ao ouvir falar nela e surta ainda mais quando descobre que ela é a minha mãe. É irritante.

Meu pai não teve chance de ser um conquistador. Às vezes acontece. Nem todo mundo fica famoso. Ou renomado. Ou nem sequer remotamente conhecido.

Por algum motivo, meu pai perdeu o bonde. Talvez ele não tivesse o instinto assassino ou aquela coisinha necessária para atropelar todo mundo e voar até a estratosfera.

Talvez ele tenha perdido tempo demais sendo um pai. O meu pai.

Enquanto a minha mãe estava por aí batendo papo com chefes de Estado e líderes industriais, meu pai estava me ensinando a andar de bicicleta. E aperfeiçoando seus ensopados. E procurando tutoriais no Google ensinando a fazer uma bainha.

Então talvez seja culpa minha.

E tem mais uma coisa. Ele ainda é apaixonado pela minha mãe. O meu pai. Ele tenta fingir que já superou, mas menciona minha mãe umas três vezes ao dia, o que ela está fazendo, que prêmio ganhou, diz que eu deveria ligar para ela e dar parabéns. Ele faz tudo isso sob a pretensão de me manter atualizada, mas não se engane: ele é obcecado. Me dá muita pena. Quero sacudi-lo e dizer: "Esquece! Ela é péssima, vamos encarar a realidade!". Mas ele continua falando sobre as últimas conquistas dela. Dá para imaginar que não é completamente alheio ao fato de nunca ter sido um conquistador. Tipo, talvez isso o deixe um pouco maluco.

É o tipo de maluquice que se repete. Uma espécie de engrenagem implacável que gira e gira sem parar. Tipo isso: "Sabe, você deveria ligar para a sua mãe porque ela acabou de ganhar um prêmio de bláblábIá." Aí, depois de dois minutos: "Sabe, você deveria ligar para a sua mãe porque ela acabou de ganhar um prêmio de bláblábIá". Exatamente, em loop. Sem parar.

E os pensamentos obsessivos? Uma espécie de pavor. Constante. Sobre tudo. Sobre ela. Sobre os produtos químicos em lavagem a seco. Sobre detectores de fumaça. Sobre estranhos e cintos de segurança, e todas as coisas que podem dar errado no mundo e que cabem em um quartinho de guardar ferramentas.

"Não importa o que acontecer, não esqueça o casaco, docinho."

Ah, é. Meu pai me chama de docinho. É porque em algum momento da vida eu desenvolvi o hábito de comer sobremesa. Olha, não é algo do qual eu tenha orgulho, ok? Eu simplesmente não consigo resistir a bolos, *ou tortas*, feito a maioria das pessoas.

Minha desgraça se estende a outras guloseimas. Cupcakes, biscoitos. Deus me livre dos *cronuts*. Ninguém pode resistir a um *cronut*. Nem mesmo o Papa.

Mas, em defesa do meu pai ligeiramente obsessivo, aconteceu uma coisa com a qual ele não precisou de muito para obcecar. Uma coisa feita pela minha mãe que o deixou cego.

Ela o trocou pelo padrinho de casamento dele.

Aham. Sabe aquele cara que faz o discurso no casamento sobre o noivo ser a melhor pessoa? Ela o trocou por esse cara.

Pronto, falei. Nunca toco nesse assunto porque não gosto de pensar muito a respeito. Tipo, gosto de deixar guardado em uma caixa bem, bem longe. Mas, de tempos em tempos, ela se abre sozinha e rasteja até mim, subindo pelos cantos e frestas dos meus ombros e lóbulos da orelha, e aparece. Esse fato idiota.

Sua mãe traiu o seu pai.

Com o padrinho de casamento dele.

E depois fugiu com o cara.

A história tem um certo tom de facada nas costas. Um "vai se foder" de verdade. É de se pensar: que tipo de pessoa faria algo assim? Vou te dizer. Alguém desumano. Alguém que roubaria um colete salva-vidas de uma criança no *Titanic*.

Então, embora a minha mãe seja uma conquistadora e todo mundo pense que ela é a última Coca-Cola do deserto, e o meu pai seja meio repetitivo, como aquele cara do *Rain Man*, fiquei com ele depois da separação. Minha mãe diz que eu parti o coração dela ou algo do tipo, mas está apenas sendo dramática. É o tipo de pessoa que faz drama e depois perde sua apresentação de Natal do colégio.

Meu pai é o tipo de pessoa que chega antes da hora na apresentação de Natal, leva flores e, se deixarem, sobe no palco e faz a apresentação inteira por você.

Então, sim, fiquei com meu pai. E, sim, é uma vida humilde. E, com isso, quero dizer pobre. Ele basicamente trabalha na farmácia e não nos mudaremos tão cedo para o Ritz. Mas, ainda assim, prefiro ser pobre do que ser, digamos, *ela*.

Sei o que está pensando. Está pensando que vai haver algum tipo de reencontro familiar no final disso tudo. Um momento onde a música aumentará e de repente chegaremos a um entendimento e a minha mãe voltará da Europa e todo mundo abraçará todo mundo, e quem sabe aparecerá um cachorro com o qual a gente ri e brinca.

Bom, sinto decepcionar, mas esse momento nunca vai acontecer. Esta história *não* é sobre isso. Minha mãe me botou na Pembroke e só. Se eu me formar com honra ao mérito, tem uma chance de cinco por centro de ela talvez aparecer na cerimônia. E só. Não tem pedidos sinceros de desculpa, revelação dramática nem música clássica ao fundo enquanto partimos em uma rena do Papai Noel.

Mas tá de boa.

Vamos esclarecer algo. Eu ainda *não* quero ser uma procrastinadora. Não, senhor. Quero ser a pessoa que agarra as grandes oportunidades e luta por elas.

Mas também só quero realizar o desejo compulsivo e incômodo de parar. Simplesmente parar. Parar com a porra toda. Parem de me sufocar e dizer que preciso fazer mais, ser mais, de que preciso fazer algo ou não valho nada, não sou nada nem ninguém.

Tinha um garoto que costumava sentar na caixa de areia. Ele sentava lá o dia todo e construía castelos na areia e os destruía completamente, depois começava tudo de novo. Feliz da vida.

Eu daria tudo para ser aquele garoto.

Mas agora consigo sorrir. Consigo sorrir sabendo que em breve tudo terá acabado. Enquanto o trem deixa a estação, *tchu-tchu-tchu*, pelas planícies, na direção leste, consigo sorrir sabendo que assim que eu apagar as luzes, aquela coisa — aquela coisa dentro de mim chamada minha mãe — nunca vai me atingir novamente.

CINCO

Olha só para esse lugar! É melhor do que no folheto. Não estou brincando. Tem *gárgulas*. Olha! No alto da catedral gigante, no outro lado do gramado, lá estão. Duas delas, olhando para baixo. Exatamente como naquele lugar em Paris, que sempre mostram nos filmes quando o mundo está acabando. Sabe, nos Estados Unidos, a Casa Branca explodindo em mil pedaços, e em Londres mostram aquele relógio gigante. Como é o nome do lugar em Paris? Notre Dame. Isso. Eles mostram a Notre Dame. Com gárgulas. *Avec* gárgulas. Isso é francês. Está vendo, mal cheguei e já estou mais sofisticada.

Mas, confia em mim, só de olhar ao redor fica claro. Sou o lixo dos lixos da área.

Todos os prédios parecem mal-assombrados. Castelos de pedra cinza repletos de pináculos. Arcos cinza. Passagens de pedra cinza guiando o caminho para as árvores. Uma cidade fantasma.

Estou surpresa por nenhum fantasma sair voando do prédio de admissão para me cumprimentar.

Em vez de fantasma quem sai é um vampiro. Uma senhora vampira com a pele branca e cabelo preto, que deve se alimentar de mingau de sangue no café da manhã.

Ela surge de um prédio chamado Holyoke Commons.

Ela fala do jeito que falamos com alguém que precisamos ajudar. Pessoas mais lentas. Pessoas inferiores.

— Olá, Willa. Willa Parker, sim? Muito prazer em conhecê-la.

Ah, esqueci. Me chamo Willa. É, eu sei. É porque meu pai ama *My Ántonia* e Willa Cather, e moramos no meio-oeste etc., etc. Vai, diz logo. Ainda bem que ele não amava Hemingway, Wharton ou Shakespeare, ou eu teria sido chamada de Ernest, Edith ou William. Só ouvi isso, em um milhão de variações, umas cem vezes. Mas, tudo bem. Eu perdoo você. Sei que também está animado por estar aqui.

A senhora vampira se apresenta.

— Me chamo Ursula Cantor e sou a diretora de admissões. Estamos extremamente felizes por tê-la aqui. Você sabia que usam o livro da sua mãe nas aulas de economia?

Não revire os olhos. Não revire os olhos. Não revire os olhos. É a primeira impressão, lembra? Vai. Seja simpática, Willa.

— Ah, é? Isso é... ótimo. Vou contar para ela.

É mentira. Não vou contar porque nunca falo com ela e mesmo se falasse e contasse isso, ela não se importaria. Talvez sim. Ela é meio que uma narcisista completa. Os elogios nunca são suficientes.

Mas ela finge que não se importa.

Espera! Falsa modéstia.

Uma habilidade sofisticada que talvez eu devesse tentar dominar.

— É tão gentil da sua parte vir me recepcionar. Estou lisonjeada.

Está vendo como estou me saindo bem? Disse até "gentil". Gostei dessa nova personagem. Eu. Versão nova e melhorada. Willa da costa leste.

A vampira Ursula sorri. Ela tem batom nos dentes. Frutas silvestres intenso. Talvez seja sangue. Do mingau.

— Você vai ficar no quadrilátero Radnor. Thiswicke. No final do terceiro andar. Quarto três-zero-nove. Ficará feliz em saber que tem uma bela vista para o Jardim Shipley.

— Ah. Fico muito feliz com isso, de verdade.

Só entendi metade do que ela disse, mas veja só! Agora eu *fico feliz* com as coisas. Antes eu só *gostava* das coisas.

— E mais; gostaria de dizer que estou à sua disposição caso preciso de algo para fazer a transição. É só me procurar.

— Ah, muito gentil da sua parte. Obrigada.

Ninguém pode me segurar. Sou perfeita agora. Meus modos são impecáveis.

A vampira Ursula vê algo no canto dos olhos e toda a educação desaparece de seu rosto, agora tomada por *ira*.

— Remy! Apague isso agora mesmo!

Remy? Que porcaria de nome é Remy? Achei que era alguma bebida. Tipo, espero muito que o sobrenome dessa garota não seja Martin.

Eu me viro para vê-la.

Não, não foi desse jeito. Eu me viro para ver...

REMY.

Em maiúsculas. Ou quem sabe assim. Eu me viro para ver.

REMY.

Em fonte Zapfino. Remy merece a fonte Zapfino. *E* as maiúsculas. Remy merece uma estátua erguida em sua homenagem.

Eis o que ela está vestindo:

Em primeiro lugar, está com uma minissaia xadrez. Nada de mais. É um uniforme. Mas ela também está de polainas. E não são xadrez. São listradas. Listradas! Na horizontal! Em cores do arco-íris! Ela está vestida com um blazer vinho que tem a insígnia da escola. Um brasão. (O que você achou que seria? Um pato dirigindo uma picape?) De novo — uniforme. E então, dá para notar que ela está toda escrita pelo corpo. Com uma canetinha talvez? Todo tipo de palavra, talvez seja aleatório, talvez não. Ela usa um par de botas, mas são enfeitadas na lateral com uma espécie de decoração étnica, tipo mongol ou algo do tipo. Aí... E essa é a melhor parte. Ela está de gravata, feito um menino. E de tranças. Com um laço entre elas. Um laço de arco-íris.

Meu Deus do céu.

Quem é essa criatura?

Remy também está fumando um cigarro. E não é eletrônico. É de verdade. Como antigamente, sabe. Tipo, com fogo de verdade. Algo que ela não deveria estar fazendo. Não só porque não faz bem, mas, obviamente, porque essa escola custa um braço, uma perna e a alma de cada primo de primeiro grau, e a última coisa que alguém deveria fazer aqui é arrumar motivo para uma expulsão. Assim, que tipo de pessoa fica parada no meio da grama fumando um cigarro? Alguém que está cagando e andando. Ela.

— Remy, nós duas sabemos que isso não é permitido. Por favor, apague o cigarro imediatamente ou terá que lidar com as consequências.

Remy olha para vampira Ursula e depois para mim.

— Quem é a garota nova?

Vampira Ursula ergue a cabeça.

— Remy, não vou repetir.

Remy revira os olhos e apaga o cigarro.

— Desculpa, sra. Cantor. Estou parando de fumar, prometo.

Ursula finge satisfação. Remy olha para mim e sorri ironicamente.

É estranho o modo que ela meio que se vira e desaparece. É como um truque e, *puf*, ela some. Uma saída dramática que preciso aprender.

Vampira Ursula lê a minha mente, porque todo mundo sabe que vampiros leem mentes.

— Realmente espero que não se permita ser influenciada por nenhum tipo de mau comportamento enquanto estiver conosco, Willa.

Faço que sim com a cabeça, demonstrando obediência.

— Certamente. Claro que não. Jamais.

E estou certa. Naquele momento é o que desejo. Desejo aquilo com todos os íons de cada célula do meu corpo.

Ao pensar nisso agora tenho vontade de rir. Só de lembrar daquele momento. Eu esconderia o riso na manga da minha camisa.

Se fosse engraçado.

O que aparentemente não é.

Sabe, por causa do que aconteceu.

SEIS

Sabia que esse lugar é mal-assombrado? Bem, claro que é. Não dá para construir um lugar feito de pedras, gárgulas e de tábua corrida escura e esperar que não apareçam alguns fantasmas. Ainda mais se voltar no tempo e construir esse lugar duzentos anos atrás. É como o habitat natural de um fantasma.

A escola foi inspirada nas construções de Oxford. É grande parte do motivo pelo qual esse lugar é metido a besta. Engraçado que, nos Estados Unidos, toda vez que se constrói algo inspirado na Inglaterra, todo mundo pensa, ah, deve ser o melhor lugar do mundo. Se lá é tão incrível, por que então estamos todos aqui? Por que os fundadores do nosso país olharam para aquele lugar velho e disseram "não, obrigado" e embarcaram em um navio caindo aos pedaços e cheio de ratos, quase sem nenhuma comida, e arriscaram a vida para sair de lá?

Porque lá era péssimo, por isso.

Eu sei, eu sei. Não se deve dizer isso. Todo mundo tem que pensar que é super-sofisticado e que respeitamos e nos importamos com a rainha e a monarquia e aqueles caras de roupa vermelha e chapéu peludo que ficam parados o dia todo. Mas eu não caio nessa. Uma rainha? Sério? Hoje em dia? Então vamos logo jogar as mãos para o alto e dizer: "Que comam brioches!" E então era só dar um soco na barriga dos pobres a caminho do castelo, enquanto os caras de chapéu engraçado ficavam parados olhando.

Não quero passar a impressão errada. Não sou comunista nem nada. Só não entendo por que deveríamos nos importar com essa gente que nasceu bem. Não era para a gente se importar com pessoas que fazem algo? O que fazem com suas vidas? Por exemplo, a Maya Angelou. Ela não nasceu em berço de ouro. Teve uma vida horrível e difícil, e se reergueu das cinzas e virou uma renomada gênia literária. Ela, sim, eu chamo de rainha. Não um zigoto aleatório de uma longa linhagem sangue-azul que copulou com outra linhagem sangue-azul. Sério. É como se a gente tivesse engolido essa história muito tempo atrás e continuasse acreditando nela. Que mentira deslavada.

E, aliás, esse lugar não só está também comprando a ideia como também *vendendo*. Por isso copiaram a arquitetura. Esse lugar vende essa ideia em cada placa, estátua ou quadrilátero.

Tem um gramado. Tem uma abóbada. Tem um monte de prédios góticos virados uns para os outros, nos assombrando em silêncio. Tem um dormitório Thiswicke. Aham, Thiswicke. Tente dizer essa palavra tendo língua presa. É o prédio mal-assombrado. Procurei no Google.

Segundo a lenda, na virada do século uma garota tomou um banho de querosene no meio da noite. Por que ela tomou um banho de querosene? Ai, que bom que perguntou. Porque ela achou que tinha peste bubônica. Claro. Todo mundo sabe que ao desconfiar de ter contraído a peste bubônica, é preciso tomar um banho de querosene e também botar um monte de velas em volta da tal banheira porque, é claro, é um banho no meio da noite. Simplesmente não se pode tomar banho durante o dia. Ainda mais se você tiver peste bubônica.

Bem, dá para saber o que vai acontecer. Claro que uma das velas cai acidentalmente na banheira e a garota pega fogo acidentalmente e corre pelo saguão do quarto andar acidentalmente, onde, acidentalmente, pula da janela para a própria morte, e agora assombra acidentalmente o dormitório no meio da noite.

Um ótimo lugar. Muito acolhedor.

Minha acomodação fica, é claro, no quarto andar. Ao lado do banheiro. Sim, o mesmo do incidente fatal com querosene.

Não se preocupe. Estou cem por cento preparada para ser assombrada. Eis o meu plano: se eu ouvir algum barulho na banheira, no meio da noite, primeira coisa a fazer é me enfiar embaixo dos lençóis. Essa é a primeira coisa. Em seguida, puxo a coberta para cima da cabeça. Segunda coisa. E então, a terceira coisa é encontrar Deus.

Sim, vou rezar. Ainda não decidi para quem, mas imagino que rezarei para todo mundo, torcendo para que alguém me ajude. A rajada de uma metralhadora tem que acertar algum alvo, não é?

Mas ainda nem escureceu, então não se anima muito. Estamos bem. Só preciso desfazer as malas. Mala. Preciso desfazer minha mala. Somos práticos por aqui. Basicamente porque meus braços não são tão fortes. É sério. Só eu fico com os braços cansados ao lavar o cabelo?

Não responda. Sei que sou preguiçosa. Nossa, o que eu não daria para fazer exercícios! Não seria ótimo?! Realmente gostaria de fazer isso um dia. E farei. Um dia.

Vou comprar uma roupa superatlética e um par de tênis de esportes para usar na minha corrida de 30 km na floresta, sobre poças, grilos, no meio do mato, pela cidade, quem sabe até na pista de atletismo. Ninguém vai conseguir me parar. Serão quatro horas da manhã e não me importarei. Será apenas eu contra o mundo. E contra mim mesma. Serei meu pior adversário. Serei vista na luz da manhã com a respiração ofegante e gelada por causa do frio. Seguirei o caminho até o rio e meu rosto estará plácido, pensando no crime que estou desvendando, porque nessa fantasia aparentemente eu sou a moça de *Law & Order: Special Victims Unit*. Sou atrevida e gata e ninguém se mete comigo. Já vi de tudo, mas ainda tenho esperança na humanidade. É por isso que faço o que faço, e corro ao lado do pelotão às quatro horas da manhã. Sou durona. Uma corredora durona.

Mal posso esperar.

Mas, por enquanto, meus braços se cansam quando lavo o cabelo.

Então, um passo de cada vez.

Parece que não divido quarto com ninguém. Talvez ninguém queira morar aqui na cidade fantasma. Quem sabe uma maltrapilha como eu ganha a pior opção de moradia por aqui.

Mas, tudo bem, quem sabe quando encontrar um fantasma, poderei perguntar algumas coisas sobre a vida após a morte. Tenho algumas dúvidas que surgiram na escola dominical.

Será que o fantasma vai sentir meu plano diabólico de me mandar abismo abaixo? Será que o fantasma vai gostar de ter companhia? Talvez ele seja solitário.

O piso de madeira daqui é marrom-escuro, quase preto. Ele vem acompanhado de um mofo elaborado. Eu sei. Eles não estão de brincadeira quando o assunto é reproduzir Oxford, né? É um quarto de quina, então tenho duas janelas adjacentes. O que quer dizer que uma fica do lado da outra. Sei que você deve saber isso, mas na minha escola antiga precisei explicar para a líder de torcida o significado de "astuto". Astuto! Posso garantir que se você não souber o significado de "astuto", provavelmente essa palavra não o descreve.

Pela janela, quatro andares abaixo, vejo o gramado. E todo mundo que vai e volta do centro do campus. Para falar a verdade, é um ponto de vista supervantajoso. Uma espécie de ninho. Lá embaixo, todos correm com livros nas mãos, carregando mochilas com as saias xadrez ao vento e alguns blazers sobre o ombro. Uma garota está com uma echarpe despojada. E meias. E óculos. Todo mundo corre sem parar. É de se imaginar que um dia essas pessoas se lembrarão dessa época e se perguntarão por que diabos estavam correndo. Tipo, já chega de correr. Estamos no ensino médio. Estou bem certa de que o Vladimir Putin não está parado esperando o último relatório vindo do quadrilátero da Escola Pembroke.

Meu pai me deu lençóis de elástico com estampa de corujas. Elas parecem sábias, porém ecléticas. Ele também vai me mandar um edredom, para que eu não "pegue uma friagem". Há boatos de que o edredom também terá corujas. Meu pai. Ele pensa em tudo. Mas tenho certeza de que também me mandará algo bem bizarro. Tipo um tapete de porta temático toscano de vime e treliças. Ou algo ligeiramente francês. Ou pior, ele vai tentar ser "moderno" e mandará algo com rabiscos em rosa e preto.

Algo com a cara do Justin Bieber.

Até lá, terei que me conformar com a proteção dessas corujas sábias e alternativas. Não tenho nem uma foto para pendurar na parede. O que eu penduraria? Um pôster de um gato se equilibrando em uma árvore? Calma que tem mais! Que tal uma imagem da torre Eiffel? Não é isso que todo mundo faz? Dá um tom classudo. Ou que tal aquela foto do marinheiro beijando a garota na Times Square? Sabe, aquela em preto e branco? Se olhar de perto, vai ver que parece que a garota não está muito a fim de ser beijada. Eu te desafio. Dá uma conferida. A garota não está curtindo.

Espera! Tem uma coisa, sim. Tiro a foto do Gabriel do bolso da frente da mochila. Deixo a imagem na minha mesa e olho para os olhos castanho-escuros dele, os mesmos em que me imaginei imersa em um gesto cafona ao som de uma música lenta no ginásio enfeitado de papel crepom.

Só que agora, de repente, não consigo entender por que fantasiei tanto sobre isso. É a mesma foto que já encarei um milhão de vezes, e então me toquei. Meh. O Gabriel é na verdade meio... normal. Talvez seja apenas Gabe mesmo. Talvez agora que estou aqui ele seja um pouco... provinciano demais.

Amasso o pequeno pedaço de papel e o atiro na lixeira do canto.

Como se pegasse a deixa, meu pai manda uma mensagem.

Estou orgulhoso de VC. Ligue se VC precisar de mim. <3

Eu poderia ligar para ele e cair em prantos, mas isso apenas o preocuparia.

Não. Seja forte, Willa!

As aulas só começam daqui a dois dias, o que significa que tenho 48 horas para ficar sentada aqui no meu ninho e tentar observar Remy. Não, não estou stalkeando. Só quero ver se ela tem amigos. E, se tiver, saber como posso fazer para ser um deles. Quem sabe.

Mas não estou stalkeando.

Até parece. Jamais.

SETE

Ninguém parece reparar na minha presença no primeiro dia de aula. Não que isso seja bom ou ruim. Não é nada. É como se eu fosse invisível. O que também serve. Prefiro ser invisível a ser humilhada. Não parece haver nenhuma agressão explicita contra mim e isso é um alívio. Em Iowa, tinha dias em que colocavam o pé, só para que eu tropeçasse antes do primeiro tempo. Duas vezes.

Na maior parte do tempo, fico sentada na primeira fileira olhando para a professora. Faço aquela cara de quem está bastante interessada e acha que ela é a pessoa mais fascinante do mundo, que diz as coisas mais fascinantes. Às vezes, é verdade. Outras, nem tanto. Não importa. A cara de interessada permanece inalterada. Curiosa, questionadora, ponderativa, com um eventual meneio de "sei do que você está falando". Pode acreditar, funciona. Sou uma aluna nota dez desde o maternal. Ou até desde a creche. Se tivesse aulas na ala da maternidade, eu teria me formado com méritos. Nenhum daqueles bebês teria a menor chance.

Deste modo, até hoje, salvo raras exceções, sempre foram recompensados meu olhar de interesse, minha curiosidade visceral, embora não desafiadora, e comentários sobre ter os professores mais inspiradores do mundo com notas dez em tudo.

Essa parte nunca foi negociável. Todo o resto podia ser ignorado pela minha mãe, exceto as notas. As notas precisavam ser dez cravado. Foi o único acordo que ela fez com meu pai quando o deixou.

Sempre ajuda sentar na primeira fileira com uma expressão de interesse. Um leve menear de cabeça, mas sem exageros. Apenas o suficiente para deixar claro que você está prestando atenção. Fique na primeira fileira para que ninguém o distraia. Isso também é importante. Tenha foco.

As aulas são as seguintes: literatura inglesa. Literatura contemporânea. Cálculo. Biologia. História americana. Arte. E teoria musical. Ambas as aulas de arte e música são maneirinhas porque combinam teoria com prática. Por exemplo, os alunos aprendem sobre pop art e depois fazem a própria pop art. Ou aprendem sobre a era do jazz e depois a tocar uma ou duas músicas. Até que é legal, na verdade. Bem melhor do que qualquer coisa na escola antiga. Lá era mais: "Faça isso, não pergunte nada. Decore muito bem essa data porque vou perguntar!". Mas hoje a gente aprendeu sobre Billie Holiday e uma música sobre uma fruta estranha mas que não fala de fruta porque na verdade é sobre o costume que tinham de enforcar as pessoas no sul do país por serem negras, e é uma daquelas coisas que ninguém quer ouvir, ou saber, mas é preciso, sim, ouvir e saber para que nunca aconteça novamente. Ou para que tenha uma resposta quando um parente ignorante disser algo horrível sobre a época em que "aquelas pessoas sabiam o lugar delas". Ou para que no mínimo se tenha consciência de que não se pode dizer tais coisas horríveis.

Me pergunto quantas garotas nessa turma têm tios racistas ou avós que precisam aturar. Aposto que é um problema e tanto. As pessoas mais velhas deveriam ser sábias, não imbecis. Você fica se perguntando: onde foi parar o bom senso?

Então, até agora o professor de história é o meu favorito. Ele tem um blazer de tweed com cotoveleiras, e os sapatos Oxford meio amassados, como se dormisse com eles. Tem o cabelo castanho-claro e olhos azul-claros e, sim, é bonitinho e tudo mais; não que eu queira sair com ele. Mas aposto que muitas garotas têm uma quedinha. Meio que dá para sentir. Uma espécie de suspiro coletivo na sala. Um desfalecimento geral.

Remy não foi vista o dia todo, então fica claro que ela era apenas coisa da minha cabeça. Uma espécie de alucinação ou desejo feito por mim.

Hoje à noite será meu primeiro jantar nesse lugar. Vou ser sincera, não estou animada. A gente come no refeitório e tem umas mesas enormes como as de Hogwarts, e não conheço ninguém, então basicamente vou ficar ali sozinha. Feito uma idiota.

E então me lembrei.

Tem uma máquina de doces e salgadinhos no centro do campus. Assim, minha ceia consistirá em Doritos e Sprite, *en suite*.

Já está escurecendo mais cedo e as luzes do refeitório iluminam o gramado, mas todo o resto começa a parecer assustador. É noite de lua cheia e ela está tão grande que parece quase possível alcançá-la, puxá-la para baixo e rolá-la pelo gramado.

Mas ela tem um aspecto estranho. Algo esquisito. E persistente. Faz com que eu siga em frente, passo após passo, até o outro lado do gramado. Para longe do buchicho e o *cleng, cleng* dos talheres de prata do refeitório.

Agora, estou sozinha sob a lua, por algum motivo, no gramado do lado oposto da minha janela. Tem um banco sob as árvores. De mármore branco e, na verdade, grande demais. E nem é um móvel elegante. É apenas um banco trambolhoso gigante que brilha sob a luz da lua. À espera.

Não faz frio, mas é possível sentir que logo fará. Está um clima fresco que em breve será substituído por folhas queimadas. Algo que está morrendo.

O banco espera por mim e, antes que me dê conta, estou sentada nele. Ao observar a luz que sai do refeitório do outro lado do gramado, com a animação calorosa e o falatório no ar, sinto o mundo se fechar. Sabe o que quero dizer? Como se eu não pertencesse a este lugar, nem àquele, nem à minha casa, ou a lugar algum. Sou essa garota estranha sem ter para onde ir. Tem uma parte de mim que sempre se sente assim, entende? Feito uma raposa na neve. Em algum lugar no Ártico, é possível ver meu focinho na tundra. (Me procure.) Cercada de neve congelante que se desdobra no horizonte sem nada por baixo dela. (Me procure.)

Mas não há nada.

Nenhum abrigo.

Talvez exista uma parte de mim que *deseja* ser aquela raposa na neve que nunca encontra abrigo. Talvez exista até uma parte de mim que tem medo de encontrar abrigo. Sempre se fala dos caras que buscam uma vida solitária, mas e as mulheres? Quem sabe existam algumas mulheres que gostariam de perambular por aí. E essa mulher estranha sou eu.

Vejo as janelas pequenas, minúsculas do lado oposto do gramado, e é como um espetáculo. Ao observar lá dentro, não consigo não imaginar sobre o que aquelas silhuetas de cabeças estão conversando e como sequer conseguem conversar. Como fazem para parecer normais? Algumas pessoas são tão boas nisso. Já reparou? Elas conseguem sorrir e serem felizes e falarem como todo mundo e sempre estão contentes. Normais.

Mas eu não sou normal.

Eu sou descontente.

Inquieta. Sempre à procura de uma pedra onde eu possa me esconder, ou um quarto, caverna, banco do outro lado do gramado na hora do jantar, quando todo mundo simplesmente entra, ou senta, sem pensar muito, e faz isso parecer tão fácil. Olho para a lua no alto e penso — por que sou descontente? Por que uma raposa na neve? Por que nunca estou confortável? Qual o objetivo de existir alguém assim? Talvez seja apenas um erro. Uma disfunção. Um defeito de fabricação.

O rosto do meu pai vem à minha mente e, antes que eu perceba, está acontecendo de novo. As lágrimas idiotas e geladas pela noite correm por meu rosto. Eu as enxugo com o antebraço e suspiro. Dali, é possível ver toda a extensão das árvores até a torre do sino.

Observo por um instante. Aquilo sim é um bom lugar para se matar.

— Não parece uma peça?

As palavras surgem do nada e dou um salto. Quando me viro no banco, lá está ela.

Remy.

— Desculpa. Assustei você? Não foi a minha intenção.

— Não, eu só...

Eu só o quê? Estava aqui pensando sobre como sou isolada e solitária? Meu Deus. Nunca sei o que dizer.

— Não parece uma peça? As pessoas lá dentro? Com a luz por atrás? Parece que a cortina subiu e estão em cena. Primeiro ato.

Ela acena com a cabeça na direção do refeitório.

— É, meio que parece.

Ela está apoiada em um carvalho, usando uma combinação de roupas tão bizarra quanto a anterior. Parece que se vestiu no escuro, mas de algum jeito conseguiu fazer parecer como se Isaac Mizrahi tivesse criado aquilo. Faz sentido, mas não faz sentido. E não sei o que dizer sobre ela, a não ser que ela é *tudo*.

— E então, qual é o problema? Não gosta de comida de refeitório? Nem eu. E era pior. Sério. Agora eles são orgânicos ou algo do tipo.

— Ah.

Dá para perceber como estou mandando bem.

— Deixa eu adivinhar. Não é a comida, é a companhia.

— ... Tipo.

Ela saca mais um cigarro e o acende.

— Quer experimentar? É mentolado. Parece uma bala de menta pegando fogo.

Balanço a cabeça.

— A comida é melhor na escola dos garotos. É tão injusto.

Ah, não sabia que tinha uma escola de garotos? Pois é, uma escola "irmã" da Pembroke. Um quilômetro e meio a pé ou a uma estação de trem na linha local R5 Paoli. Fundada em 1805. Está pronto? Preparado para saber o nome? Não ri. É chamada Witherspoon. Eu sei. Que dizer, parece que eles querem que os filhos apanhem. Mas é assim que se chama, e são nossos irmãos. Isso quer dizer que deveríamos nos importar com eles. Nem com seus jogos de lacrosse, bailes, peças de teatro idiotas e coisas do tipo.

— Já foi lá?

— Onde?

— Witherspoon.

— Não. Me parece muito... estranha.

Ela ri.

— É, sim, pode acreditar.

Ficamos ali por um instante. Ainda não consigo entender por que ela está falando comigo.

— Bem... tenho um teste amanhã, então...

Começo a caminhar na direção de Thiswicke. Nem sei por que estou indo embora, a não ser por estar morta de vergonha por não conseguir pensar em nada para dizer. E ainda menti. Não tenho teste amanhã.

— Ei! — chama ela. — De onde você é, afinal?

Ai, Deus, devo dizer? Ela vai me achar ridícula e nunca mais vai falar comigo de novo.

E então penso, e daí? Não é como se eu fosse durar muito tempo nesse mundo mesmo.

Foda-se.

— Iowa.

— Jura? Está falando sério?

— É — respondo, resignada.

— Onde?

Lá vamos nós.

— What Cheer.

— Como?

— What Cheer. Sou de uma cidade chamada What Cheer, Iowa.

— Meu Deus, esse é o melhor nome de lugar da vida!

O quê? Faço uma careta, confusa.

— Nunca conheci ninguém de Iowa. Todos se parecem com você?

— Hum...

— Porque aí vou saber de onde saem todas as pessoas bonitas.

Não tenho certeza se ela realmente disse isso. Ela disse isso? E se ela tiver dito? E por quê? E se ela estivesse falando sobre mim? Ela estava falando sobre mim?

Tudo que sei é que é melhor eu ir embora. Antes que eu diga alguma coisa idiota. E ela perceba que sou idiota. Não sei o que dizer. Não tenho nada a dizer. Sou estranha. Esquisita e é melhor eu ir embora. Tipo, agora.

Faço um gesto duro, algo semelhante a um tchau misturado com uma saudação e uma reverência, e me viro em direção ao Thiswicke.

— Então, tá. A gente se vê... Iowa.

Ela sorri e dá um trago.

Durante todo o percurso pelo gramado, tenho a sensação de que ela está me observando. Analisando. Medindo. E é isso que me parece estranho. Não sinto como se fosse algo ruim. Sinto que de alguma forma, e não sei por quê, essa garota, a garota mais legal que já existiu...

... talvez realmente goste de mim.

OITO

No dia seguinte, na aula de literatura contemporânea, começamos a ler *Os olhos mais azuis*, de Toni Morrison. A nossa professora se chama srta. Ingall. Ela tem o cabelo castanho-claro e a pele pálida. Tipo, ela é praticamente verde. Mas tem algo especial. Algo bom. Passa a impressão de ser vegana ou coisa do tipo. Ninguém que um dia comeu carne teria aquela palidez. Aposto que tem um adesivo escrito "libertem as orcas" no carro dela. Não que eu me importe. Também gostaria de libertar as orcas. Se pudesse, também libertaria os golfinhos. E as lontras-marinhas. Sinceramente, eu passaria a noite inteira pulando de tanque em tanque, emancipando todos os mamíferos marinhos, gritando: "Nadem! Nadem! Sejam livres!" Por que eles precisam sofrer apenas para que as pessoas possam olhá-los e aplaudi-los na hora certa? Se quiser ver uma orca, entre em um barco. Ou assista ao Discovery Channel. Por que alguém precisa catar um pobre mamífero marinho para que possam apontar enquanto comem um crepe no palito?

A srta. Ingall tem olhos gentis. Ainda existe um brilho neles. Ela não é casada. Talvez isso explique o brilho. Ela usa sapatos Mephisto confortáveis e veste uma saia longa esvoaçante. Talvez nunca se case. Talvez esse seja apenas seu figurino de ensino. Talvez quando ela chegue em casa, solte o cabelo, passe batom vermelho e mate os homens com seu linguajar vulgar e sapatos de salto alto. Talvez tenha um gato. Chamado sr. Espirros.

Não ignoro a possibilidade de ficar como ela um dia. Sozinha. Com uma horda de gatos. Se meu lugar nessa sala for um sinal disso, tenho cem por cento de chance. Assim, estou no fundo da sala. Completamente sozinha. É, isso mesmo. Não tem ninguém do meu lado. Nem ninguém pensando em sentar do meu lado. Todos os lugares na frente onde costumo sentar? Ocupados.

Melhor eu começar a dar nome aos meus gatos desde já.

Sr. Fritz. Senador Fofinho. Senhorita Bigode. Deputado Miau.

Vou ter pelo menos cinquenta gatos, então sinta-se à vontade para acrescentar nomes à lista. Certamente ficarei sem ideias em breve.

— Com licença? Esta é a aula de literatura contemporânea?

A turma toda se vira e lá na porta está... Remy.

A garota na minha frente dá uma cotovelada na garota ao lado e cochicha:

— É essa a garota de quem eu estava falando...

A srta. Ingall pede que elas façam silêncio.

— Sim, esta é a aula de literatura contemporânea. Posso perguntar quem é você?

— Remy Taft. Acho que estou nessa aula. Meu nome deveria estar na chamada.

— Sim, você está na chamada. E... esteve na chamada de ontem, quando não compareceu.

— Ah, é, chegamos somente ontem à noite. Desculpa.

— Bem, srta. Taft, confio que não vá chegar *atrasada* novamente. Sente-se.

Remy passa pela fileira. Um silêncio se instaura. Uma trepidação. Até mesmo... certa esperança. Tenho a sensação de que Remy é a bola da vez. De que todas estão esperançosas de que serão abençoadas por sua presença, seu sorriso, seu sobrenome. Taft. Como o presidente.

E então ela me vê. E sorri. E senta.

Ao meu lado.

— Oi! É você. Não acredito que está nessa aula. Graças a Deus.

As duas garotas na minha frente, que me ignoravam completamente e agiram como se eu talvez tivesse lepra, me olham, sérias, e decidem que talvez devessem ter tentado ficar minhas amigas. Elas se entreolham. Aturdidas. Estão se comunicando telepaticamente: Putz. *A gente fez tudo errado.*

Eu meio que estou passando por uma experiência extracorpórea.

Remy senta.

Uma das garotas se aproxima.

— Oi, Remy.

Remy mal presta atenção; olha para elas e responde, superficialmente:

— Ah, oi.

— Você se lembra de mim...? A gente se conheceu no verão passado. No feriado de Quatro de julho, na verdade. Nos Hamptons...

— Ah. Talvez. Eu estava meio bêbada...

A garota parece ligeiramente humilhada e um pouco decepcionada. Mas tenta disfarçar.

— Ah, é... eu também.

Não dá muito certo.

Remy abre um sorriso educado e se vira para mim. E agora eu sei.

Remy manda na escola.

Claro que sim. O sobrenome dela é Taft. Ela se veste como se tivesse recém-saído de uma secadora. E é uma fumante crônica, ilegal e antiquada de cigarro mentolado.

Então, agora que estabelecemos isso, a pergunta é... por que ela está sendo tão legal comigo? Tipo, sério. Talvez seja um truque. Pode ser. Talvez esteja me enganando. Para me humilhar.

— Ei, posso acompanhar do seu livro? Acho que perdi o meu.

Estamos no segundo dia de aula.

— Como? Ah, tá... claro...

— Perdi alguma coisa ontem?

— Hum, não, a gente meio que fez uns testes estranhos que não tinham nada a ver com nada.

Ela ri disso, embora eu não tenha certeza do motivo.

E me pergunto se ela sabe o quanto estou nervosa. Ou como me sinto uma idiota. Ou que as minhas mãos estão praticamente tremendo quando levanto o livro para dividir com ela. Aaah, mãos! Parem de tremer, suas nerds!

Minhas mãos *continuam* sendo totais nerds. Veja como estou. Sou *patética*!

Posso sentir os olhos das duas garotas me encarando. Posso sentir que estão tentando descobrir quem sou eu. Posso sentir um buraco sendo criado no meu blazer, mas não tenho a coragem de dizer a verdade para elas. Dizer que eu não sou ninguém.

E assim, nesse exato instante, tenho a sensação de que Remy me transformou em *alguém*.

NOVE

Agora estou tentando ficar na minha. Quieta e afastada de todo mundo. O negócio é o seguinte: de repente ganhei um holofote sobre mim. Por causa da Remy.

Desde o dia em que ela sentou ao meu lado na aula de literatura contemporânea. Desde aquele dia, sinto como se tivesse miras de laser nas minhas costas. Tipo, todo mundo me olha. E se questiona. Mas não pergunta. Mede. Discerne. Analisa. Mas não pergunta.

E eu? Estou apenas na minha.

Olha. Remy sentou do meu lado na aula. Só isso. A gente conversa. Trocamos anotações. Só isso. Uma vez a gente atravessou o gramado juntas. Só isso.

Não sei o que ela fazia antes, mas parece que não eram grandes coisas, porque nunca a vejo com companhia na escola e, do nada, todo mundo está sendo bem mais simpático. É como se ontem eu trabalhasse num podrão e hoje estivesse no MasterChef.

E não é só isso. Na última vez que fui almoçar, a garota do meu lado no buffet de salada, Abigail — porque aqui as pessoas têm nomes tipo Abigail. E Martha. E Betsy. E outras senhoras da Revolução Americana — se virou para mim e perguntou *se eu queria sentar com ela e suas amigas*. Olho para a mesa e estão todas me encarando. Ansiosas. Como se tivessem debatido o assunto. Como se tivessem planejado aquilo. Como se tivessem tentando me sequestrar.

Olha, nunca fui sequestrada antes.

Nunca nem sequer sofri uma mudança leve de percurso.

É estranho. Porém o mais estranho é que não sei nada sobre a Remy. Não é como se a gente andasse juntas. Não é como se ela fosse no meu quarto e a gente brincasse de guerra de travesseiros. É simplesmente... nada. A gente sorri e compartilha um livro na aula. Porque ela sempre esquece.

Quer dizer, não consigo entender.

E não sei muito bem o que fazer.

Meu pai sempre diz: se não sabe o que fazer, não faça nada. Então, a minha solução é... ficar na minha. Não chamo atenção, vou às aulas, faço perguntas inteligentes, mas não polêmicas, levanto a mão para responder, mas não toda hora, estudo e entrego minhas provas, mas não muito. Basicamente continuo sendo uma nerd, mas agora sou uma nerd desconfiando da minha própria sombra.

Mas mesmo hoje à noite, quando tinha saído do banho e estava escovando os dentes na frente do espelho... sabe, no banheiro mal-assombrado? Mesmo hoje, a garota que mora no final do corredor chegou para escovar os dentes do meu lado. Ela escova os dentes e me olha. Estranho. Hora de escovar os dentes: não é hora de olhar. E então, quando termina, começa a falar comigo. Do nada.

— Ei, você não faz aula de literatura comigo?

— Hum. É. Acho que sim.

— A aula é legal, né? Eu gosto da professora.

— A srta. Ingall? É, ela é legal.

Aí, ela continua me olhando, e sei que está prestes a dizer mais alguma coisa, ou tem vontade, mas não consegue. Fica ali, parada. E começo a ficar desconfortável.

— Bem, a gente se vê na aula...

Dou as costas para ir do banheiro assombrado para meu quarto assombrado.

— Ei! A gente podia estudar junto. Assim, já que a gente mora no mesmo andar.

Eu me viro de volta.

— É, pode ser. Seria legal.

— Me chamo Emma, aliás.

— Ah, tá bom.

— Qual é o seu nome?

— Hã? Ah, é... Willa. Me chamo Willa.

Sempre faço isso. Quando sou pega assim de surpresa, sempre esqueço meu próprio nome por tipo três segundos. É constrangedor.

— Ah, legal. Bem, a gente se vê na aula, Willa.

— Ah, ok.

Tipo, é uma longa conversa para quem está de toalha, ainda mais quando faz frio. Tipo, não um frio de inverno. Mas um frio que diz o "outono está chegando e com ele a gripe".

E eu sei que essa garota vai falar comigo na aula de amanhã. Quando eu estiver ao lado da Remy. Pode apostar. Estou dizendo. É como se a escola inteira estivesse tentando fazer uma conexão com a misteriosa Remy Taft, e agora que fui agraciada com sua amizade, virei o cabo USB.

Mas continuo sendo a mesma pessoa.

Aquela de sempre.

E não sou USB de nada... sou?

DEZ

Você nunca vai acreditar no que aconteceu. Juro por Deus, não inventei isso. Lembra da história que contei sobre a lenda da banheira? Então, escuta só.

Naquela mesma noite, a noite onde a garota chamada Emma me encurralou durante minha rotina de higiene dental... Bem, naquela mesma noite, lá pelas três horas da manhã... ouvi a banheira. Sim, a água ligada. E não foi só isso. Acordei num susto e suada, na verdade. E enquanto eu me sentava na cama, ouvi. A água da banheira.

Nada de mais, né? Talvez alguém estivesse tomando banho às três da manhã. Já houve coisas mais estranhas no mundo.

Bem, foi isso que eu pensei. Então, fiquei ali sentada. E mais um pouco. Prestando atenção. E mais um pouco. E, não, o barulho não parava. Tipo, uma hora depois. Um banho de uma hora.

Então, começo a ficar preocupada. Será que tem algo errado? Vai ver alguém dormiu na banheira. Quem sabe eu deva ajudar. Talvez seja por isso que tenha acordado assustada.

Portanto, agora que assumi meu papel de heroína nessa situação, agora que tem uma pobre coitada dormindo na banheira e eu sou a única que pode salvá-la... Salto da cama e ando na ponta dos pés pelo corredor até o banheiro.

Entro no banheiro.

Só que...

Não tem ninguém lá.

Não há nem sequer o som da água ligada. Também sumiu.

Ok, então existem duas banheiras. Quatro chuveiros, quatro pias, quatro cabines e duas banheiras. Acho que eles pensaram que somente duas garotas no mesmo andar tomariam banhos de banheira ao mesmo tempo ou algo do tipo.

Mas, eis a questão. Não tem ninguém nos chuveiros. Eu conferi. Não tem ninguém nas cabines. Eu conferi. Não tem ninguém nas pias. Eu conferi. E... *não tem ninguém na banheira*. Não na primeira. Eu conferi. Mas, já na segunda, a cortina está fechada em volta dela. E é claro que o fantasma está escondido na segunda banheira. Ou não está escondido. (É o Fantasma de Schrödinger?)

Agora, falando sério, como faço para olhar dentro daquele muro branco, quando é bem possível que tenha uma garota fantasma lá dentro? Quer dizer, e se ela estiver completamente molhada e roxa, me olhar sorridente e em seguida ficar séria e mostrar suas presas? Dúvidas, muitas dúvidas...

Prendo a respiração.

Respiro fundo.

E abro a cortina.

Expiro.

Nada.

Agora estou ainda mais apavorada.

Quer saber por quê?

Não tem água na banheira.

Não, nem uma gota sequer. Nada. Seca como o Saara.

Uma dessas banheiras ficou ligada por uma hora, juro por Deus, eu ouvi. Fui acordada e agora não há nada. Zero.

Então começo a me afastar. Porque agora estou realmente apavorada. Meu coração está saltando no meu peito e começo a sentir que alguém, ou *algo*, está me observando. Sabe que estou ali e está me olhando, mas não posso vê-lo. Só posso pensar que é a garota-fantasma molhada, que vai sorrir e mostrar as presas e talvez, quem sabe, dar uma risada maligna enquanto me encurrala.

Então, basicamente estou ali, me afastando superlentamente das banheiras, depois dos chuveiros, pias e do próprio banheiro até chegar ao meu quarto.

E aí fico parada lá.

Parada, de pé, no meu quarto, tentando descobrir o que acabou de acontecer e tentando me acalmar. Inspiro. Expiro. Respiro devagar. Começo a falar sozinha. Não sou louca, não pense isso, estou apenas tentando me salvar do precipício. Estou tentando usar yoga para me tirar dessa situação.

— Ok, ok, Willa... aquilo foi apenas, foi apenas uma coincidência. Talvez você nem tenha ouvido a banheira. Porque não tem ninguém lá. Quem sabe você estava sonhando. Talvez tenha sido no andar de baixo. Vai ver você ouviu aquela banheira.

Mas eu sei que isso não pode ser verdade. O banheiro do andar de baixo fica do outro lado do corredor, na outra ponta. Tipo, alguém poderia gritar lá dentro e eu não ouviria de jeito algum. Muito menos a água da banheira.

Ok, concluo que não era nada e que estou sendo boba, e volto para a cama. Entro embaixo das cobertas e resolvo conversar comigo mesma até dormir. E funciona. Por cinco minutos. Até o segundo em que estou prestes a dormir.

E ouço novamente.

A água da banheira.

Abro os olhos e encaro o teto.

Isso realmente não pode estar acontecendo.

E não para. Tento pensar em tudo que poderia ser, as mais variadas explicações, mas nada. Nada. Realmente parece ser a torneira da banheira.

Bem, estou começando a ficar irritada. É claro que só pode ter alguém tentando me enganar. Só pode ser.

Então me levanto novamente e vou lenta e silenciosamente até o banheiro, para pegar a pessoa que está tentando me enganar.

Entro no banheiro.

E, novamente...

Não tem ninguém ali.

ONZE

Tomei uma decisão executiva.

Não vou ficar. Aqui. Nesse quarto. Hoje à noite. Aliás, não vou ficar aqui nunca mais.

Corro até o armário, recolho meus livros, minhas roupas do dia seguinte, minha escova de dente e tudo que gostaria de ver novamente. Jogo tudo na mochila e desço as escadas até a sala de estudos no primeiro andar. Para falar a verdade, é uma sala bem legal. Tem sofás, luminárias e mesas e cadeiras pesadas de madeira. Tem até uma lareira. E uma estante embutida lotada de livros até o teto.

Jogo minhas coisas na mesa e me atiro no sofá. Será a minha cama do dia — não me importo de parecer maluca. Claramente, existe uma garota-fantasma roxa naquele banheiro e não tenho a menor intenção de conhecê-la pessoalmente. Sim, eu sei que provavelmente pareço louca. Sim, voltarei lá em cima.

#sóquenão.

Tenho problemas suficientes. Jesus.

Não sou religiosa, mas acho que cheguei na parte do plano onde preciso encontrar Deus.

— Querido Deus, Alá, Vishnu, Javé, Buda e todo os Superamigos com traços divinos que se reúnem na Sala da Justiça no céu.

Por favor, faça essa coisa, seja lá o que isso for, ir embora e me deixar em paz e, por favor, me proteja de fantasmas de uma forma geral, para sempre até a eternidade. Amém.

Olho para as estrelas para ter certeza de que fui clara e de que o Deus que estiver de plantão entendeu o recado.

— Obrigada. Agradeço muito. Está fazendo um trabalho excelente. Exceto no Oriente Médio. Talvez você possa enviar uns anjos ou algo do tipo para lá. Mas fora isso, ótimo trabalho. Continue assim. E, novamente, sei que estou me repetindo, mas talvez possa melhorar a história das visitas fantasmas.

Sei que deve achar isso ridículo, mas juro, essa coisa com a banheira realmente aconteceu e, sério, amanhã vou ter que pensar em uma forma de sair de lá.

Mas como?

Não posso dizer para eles que o lugar é mal-assombrado.

Está brincando? Eles me mandariam de volta para Iowa em uma camisa de força. E ninguém nunca saberia o fim disso tudo.

E eu seria assombrada por um espectro muito mais assustador. Minha mãe.

DOZE

Quando chega a hora da aula de literatura contemporânea, pareço estar acordada há dois dias. O que posso fazer? Mal dormi na noite passada, graças à visita do além.

— Nossa. Olha a sua cara. Você por acaso entrou para a vida de prostituição e crime?

É Remy. Claro.

— Não. Meu quarto é mal-assombrado.

— Sério?

— Bem, na verdade, é o banheiro.

— Uuuuuh. O caso do banheiro assombrado...

— Basicamente a parte inteira do andar onde me botaram é assombrada por uma espécie de fantasma na banheira.

— Você é... *estranha*.

Remy me observa, boquiaberta. Sobrancelha arqueada. Mas a boca aberta... tem a forma de um sorriso.

A srta. Ingall chega e todos se sentam.

— Bem, turma, posso deduzir que todas vocês leram o livro inteiro? Levantem as mãos.

Todo mundo levanta a mão, menos Remy. Ela está ocupada demais escrevendo um bilhete para mim no canto do papel.

Está escrito: "O que você vai fazer?"

A srta. Ingall chama alguém da primeira fila. Fico irritada de não estar na primeira fila, mas os lugares são marcados. Como posso fazer meus olhares interessados se não estou na primeira fila?

Respondo Remy no canto do meu papel: "Vou me mudar."

Remy pergunta: "Como?"

Respondo: "Vou pedir."

Remy rabisca: "Não vão deixar."

Engulo em seco.

Ela balança a cabeça para mim.

A srta. Ingall escreve algo no quadro. Algo sobre "a outra" e "viver à margem".

Sussurro para Remy:

— Mas... eles precisam deixar. Estou desesperada.

A srta. Ingall vira para trás.

Remy escreve: "Eu sei o que fazer. Você precisa fingir que vai se matar se não te mudarem. Aí vão ter que deixar. Ou serão *responsabilizados*. Como num tribunal. Sabe, se você de fato tentar se matar."

Ah, que interessante. Esse tempo todo precisei fingir que *não* ia me matar, mas agora preciso fingir que *vou* me matar. O mundo está de cabeça para baixo!

E, outra coisa, a srta. Ingall está ligada.

— Willa? Remy? Existe algo que gostariam de compartilhar com o resto da classe?

— Não, srta. Ingall — respondemos ao mesmo tempo.

— Que bom. Agora, Willa. O que você acha que significa? Viver à margem.

— Hum... Acho que talvez signifique que o mundo todo e toda a sua história é concentrada em outra coisa. Feito os homens. Os homens ricos. Homens ricos e brancos, na verdade. E todas as histórias de heroísmo. Como na história americana. Não é sobre você. Não se for mulher. E, ainda mais, se for uma mulher afrodescendente ou latina. Ou pobre. Então, se estiver, por exemplo... à margem, talvez tentando fazer a diferença, da margem... Mas ninguém quer de fato ouvir você. Ou ver você. Porque você não é a história que eles querem contar.

A srta. Ingall fica me olhando. Assim como o resto da turma.

— Isso mesmo, Willa.

Ela se vira. Espera um instante. Vira de volta para mim.

— Mas, Willa... Por que não é a história que eles querem contar?

— Acho que é porque... se contar a história do ponto de vista marginal... meio que enfraquece a versão deles, os fatos... como se fosse a marca deles. Eles se sentem ameaçados. Tudo o que usaram para justificar as coisas terríveis que fizeram para de valer quando escutam o que se tem a dizer.

— Bom, Willa. Muito bom.

Remy olha para mim e sussurra:

— Uau! Nossa, você é inteligente! Ou aquele fantasma se apossou de você e agora tem a alma de uma nerd. De qualquer forma, mandou bem.

Eu sorrio. Não faz sentido, né? Remy Taft. Parente do presidente Taft. Rica. Nascida com tudo e um pouco mais. Ela concorda comigo? O que ela sabe sobre ser à margem da sociedade? Como poderia saber?

Ela É a história oficial. Não foi sempre a história principal? Uma garota banca, rica e bonita que vem de uma família rica e mora em uma mansão.

Não tem motivo para *ela* ser interessante.

Tenho vergonha de dizer isso, mas não confio nela.

Não confio nela por causa de sua origem e porque tudo sempre foi e será fácil. E também porque eu a vejo na aula de literatura e depois ela desaparece para o lugar onde habitam os animais fantásticos e não a vejo até a aula seguinte. Para onde ela vai?

Mas aí ela diz algo hilário e eu gosto tanto dela que não consigo me conter. É como se ela não se importasse com nada. Aquelas roupas improvisadas e o hábito de nunca falar com ninguém. Ela meio que faz tudo do próprio jeito esquisito e que o resto que se dane.

Deve ser por isso que todo mundo é tão obcecado por ela.

Porque não conseguem decifrá-la. Não conseguem encaixá-la.

A srta. Ingall está concluindo a aula, escrevendo nosso dever no quadro. "Escreva um momento em sua vida em que sentiu-se à margem. Três páginas." Anotamos no caderno, nervosas, pensando sobre o que falaremos. Como poderemos impressionar a srta. Ingall. Como faremos para tirar dez.

O sinal toca e a sala vira uma grande agitação de livros e páginas por toda parte, mochilas sendo fechadas.

A srta. Ingall me para na porta.

— Willa, acha que pode me visitar na minha sala quando for melhor para você? Fico lá das catorze às dezesseis horas. Segundas e quartas.

— Claro... Está tudo bem? Eu sei que o meu último trabalho foi meio forçado, mas eu...

— Não, não, não é nada disso. Eu só quero falar sobre uma coisa com você.

— Ah, tudo bem. Sim, claro.

— Quarto andar, Casa Wharton. É na alcova no final.

— Ah, ok. Obrigada.

Remy e eu descemos o corredor.

— O que você acha que ela quer?

— Vai ver ela que assombrar você. Dentro das suas calças.

— Que nojo, Remy! Cala a boca!

Mas eu ri. E muito.

Passamos por uma aglomeração de garotas perto do vão da porta. Elas param de falar e olham para Remy como se fosse um astronauta pisando na lua. Uma delas acena timidamente e a garota ao lado dá um tapa na mão, envergonhada. A primeira garota parece completamente humilhada.

Eu vi isso acontecer.

Remy, não.

Ela parece não reparar em nada.

Ela se inclina na minha direção e cochicha:

— Bora, vamos forjar um suicídio.

TREZE

Quando estou ao lado de Remy, me sinto famosa.

Eu sei. Eu sei que soa ridículo. Mas é esse o problema. Por toda a minha vida me senti como se todo mundo estivesse em uma festa invisível. E eu podia apenas acompanhar de longe, ver algumas partes na TV, na internet, no cinema ou nas revistas. E é uma festa incrível e empolgante onde todo mundo é superfantástico e magro e glamoroso e ninguém se importa com dinheiro, comida ou nada gauche. Não, essa festa só tem estrelas e tem só um detalhe... não fui convidada. Porque não sou excepcional, alta, magra ou tenho um nome tradicional de família. Sou apenas uma garota. E mesmo se me convidassem para a festa, seria um erro completo. Tipo, eu seria a sobrinha do tio de um primo e todo mundo veria logo de cara, e se pudessem me expulsariam.

Porque eu não tenho lugar naquela festa. É uma festa para pessoas fabulosas. E eu não sou fabulosa. Sou de Iowa.

Mas não quando estou com Remy.

Quando estou com Remy, sou convidada para a festa. Quando estou com Remy, nós somos a festa. E todo mundo olha para a gente e quer estar com a gente e sorri para a gente e se aproxima superamigavelmente. E não é por minha causa. Sei que é por causa da Remy. Mas ainda assim. Ainda assim, com Remy, toda aquela sensação, insegurança, nervosismo e vergonha de existir desaparecem, para bem longe, e ficamos apenas eu e Remy, apenas nós em nosso filme particular onde somos famosas e todos à nossa volta nos lembram disso.

E é por isso que me mudei temporariamente do meu quarto para o dela.

Mas, pelo visto, nem ela se mudou para o próprio quarto. Quer dizer; não tem nada ali. Um lençol, um lençol de elástico, esticado sobre o colchão, mas não está nem propriamente colocado. Está claro que Remy está em fuga.

— Consegue babar?

— O quê?

— Acha que consegue babar?

— Hum... do que você está falando?

— Toma. Pensa num limão. Pensa com vontade.

— Você é estranha.

Remy está deitada na cama de lado, com a boca aberta, tentando babar. Ela parece um peixe com espasmos.

— Por que gostaria de babar?

— Não sei. Me parece que se alguém consegue babar voluntariamente, ou ficar vermelha, ela pode forçar o choro. E você vai precisar chorar para se livrar daquela banheira mal-assombrada.

— A banheira não é assombrada. A área é assombrada. É um perímetro de banheira assombrada.

Ela ri.

— Pode-se dizer que é uma questão de cama, mesa e fantasma no banho?

Preciso morder a boca para não rir.

— Eu diria que você pode brincar o quanto quiser, mas não volto nunca mais naquele lugar, eu juro.

Ok, a gente deveria estar estudando. São três da tarde e as aulas do dia já acabaram, mas não estamos fazendo nada que não seja ficar jogada na cama e babar de propósito.

— Isso é idiota.

— Tá bom, vamos praticar o choro.

— Ok.

Eu me sento e começamos a cena. Remy faz o papel da decana imaginária de assuntos estudantis.

— Ok, vou entrar no personagem. Mi-mi-mi-mi-mi... Ok, estou pronta.

Ela corrige a postura e morde os lábios.

— E por que gostaria de trocar de quarto, minha jovem?

— Porque estou pensando em me matar.

Algo acontece. Algo rápido que acontece com meu rosto. Um sinal. Um acidente. Mas meus olhos quase entregam o jogo. Meu plano. Sobre me matar de *verdade*.

Remy para. Ela olha para mim. Um olhar diferente.

— Uau. Foi... muito bom.

— Valeu.

— Tipo, realmente acreditei em você.

Ela está me encarando agora.

— Ah, que estranho.

Eu me mexo na cadeira.

E ela continua olhando. Sem piscar.

Dou de ombros.

— Anda, precisamos treinar.

Remy levanta as sobrancelhas e continua a encenação.

— Ok, ok. Minha nossa, cara Willa. Isso me parece um pouco hiperbólico.

— Não é, sra...

— Sra. Persnickles.

— Não é, sra. Persnickles. Eu tenho muito medo de altura e meu quarto é um dos mais altos do campus. Assim... é muito alto. Parece que estou em um avião ou algo do tipo. Tenho vertigens. Sinto como se fosse cair. Simplesmente cair no abismo para sempre.

— Ok, agora chora.

— O quê?

— Chora. É a deixa. No momento em que a sra. Persnickles estiver mais desconfiada.

— Ok, mas não vou fazer isso agora. Vou esperar para fazer na hora.

— Isso é bom. Armazenar as emoções. Acumule tudo que puder.

— Espera. Você sabe chorar?

— Claro.

— Onde você aprendeu?

— Na reabilitação.

— Espera. Oi?

— Eu sei. Dá para acreditar? Fui pega uma vez, UMA, com maconha no Spence. Não era nada de mais. Tipo nada. Um fininho.

— Não entendo muito de gírias sobre maconha, mas vou balançar a cabeça e fingir que sim.

— Que bom. Porque não era nada. Sério. E todo mundo agiu como se fosse o fim do mundo e o céu estivesse desabando, e quando me dei conta estava no lugar mais ridículo e deprimente do mundo com um monte de gente *compartilhando* coisas sentadas em círculo o tempo todo. Aff. Que piada.

— Ok, talvez tenha sido...

— Foi idiota. E sem sentido. Tirando a parte onde pude fazer "terapia teatral". Muito útil aprender a controlar as emoções e tal. Quer dizer, eu não me importaria em viver disso.

Cacilda, ela encerrou direitinho o assunto. Mas entendo. Reabilitação. Talvez ela tenha vergonha. Tento mudar o assunto para que ela goste de mim novamente.

— A decana de assuntos estudantis realmente se chama sra. Persnickles?

— Sim. O nome dela é Billybottom Persnickles III.

— Ah, que bom, eu não me rebaixaria a encontrar com Persnickles I. ou a II.

— Claro que não, querida — diz Remy, com a fala arrastada. — Seria humilhante.

Está começando a esfriar e faltam apenas duas horas para a reitoria fechar, e não vou dormir mais uma noite gelada naquele quarto mal-assombrado, então a hora é essa.

— Ok, me deseje boa sorte.

Pego meu blazer e deixo Remy treinando a baba dela.

— Você sabe que vou conseguir — diz ela.

— O quê?

— A baba. Vou conseguir babar de propósito.

— Todas as pessoas ricas são estranhas?

Realmente quero saber.

— Sim. Não os emergentes, claro. São muito burgueses para serem estranhos. Como se tentassem ser um conceito de rico ou algo do tipo, mas sempre parecem ridículos, e ligeiramente patéticos.

— Eu pareço ridícula e patética?

— Não. Você parece, quem sabe, um pouco louca.

Fico sem reação.

— Sério?

— Bem, não sou eu que vou trocar de quarto por causa de uma privada possuída.

— É uma banheira. Uma banheira mal-assombrada.

— Exatamente.

CATORZE

Quando chego no escritório administrativo, já perdi basicamente todas as esperanças. Claro que não vão deixar eu me mudar. Fantasmas. Que diferença faz? Sei que meus dias aqui estão contados e é só uma questão de tempo até que, eu também, fique perdida na corrente infinita de almas que perambulam pelo purgatório. Ou será que estão esperando? Acho que estão perambulando e esperando. Mas, na verdade, não estamos todos?

Hum. Talvez isso *aqui* seja o purgatório. E a gente simplesmente não sabe.

Espera um minuto.

Talvez isso aqui seja o inferno.

Não, não, não pode ser o inferno. Tem flores demais. E pôr do sol. E o meu pai. Ele nunca estaria no inferno.

Mas quem sabe estamos perto do inferno.

Tipo em Nova Jersey.

A porta se abre e, de repente, a reitora para assuntos estudantis está parada ali.

Sra. *Smith*. Totalmente entediante. Sra. Pernisckles era bem melhor.

— Posso ajudá-la, minha jovem?

Para ser sincera, ela até que parece simpática. Bem mais crocante do que eu tinha imaginado. Como se comesse uma tigela de granola no café da manhã, uma barra de granola no almoço e, no jantar... um sanduíche de granola. Ela está usando sandálias Birkenstock. De meias. Claro. tem uma juba cacheada e seca que dá a volta na cabeça.

— Oi, é, então... Bem, eu gostaria de perguntar sobre uma possível troca de quarto.

— Ah, entendi.

Ela gesticula para que eu me sente. Não vou mentir para você. A decoração é pesada, na pegada indígena Navajo. Tem até um apanhador de sonhos. Será que ele vai apanhar o meu sonho de mudar de quarto?

— É, então, é só que...

Eu realmente estava esperando fazer essa cena com uma pessoa mais nariz em pé. Não com a Senhora do Incenso. Minhas falas estão todas erradas. Terei que improvisar.

— Posso perguntar o que há de errado com seu quarto atual?

— Sinceramente?

— Sim. Sinceramente.

— É mal-assombrado.

Odeio a minha boca, odeio a minha boca, odeio a minha boca! Fica quieta, boca!

— Sério?

Ok, está tudo dando errado rápido demais. Em primeiro lugar, não era para eu dizer aquilo sob hipótese alguma, e segundo, não era para ela responder como se fizesse sentido.

— É, quer dizer... Bom... O que aconteceu foi...

Ela ouve meu relato apavorante sobre o banheiro mal-assombrado. A história toda. Em detalhes. Não parece prestes a mandar me internar. Mas aposto que a qualquer minuto, vai apertar um botão e os homens entrarão para me levar — se não for ejetada pelo teto.

— E você acha que não vai conseguir estudar se ficar lá?

— Assim, você conseguiria?

Ela está indecisa. Vou precisar de umas lágrimas.

— Tenho medo de que se eu ficar lá talvez... eu me mate. Como se os espíritos pudessem me convencer ou algo assim. Os espíritos da garota-fantasma.

Ela ergue uma das sobrancelhas.

Ai, Deus. Não está funcionando. Ok, pense em algo triste, pense em algo triste, pense em algo triste...

Já sei. Isso. Pense em como é injusto sua mãe estar lá vagabundeando pelas colinas francesas, mesmo ela sendo uma pessoa horrível, e o seu pai, que é a melhor e mais doce pessoa do mundo, está preso em What Cheer, Iowa, sem nenhuma felicidade e um monte de contas que não consegue pagar. Pense no fato de que está fingindo que vai se matar, quando vai de fato se matar porque isso tudo, o mundo todo, é profundamente injusto.

Agora vem a parte boa. A parte que funciona. Eu tento segurar as lágrimas. Sim, isso é o que dá resultado. Tente segurar as lágrimas. Ninguém nunca quer chorar, certo? Então, embora meus olhos estejam cheios de lágrimas por pensar na injustiça entre meus pais, e o peso do mundo, e o suicídio elaborado que estou simultaneamente fingindo e escondendo... eu seguro as lágrimas.

— Willa? Sinto muito... Willa?

Agora ela está tentando chamar minha atenção. Me libertar desse peso.

— O peso infinito de ser uma pessoa de espécie humana nessa órbita rotatória próxima ao sol em um universo infinito, dentro de um oceano de multiversos permanentemente infinitos!

É isso que sai. Da minha boca. Digo as palavras e não consigo controlá-las. Pior ainda. Continuo falando.

— O que isso tudo quer dizer?! Como pode existir um multiverso?!

— Willa! Tudo bem. Tudo vai... ficar bem. Tome.

Ela me entrega um lenço de papel. Estou ofegante, tentando recuperar o controle sobre a minha respiração, e sobre mim mesma.

Espio com o olho esquerdo. Claramente, estraguei tudo. Ela vai me expulsar desse lugar e meu único refúgio será o circo Barnum & Bailey. Serei uma palhaça triste e a vida na estrada será dura, mas a gente sobreviverá com bebidas e jogos de cartas todas as noites ao lado da jaula do leão. Um dia, vou deixar o leão sair da jaula e ele comerá o ambicioso mestre do circo antes de correr em direção ao pôr do sol.

— Existe uma solução muito simples — diz a srta. Smith.

— E-existe? — pergunto, em meio a fungadas, como o último órfão do orfanato.

— Sim, claro. Apenas respire fundo que vou descobrir a melhor ação a ser tomada.

Agora, nossa amiga hippie está mexendo nos arquivos, inspecionando as fichas e os papéis. Não está falando sozinha, mas bem que poderia. Se ela pudesse resolver meu problema com um olhar preocupado, teria resolvido uma hora atrás.

Eu sussurro:

— Desculpa por ter ficado tão nervosa sobre o multiverso.

Ela finge que não me ouviu.

— Ok. Aqui está. Residência Denbigh. Perfeito. É do outro lado do gramado, no quarto andar. É um quarto belíssimo. Tem até uma lareira. Me parece ótimo. O que acha?

— Sim! Não, claro... seria incrível. Não sei como agradecer pela sua gentileza nesse momento de angústia.

Angústia? Sim. Acabei de dizer "momento de angústia".

— Ah, imagina. É para isso que estamos aqui. E... — ela brinca com as sobrancelhas —, você vai ficar com um dos melhores quartos do campus.

— Sério?

— Com certeza. Sabe, eu nem deveria dizer isso para você, mas... você não é a primeira a pedir para trocar de quarto.

— Está falando sério?

— Olha, veja bem. Eu não acredito em fantasmas. Mas me parece que aquele quarto está sempre vazio. Sabe lá o motivo...

— Nossa.

Ela pisca para mim e me entrega as chaves.

Está chapada? O que está acontecendo? É tudo muito estranho. Achei que todo mundo nessa escola deveria ser terrível, metido e arrogante. E como a diretora Hardscrabble em *Universidade Monstros*. Mas essa moça. Essa moça, de meias e sandálias, é bem legal.

E tudo isso funcionou porque a Remy me disse o que fazer.

— Olhe, Willa. Eu sei que às vezes é difícil fazer a transição para... outros lugares, talvez até outros mundos... então, se tiver algo que você precise, sinta-se à vontade para me procurar. Estou sempre aqui. Bem, não sempre, isso seria esquisito, mas minhas horas de trabalho são fixas e estou aqui durante o horário da administração... você entendeu. Não quero que se sinta sozinha aqui. Porque certamente não está.

Hum.

Será que ela disse isso tudo por causa da minha performance dramática digna de um Globo de Ouro? Ou será que é porque sou uma esquisita de What Cheer, Iowa? É por *isso* que ela está sendo tão legal? E ela piscou mesmo? Isso também é um mistério. O Mistério do Globo Ocular da Decana de Assuntos Estudantis.

Socorro. Sempre que alguém é legal comigo, meu primeiro instinto é sair correndo o mais rápido possível. E é exatamente o que farei.

— Hum, Ok. Valeu.

— De nada, Willa. Lembre-se, você está aqui por um motivo.

— Como assim, aqui em Pembroke ou aqui na terra em geral...?

Ela sorri, entretida.

— Os dois. E, Willa, eu também me sinto perplexa diante do conceito de multiverso. Mas talvez signifique que o universo é cheio de possibilidades infinitas.

Ooo-k.

Eu poderia ficar cinco dias contemplando essa interação, mas estou louca para ver meu novo quarto. Balbucio mais um "obrigada" para a Decana de Possibilidades Infinitas e corro para meu novo aposento. Agora estou no dormitório Denbigh em um quarto ainda maior, com uma lareira e, claro, uma vista.

Eu deveria inventar histórias e chorar mais frequentemente. Deveria me perguntar mais frequentemente "O que Remy faria?".

Decido buscar o resto das minhas coisas no dia seguinte. Não hoje. Já está escuro e os fantasmas devem estar acampados no meu antigo quarto, fumando cachimbos e lendo a *New Yorker*.

QUINZE

— Funcionou!

Praticamente voo pelo gramado como se eu também fosse um fantasma. Estou com muita pressa porque estou morrendo para contar a história para Remy e não chego nunca.

Subo as escadas correndo e voo até o quarto da Remy, morrendo de ansiedade para contar todos os detalhes sobre a minha performance magnífica e o quarto novo e como a gente tem que ir para lá agora. O quarto está aberto, mas Remy não está lá. Nem sinal de fumaça. Tudo igual. Cama desfeita. Sim. Roupas pelo chão. Sim. Remy. Não.

Mas a porta estava aberta, e isso é estranho.

— Remy?

Quem sabe ela está no banheiro. Desço o corredor e dou de cara com uma garota mal-encarada.

— Oi, licença. Você viu a Remy?

Ela balança a cabeça e volta para sua caverna.

O banheiro fede a cloro e mais cloro, mas não há nem sinal de Remy.

Quem sabe ela está na sala de estudos. A sala desse dormitório é estranhamente surrada em comparação à minha sala antiga. Como se tivessem decorado milimetricamente cada sala de estudos e então perceberam que haviam se esquecido de uma. Essa aqui. Essa aqui que é decorada com móveis dos anos 1960. Resumindo, essa sala não aparece em nenhum folheto.

No canto de leitura perto da janela, tem uma garota ruiva que deve ser descendente da Moranguinho. Ela olha para mim, irritada. E então se toca e muda completamente de expressão. Agora ela é só sorriso. Um sorriso em formato de morango.

— Oi... você viu a Remy? Remy Taft?

— É, eu sei quem é. Quer dizer, eu sei quem ela é. Quer dizer, não como você, mas sei quem é.

A situação está ficando constrangedora. Ela está se enrolando completamente e ficando vermelha, como o cabelo dela, então tudo está ficando vermelho ali naquele canto.

— Hum, ok. Bom, se você encontrá-la, diz que a Willa está procurando por ela. Sou eu. Willa.

— Eu sei.

Não entendo o que está acontecendo. Ninguém deveria saber quem eu sou. Essa é a função da Remy. Eu sou apenas a coadjuvante. A coadjuvante confiável que não é a estrela do show, mas com quem sempre se pode contar para rir das piadas, frequentar eventos e fazer todo mundo se sentir melhor em relação a si mesmo, de uma forma geral. Eu sou o *frozen yogurt*, não o granulado.

— Eu falo. Pode deixar.

A Moranguinho volta a atenção para o livro depois de dar um sorriso simpático. Decidi que gosto dela. Ela lê livros no canto da pior sala de estudos do campus. É alguém que merece o meu amor. Talvez ela seja como eu. Um lobo solitário. Não é boa o suficiente para as salas de estudos sofisticadas.

Enquanto eu saía tranquilamente do dormitório, em direção à luz do fim da tarde, tive a sensação de que talvez tudo fosse ficar bem. Não apenas bem — talvez melhor do que bem. Perfeito. O sol deixava o céu rosa e laranja, e isso queria dizer que existem infinitas possibilidades em um lugar onde se pode chorar e conseguir quartos com lareiras e uma vista. Onde se pode ser amigo de Remy Taft. Onde as pessoas sabem que seu nome é Willa.

DEZESSEIS

O dormitório Denbigh fica em frente à biblioteca do outro lado do gramado, escondido entre abetos e pinheiros. Do meu quarto, no quarto andar, consigo ver além do topo das árvores de toda a movimentação pelo gramado, mas também estou em um andar alto o suficiente para escutar apenas o silêncio e o ocasional canto de um pássaro, que são na verdade dinossauros voadores.

Não vamos nem começar a falar sobre pássaros. Sério.

Meu único motivo de tristeza é bobo, e é porque Remy não está comigo quando abro as portas. O que teria acontecido seria o seguinte: a gente prenderia a respiração antes de abrir as portas, destrancaríamos e abriríamos a porta e então daríamos gritinhos de alegria e felicidade, seguido de uma briga de travesseiros quase que imediata ao vermos como o meu quarto novo era maravilhoso.

Isso não aconteceu. O que houve foi que subi as escadas para meu quarto solitário do outro lado do dormitório, girei a chave sem muita cena, abri a porta e avistei o melhor quarto do mundo. Mas sem gritinhos. E sem brigas de travesseiro.

Dei apenas um leve suspiro que foi avistado por ninguém. Nem mesmo as folhas nas árvores pareciam se importar. E o único quarto minimamente próximo à minha pequena alcova, no final do corredor, é uma portinha ao lado da minha que parece não ter nada. Está aberta, mas, sério, o quarto adjacente mal conta como um quarto. Parece mais um armário grande.

Mas o *meu* quarto! Senhoras e senhores, é um quarto e tanto! Piso de madeira de cores variadas, tipo com desenhos na madeira. No que mais vão pensar? Lá na minha cidade, se alguém quisesse um piso de madeira decorado teria que ser de canetinha.

Mas, espera, tem mais! A lareira é cercada de azulejos e decorada com pequenos desenhos. Tipo pequenas fotos. Um deles mostra uma garota sentada à beira do lago. No azulejo. A cena está dentro do azulejo.

Do lado de fora da janela, eu juro, tem um pequeno esquilo, sentado ali no espaço entre a janela e três pequenas torres que parecem ter surgido por todo o campus. O esquilo está imóvel, meio que de lado, segurando uma noz, fingindo que não me vê ou que não existo como um todo. O esquilo está estudando a situação. O esquilo está tentando descobrir se vou comê-lo ou não.

— Oi, esquilo. — Falo com uma voz cantante. Quero deixar o esquilo ciente das minhas intenções. Intenções felizes. Intenções não comestíveis.

— Oi, esquilinho. Olá.

O esquilo conclui que não sou seu pior inimigo e volta a atenção para a noz, me esquecendo completamente.

Quer dizer, só pode ser o melhor quarto se tem um esquilo para te receber. É um sinal do bom Senhor de que era para ser. Só não era para ser sozinha. Quero compartilhar esse quarto. Quero pular no quarto, gritando e rindo. Quero promover grandes eventos nesse quarto e, quem sabe, até mesmo um chá aos domingos.

Mas tudo isso está em suspenso.

Estou de standby. Nesse quarto.

Sozinha.

DEZESSETE

Dois dias mais tarde ela nem sequer apareceu para as aulas. Mas, tudo bem. Analisei meu comportamento e concluí que talvez tenha ficado um pouco obsessiva e, quem sabe, ela não gostava tanto de mim assim. Não a culpo. Então, sem problema. Estou na fase da aceitação. Tudo como deveria ser. Sou Yoda. Sou invencível.

Só que...

Quando volto para o meu quarto maravilhoso e incrível, Remy está lá. Sentada na minha cama como se nada fosse.

— Acho que descobrimos se você sabe chorar de mentira.

Dou uma risada, um pouco pega de surpresa. Como ela conseguiu entrar?

— Bem, Iowa, acho que podemos concordar que esse é o melhor quarto de todos os tempos e eu não sabia que ele existia. Para você ver quão bom ele é.

— Eu sei. Dá para acreditar? Parece que ganhei na loteria ou algo do tipo.

— Quem fica na porta do lado?

— Ninguém. O quarto é pequeno demais. Tipo do tamanho do seu armário.

— Dependência de empregada.

— O quê?

— Dependência de empregada.

— Hum, eu não tenho empregada.

— Eu sei. Mas as pessoas costumavam ter. As pessoas mandavam os filhos *feat.* empregada.

— Sério?

— Ah, é. E... costumava ter uma moça que lavava os cabelos por cinco dólares. No porão.

— Como assim, ela morava lá?

— É, ela era um troll. — Remy sorri e se levanta. — Não, mas ela ficava lá a semana toda. E só nos anos noventa eles determinaram que isso era "classicista". 1990. É verdade.

— Uau. Eu meio que queria que ela ainda existisse... odeio lavar o meu cabelo. Cansa meus braços.

Mas Remy não está prestando atenção. Está ocupada demais entrando no quarto ao lado, roubando a cama e *botando a cama no meu quarto*.

— Hum. O que você está fazendo?

— Hum. Botando essa cama aqui.

Agora ela está arrumando a cama no quarto, à janela.

— É ali que ela quer ficar.

Ela assente, aprovando seu trabalho, antes de voltar ao quarto para trazer o colchão.

Remy joga o colchão na cama e tira a poeira com as mãos, atenta ao trabalho.

— Perfeito. Vou pegar minhas coisas.

Antes que eu possa dizer qualquer coisa, ou sequer processar o que estava acontecendo, Remy sai correndo pela porta e escadas. Vejo-a correndo animada pelo gramado, provavelmente para buscar suas coisas, provavelmente para se mudar para o meu quarto, provavelmente para dormir naquela cama que acabou de trazer para cá.

Hã. Acho que eu não estava obcecada, afinal. Acho que eu estava sendo... normal?

Acho que qualquer pessoa parece normal perto de Remy.

DEZOITO

Nossa primeira sessão de estudos *en suite* acontece assim: eu organizo meu espaço de trabalho. Remy pede comida japonesa. Ponho os livros na mesa. Remy vai até o outro lado do quarto. Abro meus livros. Meu telefone vibra ao meu lado.

E então percebo que Remy está me mandando mensagens. Da cama. Do outro lado do quarto.

TÁ ME DANDO UM PERDIDO?

Respondo.

ce ta loka

Continuo estudando. Ou tentando.

Lá vem a Remy.

MEU AMOR É DE VDD

Minha vez.

vc e tosca

Agora ela.

VC É G4T4 D+ PRA EU ESQUECE

Minha vez.

EU TO É MORTA.

Agora, de volta aos estudos.

Remy fica quieta e estou prestes a entrar em um capítulo fascinante sobre a importância das ferrovias e da indústria no resultado da guerra civil. Só que...

Ouço o toque do Darth Vader.

Olho para meu telefone.

Que surpresa!

Pego o aparelho.

Ela está do outro lado do telefone, mas não nos olhamos.

— Alô? Alô?

Atendo.

— Alô, quem é?

— É o Ryan Gosling. Estou ligando para dizer que estou apaixonado por você, embora a gente nunca tenha se conhecido.

— Que ótimo, Ryan, só que estou estudando no momento, então vai ter que me ligar mais tarde e casar comigo.

— Se eu me casar com você, vai correr pela chuva como em *O diário de uma paixão*?

— Sim, Ryan.

— Então tá. Tchau.

Remy desliga o telefone.

Bom, isso é muito legal, mas realmente preciso estudar. Lá vou eu, de volta à genialidade de Abraham Lincoln.

Toque do Darth Vader.

— Alô?

— Oi, quem fala é o Robert Pattinson. Estou ligando para dizer que você ganhou uma viagem para o meu pênis.

Tento não rir.

— É muito tentador, Robert, mas preciso estudar.

Desligo o telefone.

Silêncio.

Silêncio. De volta aos estudos...

Toque do Darth Vader.

Atendo.

— Viagem para o meu pênis!

Pronto. Nós duas começamos a rir e a não estudar nada. Ok, já sei como fazer isso de agora em diante.

Para estudar: ficar o mais longe possível de Remy.

Para rir.

Para ser feliz.

Para não se matar...

Ficar perto de Remy.

Mas agora Remy parece ter cansado. Agora ela está enfiada no quarto de empregada ao lado, algo que anda fazendo muito ultimamente. Agora posso estudar. Eu posso.

DEZENOVE

Estão fazendo um negócio na escola dos garotos, em Witherspoon. Quanto mais eu ouço falar dos garotos, mais tenho pena deles. Tipo, todos ouvem Phish. E jogam footbag. E, é claro, alguém tem um bongô.

Escola Preparatória Witherspoon.

Tipo, fala sério.

Esses caras deveriam começar a reproduzir fora do próprio círculo social. Metade deles parece não conseguir levantar uma mala. Não que seja necessário. Mas não conseguiriam. É patético. Quer dizer, o que vai ser deles? Se não tiverem heranças, estão ferrados com certeza.

Enfim, acho que eles estão inventando uma coisa. Uma peça. Obviamente, é um complô para atrair garotas até lá. Garotas do teatro. Mas, ainda assim, garotas.

Vi o flyer na parede. Testes. Adivinha qual é a peça? É um musical, na verdade. Não grita. Meu Deus. Qual é o seu problema? Às vezes, você me mata de vergonha.

Ok, lá vai:

Grease.

Aham. Aqueles bunda-moles estão montando uma produção de *Grease* e estamos todos convidados a participar da mágica. Claro, todo mundo vai querer o papel da Sandy. Isso é óbvio. (Embora todo mundo saiba que Marty é o papel mais legal. Marty é a mais gata. Ela namora caras que estão na faculdade. E marinheiros. E aquele cara famoso que apresenta a competição de dança da Rydell High.)

Então, enquanto estou ocupada rindo da história toda sozinha, me divertindo internamente, Remy aparece do meu lado, olha para o flyer e diz o seguinte:

— O quê? *Grease*?!

— Eu sei. Patético.

— Tão patético que vamos participar.

— O quê? Nem pensar.

— Ah, para. No mínimo a gente vai poder sair desse lugar horrível. Pelo menos por algumas horas. Senão, estaremos condenadas a ser empregadas enrugadas que jogam cartas o dia todo. Possivelmente truco.

— Você só pode estar brincando. Está chapada?

— O quê? Não. Por quê? Quer ficar chapada?

— Não, é só uma expressão.

— Ah, vambora, a gente vai se divertir.

— Espera. Tá falando sério? Tipo, eu sei que você adorou a aula de dramaterapia ou sei lá o quê, mas isso?

— Sim. Isso. Eu com certeza acho que a gente deveria fazer um teste. Que mal tem?

— Sei o que você quer. Está contando com que eu me empolgue. Está achando que vou até lá e vou virar uma louca do teatro.

— Talvez. Mas estou realmente considerando uma desculpa para a gente chutar o pau da barraca.

— Acho que está mais para chupar o pau na barraca.

— Eca.

Dou de ombros.

— Só um palpite.

— Olha, vai ser bom para o seu histórico escolar. Que tal?

Ai. O argumento de ouro.

— Não sei...

Mas eu já sei que a gente vai. Se a Remy quer fazer a peça, então eu quero fazer a peça. Só para ficar com ela. Só para ter mais coisas para rir e zoar. Só para estar no mundo dela. Ao lado dela. Para ironizar demais, provocar demais, rir demais, mandar mensagens demais de dentro do mesmo ambiente e ser boba, mas fingindo que fazemos parte de um filme só nosso.

— Além do mais, aposto que o Milo vai fazer a peça.

— Milo?

— Ah. Ninguém falou do Milo para você?

— Hum, do que você está falando?

— Nossa, você é realmente do Nebraska.

— Iowa. E, não, não inventei isso para impressionar ninguém.

— Milo. Milo Hesse. Também conhecido como o cara por quem você vai se apaixonar.

— Ah, tá.

— Confia em mim.

— Como você sabe?

— Porque todo mundo se apaixona.

— Até você?

— A gente só é amigo. Mas acredite. O cara é irresistível. Tipo batata frita.

— Eu não gosto de batata frita.

— Bem, você vai gostar dessa.

E agora só consigo pensar nessa batata frita desconhecida e irresistível de quem até Remy gosta. E é estranho porque estou ao mesmo tempo com medo e com inveja dele. Tipo, por que a Remy gosta tanto desse cara? É só um cara idiota. E ela é *Remy*. A própria Remy Taft. Por que ela deveria se rebaixar gostando de alguém? Ela não está acima disso? Todo mundo deveria gostar dela, lembra?

Decido odiar Milo.

VINTE

Se um dia quiser ver um monte de gente fazendo papel de idiota, vá a um teste de atores. Qualquer alienígena vindo de Andrômeda que se teletransportasse nesse auditório deduziria ter descido em um hospício. Juro.

Eles pediram para a gente usar roupas largas. Para dançar. E cantas. Para a gente se movimentar e fingir ser feliz. Ou triste. Ou à espera do ônibus. A situação toda é meio ridícula. Tem umas garotas aquecendo a voz. E garotos. Garotos adolescentes fazendo escalas vocais.

É vergonhoso, sério.

Mas Remy não sabe que eu só tenho um objetivo nesse teste: falhar.

Tenho zero, absolutamente nenhuma intenção de perder meu tempo batendo no quadro negro, ou sabe lá como eles chamam isso, e cantando músicas sobre perder minha virgindade para um bonitão cheio de brilhantina na frente de um monte de estranhos. Então, aconteça o que acontecer, de uma maneira ou de outra, vou fugir dessa.

Remy, no entanto, está focada em Sandy. Concentrada. Empolgada. Inspirada. Também é a única pessoa que de algum jeito conseguiu ficar bem no look do dia. Esse estilo teatral *laissez-faire* de roupa larga. Eu classificaria a roupa dela como um mix de início dos anos 1990 com pós-ski. Algo nas botas peludas grita Suíça. De qualquer forma, ela parece recém-saída da *ELLE* e todo o resto parece saído do Walmart. É de tirar o chapéu. Não existe nenhuma roupa em que ela não fique bem. O instinto estilístico dela é algo a ser admirado.

— Ok, artistas! Reúnam-se. Quero que usem o espaço de forma criativa. Pensem fora da caixa. E, por favor, não se inibam. Não existe certo ou errado. Pois esse é um lugar de... mágica.

Olho para a Remy com uma cara de "isso é ridículo". Ela me encara com uma seriedade teatral.

— Agora quero que vocês encontrem um lugar no auditório, pode ser qualquer lugar, um lugar que fale com vocês, um lugar que chame vocês. E quero que finjam ser um sorvete de casquinha.

Eu reviro tanto os olhos que quase distendo uma órbita. Remy tenta não sorrir.

— Um sorvete refrescante e geladinho. É, isso, assim. Muito bem.

Todo mundo fica gelatinoso e lento. Mas não eu. Não, senhor! Eu sou um sorbet de laranja numa casquinha e tenho estilo e resplandecência. Talvez os outros sorvetes sejam lentos, mas estou escolhendo incorporar a acidez natural do sorbet de laranja. Baunilha diz: "Sou um tédio." Chocolate diz: "Me coma agora ou morra." Crocante diz: "Estou compensando por algo." Mas sorbet de laranja? Sorbet de laranja diz: "Sou estranho. Sou bobo."

E, assim, estou dançando uma dança muito estranha, o que faz o restante dos supostos Sandy e Rizzo da Rydell High me olhar de relance, mas não muito, então vamos melhorar isso... e deixar o personagem mais interessante. Meus movimentos também impossibilitam que a Remy consiga obter sucesso na personificação de um sorvete porque está se esforçando muito para não rir com o rosto enfiado na cortina de veludo vermelho do teatro, o que parece um sorvete de casquinha molestando uma cortina.

Minha dança é rápida. E descoordenada. E cheia de *joie de vivre*!

Agora, Remy está no chão, enrolada. É uma bola de sorvete derretida. Ela me olha, espiando sob a axila, e o resto dela está vermelho vivo.

Alguns dos outros dançarinos pararam de se movimentar.

A maioria olha para mim com uma careta.

A professora de teatro se chama sra. Jacobsen. Ela meio que parece a Patty Pimentinha adulta, com trinta quilos a mais e de terno azul com uma saia lápis e blazer combinando. Rola uns óculos também. Armação tartaruga. Ela também está de echarpe. E existem pássaros envolvidos. Na echarpe e, certamente, em casa.

— Com licença... É Willa, né?

— Sim.

Continuo dançando. O show não pode parar!

— Que espécie de sorvete você está interpretando exatamente?

— Sou um sorbet de laranja.

— Por favor, pare de dançar imediatamente.

Eu paro. Remy continua me espiando debaixo da axila, enrolada em uma bola ao lado do sistema de cordas na coxia.

— Pode explicar, Willa? Não sei se entendi o seu sorvete. Me parece muito diferente dos outros.

— Exatamente. É isso, sra. Jacobsen. O sorbet de laranja é diferente. Todos os outros sabores dizem basicamente a mesma coisa. Mas eu não. Não. Sorbet de laranja diz: "Sou bobo. Não me importo. Faço tudo no meu tempo! Me escolhe! Eu não sou tranquilo como baunilha, chocolate ou até mesmo morango."

A sala fica silenciosa.

Está claro que serei expulsa do teste. Missão cumprida.

A sra. Jacobsen se aproxima.

Agora ela está tão perto que posso sentir uma espécie de perfume de rosas, e posso dizer que o cheiro era bom.

E como Remy me inspirou a ser tudo o que quiser e, nesse caso, quero ser alguém que certamente não será escolhida para a peça, é hora de encerrar de vez essa palhaçada.

— Nossa, que gostoso.

— Desculpe?

— O seu perfume. É de rosas? Ou gardênias? Nossa, é muito bom. Sutil e ousado ao mesmo tempo. Mandou bem, sra. Jacobsen.

Remy se senta e encosta na parede, entretida.

— Ah. Obrigada. Então, de onde você é, Willa?

Aff. Me preparo para a reação.

— Iowa.

Um desdém quase imperceptível toma conta do ambiente.

Eu me preparo para ser dispensada.

— Muito bem, Willa. Parabéns. Você será Frenchy.

Estou completamente sem chão.

— O quê?

— Você será a Frenchy. É perfeito para você.

— Hum... jura?

— Sim, Willa. Você é a primeira pessoa escalada para a produção deste ano!

— Assim, tudo bem, não quero ser do contra nem nada, mas não acha que eu ficaria melhor como Marty? Porque... Quero dizer, ela é bem legal, vai, com aqueles marinheiros e as fotos na carteira e tal...

— Desculpe, Willa, mas você não é uma Marty.

— Sério?

— Sinto dizer.

— Espera. Sério? Por que não posso ser Marty?

— Porque não, querida. Não fique ofendida.

— Bem, então quem é? Só de curiosidade...

— Ela.

A sra. Jacobsen aponta para os alunos e eu sigo a direção da mão dela, e lá está... claro... Remy.

Claro. Claro que Remy será Marty.

Remy levanta os olhos.

— Eu?

— Sim, você. Qual é o seu nome?

O auditório fica em silêncio. Como se ninguém na vizinhança pudesse acreditar na existência de alguém que não soubesse quem era Remy Taft.

— Remy.

— Muito bem, Remy, parabéns. Você está escalada oficialmente no papel de Marty.

— Espera. Então eu consegui um papel? E ela também? A gente nem leu o texto ainda. Isso é estranho.

A sra. Jacobsen sorri.

— O processo de seleção é complexo. Algumas coisas não precisam ser encenadas. Acredite.

Todos no ambiente reagem, desanimados e com ódio de nós.

Remy olha para mim e faz um sinal de positivo. Ela está extremamente feliz.

— Ok, então, pessoal, vamos fazer um intervalo. Quando recomeçarmos, faremos a leitura. Vocês duas ficam aqui. Obviamente.

Então é isso. Remy me arrastou até esse festival de idiotice, fiz de tudo para fracassar e agora sou a Frenchy.

Faço uma nota mental para me lembrar de tentar fracassar mais vezes.

Remy saltita até mim em um ritmo de felicidade.

— Não está animada?! Vamos ser atrizes! Minha mãe vai ficar tão irritada!

— Espera, o quê? Sério?

— É. "Não é algo que se faz." É o que dizem. Mas, dane-se, vou fazer!

Estou chocada.

— Uau. Na verdade, nunca tinha me dado conta que você levava isso a sério.

— Bom, eu levo. Mas não posso.

— Remy, você pode ser...

Estou ali, no meio do raciocínio, quando meu braço é agarrado com uma violência mortal. Remy me segura e me arrasta para trás da cortina vermelha.

— Ali.

— Ali o quê?

— Ali. Está vendo?

— Vendo o quê?

— Milo. Aquele ali é o Milo. Bem ali. Do lado da estátua grega pelada.

Eu nem tinha notado que existia uma estátua grega nua do outro lado do auditório. É pequena, mas fica ali, empoleirada ao lado da entrada de arcos, meio que desafiando quem está de saída.

Mas a estátua grega me faz olhar para a pessoa ao lado dela, na porta. Alguém que acabou de chegar e está iluminado como se tivesse emanando um halo de proporções clássicas.

Esse cara, parado na porta, cercado pelo halo luminoso, não parece com ninguém que já vi... e eu entendo por que eu já deveria ter ouvido falar sobre o Milo.

VINTE E UM

Eu sei como é ver alguém e sentir medo. Ver alguém e pensar em todas as zilhões de coisas nas quais não se deve pensar, sobre não ser legal o suficiente, pequena demais, grande demais, ou algo demais que nem se sabe o que é. Eu sei como é ver alguém e praticamente derreter instantaneamente porque todo mundo disse que existiria alguém assim. Está em todos os livros. Em todos os filmes. Em todos os poemas desde o início dos tempos e talvez até em desenhos nas paredes das cavernas. Todo mundo diz que essa pessoa um dia chegará. Aquela pessoa que vai deixar você sem ar. Todo mundo fala por tanto tempo e de tantas formas que você finalmente para de acreditar.

Até você ver essa pessoa. Ele.

Milo.

Milo Hesse.

Agora vou contar como ele é.

Sabe aquele filme? Aquele filme do caubói que descobre que tem AIDS e resolve trazer remédio pela fronteira? Ok, não é esse cara. O outro cara. O que faz o travesti.

Aquele cara.

Agora imagine aquele cara, mas quando ele não está fazendo o papel de uma moça. Agora o imagine com 1,80 m, calça jeans e uma camiseta azul-marinho que diz algo em japonês, mas é um pôster de um filme faroeste. Sim, um pôster de filme faroeste, em japonês numa camiseta. Tenho quase certeza de que diz *Três homens em conflito*, mas não vou ficar encarando o peito do cara para tentar descobrir porque já estou tremendo na base e nem estou usando base hoje.

Para você ver como é grave.

E mais, tem olhos verdes na história. E ainda, ou ele está de cílios postiços ou deveria pegar o telefone imediatamente e ligar para a mãe agradecendo pelos lindos cílios. E pela boca. Ah, você não sabia que ele tinha uma boca deliciosa? Sim. Cabelo castanho-escuro com uma leve onda, mas que não é grande demais? Sim. Tênis Vans camuflado? Sim.

No momento, Remy está olhando para mim como se tivesse descoberto a pólvora. Ela lê meus pensamentos como uma legenda no canal de notícias dando voltas e mais voltas na minha cabeça. Mas nada disso importa porque já estou derretendo lentamente.

— Falei.

— O quê?

— Você sabe o quê.

— Não faço ideia do que você está falando.

— Aham.

Milo ainda nos viu, mas com certeza está procurando por alguém. Isso ou ele vai fazer um teste para a peça, mas nós sabemos que não é o motivo da presença dele.

— Remy!

Ah, parece que o Milo veio para encontrar com a Remy. Vai ver Milo está apaixonado pela Remy. Faria sentido. Mas Milo e Remy? Meio demais, se quer saber. Mas quem sabe foram feitos um para o outro. Como Titania e Oberon.

Antes que desapareça, Remy agarra minha mão e me leva para conhecer essa pessoa, que é claramente um robô feito em laboratório para arrasar corações.

— Ah, oi.

Milo parece surpreso por Remy não estar sozinha. Não é um bom sinal.

— Essa é a Willa. Ela é de Iowa.

Quero morrer. Agora.

— Oi? Sério? Nossa, eu nunca conheci ninguém de Iowa.

Tudo bem se o prédio desabar agora. Sem problema.

— Eu sei. Não é o máximo?

Isso é a Remy tentando fazer com que eu me sinta melhor. Até parece.

— Como é lá?

— Todo mundo é louro.

— Sério?

— É, escandinavo ou algo assim. Tipo, é o lugar para onde eles foram. Quando fugiram. Da fome ou algo assim.

Meu Deus, do que estou falando? Da fome?!

Agora o Milo está realmente me analisando.

— E você diria que é um típico espécime de Iowa?

— Hum...

— É que eu nunca imaginei ninguém de Iowa feito você. Não sei dizer se estou sendo preconceituoso ou se nunca pensei muito no assunto.

Oi?

O que acabou de acontecer?

Remy me vê corar e abre um sorriso de orelha a orelha. Sério, dá para puxar o topo da cabeça dela.

— Nossa. Você está vermelha. — Milo se vira para Remy. — Isso realmente acontece com as pessoas?

Estou me sentindo a maior caipira da história. E com meio metro de altura.

Remy se inclina na direção de Milo.

— Não seja arrogante. Ela é mais inteligente do que você.

Ok, a situação está ficando bizarra.

— E aí, Milo, você vai no Baile de Outono?

Ela pergunta com um tom desafiante.

— Com certeza não.

Silêncio. Por algum motivo, Milo percebe que talvez tenha dado a resposta errada.

— Por quê, vocês vão?

— Sim — proclama Remy.

— Então, sim, com certeza.

— A Willa nunca foi.

— Ah. Tenho inveja dela.

— Hum, o que é o Baile de Outono?

Eu podia tentar disfarçar, mas eles sabem que eu não sei.

Remy joga a mão para trás.

— É tipo um baile para celebrar a colheita ou se lá o quê.

— A colheita? Então é tipo... passeios de carroça e cidra de maçã...?

— O mais correto seria vestidos elegantes e pessoas vomitando.

Milo sorri.

— Vomitando?

— Sim, todo mundo se arruma, todo mundo bota álcool nas bebidas, algumas pessoas dançam, outras fazem traquinagem.

— Vai ter traquinagem? — Eu me viro para Remy obter uma confirmação.

— Vai, vai ter traquinagem.

— A *gente* vai fazer a traquinagem?

— Vamos, nós vamos traquinar.

Milo parece encantado com a Remy. O modo como ele olha para ela. Pensativo, de certa forma. Tem uma mágica entre eles, elétrons pulsantes que pulam entre os dois, sem parar, tentando formar algo.

— Ok, bom, vejo vocês lá então.

— Então você vai, Milo? — Ela o repreende.

— Vou com certeza. Talvez.

E, assim, certamente-talvez, Milo sai, deixando Remy e eu contemplando a visão.

— Não falei?

— Falou o quê?

— Sobre o Milo. Ele é muito gato.

— Ah, é. Eu me perdi. Ele vai no negocinho de outono?

— Sessenta por cento de certeza com uns talvez isolados.

— Está querendo dizer que o Milo é tão imprevisível quanto o tempo?

— Estou dizendo que o Milo é *menos* previsível do que o tempo.

Estamos no caminho de volta agora, passando pelo portão principal de Witherspoon em direção a Pembroke. Todos os garotos ao redor estão de uniforme, blazer azul-marinho com um brasão no bolso, calça bege. Eles olham rapidamente para nós e desviam o olhar. Cochicham entre si e desviam o olhar.

De repente, eles parecem fofos. Não mais pálidos e elitistas. Mas tímidos e meio envergonhados. Se eu fosse rainha do mundo, faria todos os garotos usarem aquele uniforme. Sério, não tem nada mais fofo na vida do que um garoto de olhos arregalados, carregando livros, quase magro demais, em um blazer azul-marinho.

Nerds fofos. É o que são. E é provável que eu tenha morrido naquele teste e agora esteja no céu.

— Foi por isso que você terminou com o Milo?

— Terminei? Do que você está falando, louca? Somos apenas amigos.

— Então vocês nunca ficaram nem nada? Nem um pouquinho?

— Lógico que não. A gente tem intimidade demais para isso.

— Claro. Por que alguém ficaria com alguém com quem tem intimidade? Que nojo.

Ela me dá uma cotovelada de brincadeira.

— Ai, Iowa, você é tão fofa. De certa forma, você é muito careta. Acho que dá para sair da fazenda, mas a fazenda não sai de você.

— Muuuuuu.

— Isso é uma vaca?

— Sim, Remy.

— Parece mais um fantasma.

— Talvez seja o fantasma de uma vaca.

Remy e eu atravessamos os portões de pedra da Witherspoon, percorrendo o caminho de pedras de volta a Denbigh. Pequenas gotas de chuva começam a cair, e então grandes gotas, e então canivetes, e então um tufão.

Gritamos como orangotangos correndo pela chuva, ensopadas. Ensopadas. Encharcadas. Destruídas.

Quando alcançamos Denbigh, parece que saímos direto do mar. Paramos na porta de entrada, ofegantes e rindo, e somos encaradas por todo mundo no saguão.

Olhamos para as pessoas, elas nos olham, o que apenas nos faz rir ainda mais.

E, sabe, aquele é o momento. Bem ali. Se eu pudesse voltar no tempo e parar tudo. Seria bem ali. Naquele sentimento de que tudo era hilariante e de que nada de mal existia, e de que tudo era feliz e leve.

O que eu não daria para parar o filme bem ali.

Mas a vida não é assim. A vida continua se desdobrando. A gente querendo ou não.

VINTE E DOIS

Eu decidi *não* ir ao Baile de Outono. Deixe que comemorem a colheita sozinhos! Além do mais, comemorar a colheita com um vestido megacaro e vômito me parece mais a celebração da queda da civilização ocidental.

Não tem a menor chance de eu ir.

— Remy. Preciso falar sobre uma coisa. É sobre o Baile de Outono.

— Uuh, muito oficial. Sim, Willa Parker. Sou toda ouvidos. Por favor, fale com seriedade.

Remy está deitada na cama dela com as pernas apoiadas na parede, contemplando o azul recém-pintado nos dedos do pé. É um modo estranho de se deitar, mas eu já tentei e achei muito confortável.

— Ok, tudo bem. É isso. Eu decidi não ir ao Baile de Outono.

— O quê?

— Eu, Willa Parker, em sã consciência, decido não comparecer ao Baile de Outono.

— Não. Não, não, não. Você precisa ir. Eu tenho que levar você. Vai ser divertido. Vai ter traquinagem, lembra?

— Não desejo traquinar.

— Não desejo traquinar sem você.

Agora é a minha vez de deitar na cama contemplando meus dedos do pé. As minhas unhas estão laranja. Laranja fluorescente. Não sei por que fiz essa escolha, mas agora já foi.

— Além do mais, Milo vai estar lá.

— Não. Não vou cair nessa. Você disse sessenta por cento de certeza com uns talvez isolados.

— É, tudo bem. Eu disse isso. Mas você precisa ir.

— Não.

— Por favor. Por favor, por tudo que é mais sagrado.

— Olha, Remy, mesmo se eu quisesse ir, o que não é verdade, eu não iria, porque não tenho nada para vestir e vai estragar minha noite e vou virar uma abóbora ou sei lá o quê.

— Então, você está contando a história errada. Tipo, totalmente.

— Olha, eu simplesmente não tenho esse tipo de roupa sobrando. Tipo... se fosse um baile de colheita de verdade, com carroças e maçãs do amor, talvez, mas não essas coisas metidas a besta. Não. De jeito nenhum. Eu não tenho e ponto final. Não tenho como arranjar nada disso.

— Ah, bom, isso é fácil.

— Por favor, me ilumine, guru.

— É só pegar uma roupa minha emprestada. Eu tenho um zilhão de coisas. E elas ficam lá. No meu armário. Solitárias.

— Não sei...

— Estou falando sério. Algumas das roupas estão com a etiqueta; é vergonhoso. Vai. Você precisa ir. Por favor?

— Tem certeza?

— Sim, claro. Eu vou lá pegar.

— Pegar?

— É, vou lá agora. Já volto.

Remy está de pé botando um casaco já pronta para sair pela porta como um turbilhão em busca de um vestido.

— Espera, aonde você vai?

— O lugar se chama Nova York. Talvez você conheça. Um lugar lotado com prédios muito altos.

— Então... você simplesmente vai para Nova York agora. Mesmo tendo uma prova amanhã?

— Sim, isso é muito mais importante.

E lá se vai Remy Taft na incursão por um vestido para a amiga pobre, patética e miserável. Não sei o que pensar disso. Por um lado, fico agradecida. Nunca tive um amigo que tenha feito uma missão por mim. Por outro, esse não é exatamente o comportamento de uma aluna excelente. Não é nem o comportamento de uma aluna. A gente precisa estudar para uma prova, e ela... foi embora.

Ela grita meu nome do meio da escada.

— Deixa a porta aberta! Esqueci minha chave!

Claro que esqueceu.

VINTE E TRÊS

Remy deve estar mesmo escolhendo os vestidos a dedo, porque já faz dois dias e ela ainda não voltou. Vai ver o guarda-roupa dela é a entrada verdadeira para Nárnia e ela está ocupada lutando com a Feiticeira Branca e passeando com Aslam, o leão. Na verdade, isso faria mais sentido do que demorar dois dias para encontrar um vestido. Para uma amiga. Ir a um baile. Ao qual ela nem quer ir.

Quando ela finalmente volta, parece que acabou de sair de um cesto de roupas. É tarde e estou estudando na sala comum de Denbigh, que deixa as outras salas de estudo no chinelo. Acho que nessa aqui eles decidiram criar um clima "náutico completo". A sala tem as paredes azul-marinho, com listras brancas, e por toda parte há imagens de navios, mapas náuticos, âncoras e até mesmo as almofadas são bordadas com corais. Quem sabe um entusiasta marinho botou a filha para estudar em Pembroke e dedicou aquele cômodo a ela. Ou alguém do departamento de acomodações tem uma paixão inabalável por decoração de interiores!

De qualquer forma, pareço ser a maior beneficiada dessa folia aquática, porque não tem mais ninguém ali e, pensando bem, nunca tem ninguém. Quem sabe existe um boato macabro sobre aquele lugar. Vai ver quando ninguém está olhando, o polvo salta da pintura e agarra as pessoas. E elas somem para sempre!

Por falar em sumir para sempre...

— Missão cumprida.

— Hum, Remy, é você? Eu conhecia uma pessoa chamada Remy, mas ela partiu em uma missão e foi engolida por algum universo interplanetário paralelo. Que saudade que sinto dela.

— Bem, não se sinta mais assim! Ela está aqui. Quer dizer, ela sou eu! Quer dizer, estou aqui! Tire a cara do livro e suba aqui no quarto. Tenho algo diverso e empolgante para você, minha pequena fazendeira.

Olha. Eu estou irritada com ela. Sinto como se ela estivesse brincando comigo. E mentindo para mim. Ou me enganando. Ou algo assim. Quer dizer, tem algo estranho nessa história. Como uma garota desaparece por três dias? Aonde ela foi? O que ela fez? Ela se esqueceu como se usa a mensagem de texto do telefone? Por que não me conta logo? Assim, não é como se ela estivesse contrabandeando armas do México. Espero. E se não for isso, o que pode ser? Tem algo acontecendo com ela? Ela está morrendo de câncer ou coisa do tipo e não conta para ninguém porque quer ser muito nobre e transcendente, e um dia vou chegar no nosso quarto e ela vai ter partido para sempre?

— Remy, preciso ser sincera com você. E eu sei que pode não ser muito bacana, mas sei lá, talvez eu não seja tão legal assim. Não entendo por que você desaparece toda hora. E, sinceramente, não quero parecer sua avó nem nada, mas estou preocupada.

— Como assim?

— Como assim? Ok. Você sumiu por três dias. Não mandou nenhuma mensagem nem nada. Depois de sair correndo como se estivesse em um incêndio. E mais, um pequeno "P.S.", você sumiu por dois dias antes disso. E também não deu nenhuma explicação.

— Eu nem lembro disso.

— Bom, ok, eu me lembro. Olha, não é nada de mais, apenas me diga, está bem? Não tem motivo para ser estranho. Eu só fico meio... preocupada.

— Calma. Isso te incomoda? De verdade?

— Sim. É uma questão de confiança ou sei lá o quê.

Ela abre um sorriso gigante que quase me cega, e então me dá um abraço e aperta sua bochecha na minha.

— Fazendeira! Parece que você se importa de verdade comigo.

Meu corpo é tomado por um formigamento. Minha cara fechada perde a luta contra a vontade de manter meu rosto assim.

— É, ok. Estou esperando. Explique-se.

— Tá bom, tá bom, tá bom. Eu estava em Nova York e a minha mãe pediu para eu ficar uns dias, porque ela disse que estava com saudades de mim, então eu fiquei.

— Mesmo tendo uma prova.

— Ah, é só eu compensar depois. Não é como se eles pudessem me expulsar.

E é verdade. Claro que não vão expulsar Remy Taft. Como fariam isso? O pai dela está no conselho. A pessoa que a expulsasse seria demitida no dia seguinte. Remy sabe disso. Eles também sabem. E, aparentemente, a mãe dela também sabe.

— Ok. Tudo bem. Obrigada por me contar. Foi mal eu não conseguir ser mais descolada ou se lá o quê.

— Ah, mas você é descolada, Willa. E vai ficar ainda mais quando olhar os tesouros que eu saqueei nos mares.

— É esse quarto, né? Ele faz você virar uma pirata.

— Yohoho! Este é o segredo do estudo pirata! Agora a marinheira de meia-tigela deve andar na prancha, e ser pega pelos tubarões!

— Não sei por quê, mas ser chamada de marinheira de meia-tigela faz com que eu me sinta gorda.

Ela sai do personagem.

— Deve ser por causa da tigela. Tipo, você se sente uma tigela.

— Às vezes eu realmente me sinto uma tigela.

E assim é tão fácil gostar dela novamente. Ali estamos, de volta ao lugar de sempre. E estou feliz. Muito feliz.

E então a felicidade vira uma leve tontura quando Remy mostra a grande surpresa. Lá está, no antigo quarto de empregada ao lado do nosso. O cômodo está finalmente montado com sua principal vocação; o closet. Tem um espelho de corpo inteiro e uma espécie de banco/sofá acolchoado com uma mesinha e uma cadeira, e outro espelho sobre ela, imagino que feito para a pessoa ficar sentada se admirando com o máximo de conforto.

E aí, cara, e aí, tem um cabideiro enorme cheio de roupas bem no meio.

Você precisa ver a quantidade de roupa. É absurda. É absurda e maravilhosa e frívola e primorosa. Sedas escorregadias, tules volumosos, veludos encorpados e chiffons esvoaçantes em variações infinitas de cores.

Remy sorri, orgulhosa, observando seu trabalho de longe.

— Gostou?

Atraída como um ímã, eu me aproximo do cabideiro com todos aqueles vestidos elaborados, às vezes bordados, outras boêmios, simples, elegantes ou ainda etiquetados. Não são apenas alguns vestidos velhos. São vestidos que demoram semanas para ficarem prontos, que precisam ser encomendados, que servem para serem tropeçados a caminho do palco na hora de receber seu Oscar.

O tipo que custa tanto quanto um carro. E são lindos.

— Bom, Iowa. É só escolher.

O mais engraçado disso tudo é que eu sei que Remy não tem a menor intenção de me *emprestar* um desses vestidos. Não, ela está planejando me dar um desses vestidos. Qualquer um deles, o que eu quiser. E não é para se exibir. E não será sob condição alguma. E não será por orgulho.

Essa é a Remy.

— Nossa, Remy, olha esses vestidos. Eu não sei como... isso é... — Hesito. — É como se... você tivesse salvado a minha vida.

Estava falando sobre os vestidos. Apenas os vestidos. Mas não saiu desse jeito. Saiu como se eu estivesse planejando me jogar da torre e alguém aparecesse e simplesmente apagasse essa ideia, ou até mesmo *a hipótese da ideia* de fazer algo como aquilo.

Saiu antes que eu pudesse me dar conta. Antes que eu pudesse controlar.

E a Remy olha para mim e toma conta da situação.

— Não tenho certeza, Willa — diz ela, segurando a minha mão. — Talvez seja o contrário.

VINTE E QUATRO

O Salão Hotchkiss é algo muito mais grandioso do que seria em um filme. É um espaço enorme, cavernoso, com madeira escura e com candelabros gigantes de ferro pendurados em vigas. As tais vigas são pintadas à mão em um estilo caloroso que se encaixa entre *Game of Thrones* e *Aladdin*. Em todas as paredes estão penduradas uma variedade de pinturas a óleo de pessoas brancas mortas respeitáveis. No meio do salão está uma enorme lareira de pedra. Uma lareira que poderia comer uma lareira normal. Hoje, o fogo está aceso. Então, se quiser flambar um pequeno time de futebol, aquele é o lugar ideal.

Remy e eu não estamos combinando. Jamais. Isso seria *gauche*! Mas estamos nos complementando, certamente. É como se estivéssemos na mesma sessão de fotos. Para Valentino. Sim, amigos. Estou vestindo um Valentino pela primeira vez na minha vida, e quase sinto como se pudesse trocá-lo para pagar todas as mensalidades da escola.

Devo descrevê-lo para você? Sei que está morrendo de vontade de vê-lo. É um vestido cinza de tule com um delicadíssimo trabalho manual de flores de lã costurados em um padrão aleatório. Elas começam na barra e se espalham ao subir, como se o vestido emergisse da floresta, e termina com nada além de chiffon cinza e fabulosidade. É transparente e sinto como se eu fosse uma criatura selvagem rodando em volta de todo mundo. E tem o vestido da Remy. Que é hilário. Um vestido de tule azul-marinho com um coração vermelho gigante sobre o peito, e o que parecem ser corações e foguetes bordados na saia. Eu sei. Parece insano. E é. Não sei que criatura em sã consciência pode ter feito esse vestido e para quem. Bom, na verdade, eu sei. Fizeram o vestido para a Remy. Somente ela poderia ficar bem nesse vestido. E, nossa, ela fica muito bem.

Para chegar ao grande evento de gala, precisamos subir as escadas de mármore até o grande salão. E quando subimos as escadas e entramos no salão é como se alguém tivesse tropeçado no fio do som. Não estou brincando. Dava para ouvir um rato segurando um alfinete e depois jogando esse alfinete no chão.

Sinceramente, estou um pouco envergonhada com tudo isso, mas a Remy parece responder com passos largos, deslizando para dentro do salão com a maior facilidade do mundo. Acho que ela deve estar acostumada a parar salões. Mas é a minha primeira vez parando salões. Nunca parei um salão antes. Eu nunca nem andei em um salão antes.

Tem um monte de garotos da Witherspoon aqui, nas mais variadas formas de *black-tie*. O meu favorito é um garoto ao lado do DJ, que está com um paletó skinny preto, gravata skinny, com um cabelo louro de surfista jogado para o lado e de tênis cano alto Chuck Taylor.

— Quem é aquele ali?

— Quem?

— O cara moderninho com cabelo de surfista.

— Ah, é o Zeb. Ele é de Los Angeles. Claro.

— As pessoas de Los Angeles dão o nome de Zeb para os filhos?

— Claro. Também evitam comer glúten como se fosse uma praga e bebem um negócio chamado Kombucha que parece que alguém gozou na bebida.

— Eca.

— Mas ele é legal... quer conhecer?

— Mais tarde quem sabe... Já viu o Milo?

Remy está distraída, olhando algo no telefone.

— Espera, eu já volto.

E... lá se vai ela novamente. Ótimo. Se ela desaparecer por dois dias, vou gritar.

Mas o DJ está tocando Yeah Yeah Yeahs e eu reparo que o Zeb está botando álcool no ponche. E ele repara que eu estou reparando.

— Shh.

Ele o bota o dedo na frente da boca e sorri.

Eu sorrio também. Ele é meio fofo. Tem alguma coisa boa.

— Estou melhorando a receita. É uma receita antiga passada de geração em geração pelos meus ancestrais.

— Jura? O seu ancestral se chamava Jack Daniels?

— Esse é o meu pai, na verdade. Não, espera, esse é o Darth Vader.

Nós dois nos encaramos, um pouco nervosos.

— Ok, essa piada não funcionou muito bem.

— Eu meio que gostei.

— Eu gostei do seu vestido. Você parece uma fada da floresta.

— Estou me *sentindo* uma fada da floresta.

— Droga, eu não estou me sentindo uma fada.

— Não. Você está parecendo um comercial para... pessoas que vestem paletós e... andam de skate.

— Me parece uma interseção bem pequena no diagrama de Venn.

Eu gostei desse garoto. Esse tal de Zeb. Me atrai essa cara de quem vem de um clima diferente. Um clima com brisa. Ele tem um quê gentil. Aposto que é budista. Todo mundo é budista na Califórnia, não é?

Mas não tenho mais tempo para contemplar esse tal de Zeb, porque a Remy aparece atrás de mim, segura meu braço e me arrasta em direção às abóbadas. Olho sobre meu ombro.

— Tchau, Zeb.

— Espera, como você sabia o meu nome?

— Ela está te stalkeando — comenta Remy.

#facepalm

Valeu, Remy.

Mas agora estamos sob as abóbadas e está tudo escuro. Tem um sarcófago do lado oposto da caverna e é simplesmente assustador. No meio há uma fonte que sobe em um poço vazio. Quase dois metros de profundidade. A água borbulha caindo na fonte e a música do salão mal pode ser ouvida dali, embora ainda dê para ver a luz piscando pelos vitrais gigantes.

— Remy, eu meio que estava gostando daquele cara.

— O Zeb é ótimo. Pode gostar dele. Só não se apaixona porque ele tem uma namorada modelo ridiculamente bonita, que ele ama muito. O pai dele é um diretor famoso, então ele sempre foi legal. Tipo, foi criado nos sets de filmagem sendo bajulado por um monte de gente o tempo todo.

— Ah, saco... Bem, essa festa acabou de ficar chata de novo.

— Não, não, a festa nem começou, minha querida Iowa.

— Oi?

— Então... você lembra quando queria saber para onde eu vou de vez em quando?

— Hum. Mais ou menos. Ou seja, claro.

— Então... uma das coisas talvez seja do seu interesse, mas tenho medo de falar sobre isso porque não quero que você surte.

— Ok...

— Posso contar? Promete não ficar irritada?

— Ok.

— Promete?

— Prometo.

— Então tá.

E ela bota algo na minha mão. Algo pequeno, rosa, redondo com um coração desenhado.

— Você anda colecionando amantes?

— Não, não. Algo bem melhor. Embora talvez seja uma espécie de amante, porque enche o coração de amor.

— Estou confusa.

— Tá, tudo bem, isso é um ecstasy. Também conhecido como MDMA. E faz você se sentir apaixonado. Por tudo.

— É *isso* que você anda fazendo?

— Fazendo e recuperando. Com certeza tem um período de recuperação.

Está frio ali e estou extremamente desconfortável de todas as formas possíveis. Meu corpo treme.

— Olha, você não precisa tomar. De verdade. Só achei que podia ser divertido. Ou até empolgante.

Olho intrigada para a pequena coisa rosa na minha mão.

— Não sei...

— Bem, você pode experimentar. Só para dizer que já tomou, sei lá. Não vai ser o fim do mundo. E se for... não gostaria de estar nesse vestido?

Ela sorri e pisca para mim.

Não consigo evitar. Eu sei que não deveria, mas não consigo evitar. Lá está ela novamente... a curiosidade.

— Ok. Pronta?

— Ok. Pronta.

— Bota a língua para fora. Vou fazer o mesmo.

Nós duas botamos as línguas para fora, como crianças no médico. Ela posiciona um comprimido rosa em cada uma de nossas línguas. Engulo. Tomamos um gole de água de uma garrafa que eu não tinha notado antes. Acho que o plano diabólico foi calculado.

— E lá vamos nós...

Ela sorri, maliciosamente.

Eu não sei onde fica o “lá”.

Eu não sei se sou uma idiota.

Me pergunte em doze horas. Saberei até lá.

VINTE E CINCO

Socorro, o Baile de Outono fica dramaticamente melhor com o uso de drogas. O que antes era desculpa entediante e orquestrada para brincar de se vestir, agora é uma farra louca e animada em que todo mundo é adorável e as paredes estão apaixonadas pelo teto. Se estiver se perguntando onde estou no momento, estou no meio da pista de dança, e Remy está fazendo o que apenas pode ser descrito como dança interpretativa ao meu lado, à minha volta, um pouco mais afastada e então à minha volta novamente.

Notei que o Zeb foi embora da festa. Nada de Zeb ou Milo. Seria triste se eu não estivesse voando a um metro do chão e pulando por toda parte. Nada que acontecesse agora seria errado. Nenhuma música errada para dançar, nada errado a se dizer, nenhuma pessoa errada para ser. Tudo está como deveria ser e tudo está o melhor possível.

Eu nunca me apaixonei. Essa é a primeira vez. Estou apaixonada por isso. Estou apaixonada pelos lustres no teto, pela luz nas vigas, pelos corações e foguetes no vestido da Remy, por mim mesma, por Remy, pelo DJ, por todo mundo que está aqui e todo mundo que já existiu. É assim que me sinto.

Me ocorre, rapidamente, que talvez deva ser assim. Tipo, talvez a vida deva ser vivida assim. Apaixonada. Apaixonada pelo céu e as árvores, e todos os dias que nos foram dados. Talvez seja assim que devemos viver.

Remy me puxa e me leva para o lado de fora e, quando o ar fresco nos atinge, parece que a brisa decidiu nos guiar no caminho certo, fora do chão na direção da noite.

— Meu Deus. Olha.

Olho para onde Remy está apontando e não vejo nada. Tem um caminho de pedras, a lateral da biblioteca e um carrinho de golfe.

— O que estou olhando? O que está acontecendo? Qual é o meu nome?

— O seu nome é Willa e aquilo ali é um carrinho de golfe.

— Oooook.

— E a gente vai roubar o carrinho.

— Hum.

— Sim. Confia em mim. Vai ser divertido.

Quantas vezes na história da humanidade as palavras "confia em mim" foram ditas antes de algum acontecimento terrível? Acho que dá para arredondar para um milhão de vezes.

— Acho que a gente pode ter um problema sério se...

Mas Remy não esperou para ouvir o meu conselho sobre o assunto. Porque Remy está ocupada demais correndo na direção do carrinho de golfe, falando sozinha feito uma louca e subindo no carrinho.

— Meu Deus, as chaves estão na ignição.

— Talvez alguém tenha deixado a chave porque vai voltar em dois segundos e ficar irritado e botar a gente na cadeia.

De novo, Remy não espera a minha opinião. Ela liga o carrinho, ri diabolicamente e dirige até mim.

— Remy, você é louca. Acho que perdeu a cabeça de vez.

— Entra.

— Talvez a gente devesse fazer uma lista de prós e contras.

— Willa, como sua melhor e eterna amiga, decreto que você deve entrar no carrinho.

— Ok, ok, se você decreta.

E, assim, me torno cúmplice de um crime.

Passamos voando pelo caminho de pedras, depois fazemos a volta no campus e subimos a colina, até descermos toda a extensão do campus, até o final, final, final mesmo, depois de Denbigh, Radnor, o centro do campus, o centro de ciência, até o final onde tem um ginásio ao lado do lago de patos.

A lua está quase cheia e juro por Deus que a lua está rindo da gente, ou com a gente, ainda não sei.

É impossível não se apaixonar pelo vento e as estrelas e a loucura de correr pelo campus em um carrinho de golfe ilegal, enquanto nossos vestidos voam atrás de nós.

Só que estamos indo rápido demais.

— Remy, acho que estamos indo rápido demais! — grito, por cima do barulho do motor.

— O quê?

Ela também está gritando.

— Acho que estamos indo rápido demais!

— Eu sei!

— Como assim você sabe? Você sabe e tudo bem ou você sabe e não consegue parar?

— Eu sei e não consigo parar!

— O quê?!

— Não está freando!

— Como assim?! Cacete!

E agora estamos rápido, rápido, rápido demais pelo caminho que leva até o ginásio e o lago.

— Vira! Se a gente subir a colina vamos perder velocidade!

— Não, a gente vai voar longe!

Mas a Remy tenta virar e a gente até que diminui de velocidade o suficiente para que o carrinho entre na margem do lago e dentro dele com um splash final.

E agora, nós também estamos dentro do lago.

Remy e eu, com nossos vestidos absurdamente caros, acabamos de jogar um carrinho de golfe dentro do lago.

E agora estamos rindo.

Eu sei. Eu sei que a gente deveria se levantar, sair correndo e conferir se não estamos mortas ou com algo quebrado. Pessoas normais fariam isso. Mas nós não fazemos. Não, não, em vez disso, Remy e eu ficamos sentadas com água na cintura rindo descontroladamente.

Isso dura uns cinco minutos.

Preciso admitir, é meio chocante que ninguém tenha visto a gente. Acho que pegar o caminho por trás do campus foi meio genial.

— Estamos tão ferradas. Meu Deus!

— Não estamos, não! Anda!

Agora Remy me puxa pelo braço para fora do carrinho semiafundado e para a grama.

— Vamos sair da rua para que ninguém nos veja.

— Remy, a gente não pode simplesmente deixar aquilo ali. Precisamos falar para alguém...

— Ah, não vamos mesmo. Ficaria tudo bem comigo, mas você seria expulsa.

E é verdade. Meu Deus, eu sou uma idiota.

— Não se preocupa. Tenho um plano. A gente volta escondida para Denbigh. Ninguém vai ver a gente. Todo mundo está no Baile de Outono... olha em volta, está deserto.

— Ok, ok... mas, hum... e o carrinho?

— O que que tem?

— Bem, a gente quebrou.

— A gente não quebrou; já estava quebrado. O freio não funcionou. Quase nos matou.

— Ai, meu Deus. Ele quase nos matou porque roubamos o carrinho e não deveríamos ter feito isso. Acho que foi carma ou algo do tipo.

— Talvez. Mas não importa. Vou pagar pelo carrinho, tá bom? Vou pedir para o meu pai comprar, tipo, dois carrinhos novos. Assim ninguém sai perdendo.

— Sério?

— Claro. E, além do mais, foi a melhor coisa do mundo. Você tem que admitir.

— Tenho mesmo. — Hesito. — Parecia que a gente estava naquele filme da Audrey Hepburn. Aquele em Roma.

— Europa! A gente tem que ir para a Europa! Willa, você quer ir para a Europa comigo? No verão. Eu ia para lá, mas não consegui pensar em ninguém para ir comigo. A gente pode começar por Paris. Temos um lugar lá. No décimo-sexto *arrondissement*. É meio burguês, mas legal. Eu preferia o Marais, mas ninguém me ouve.

— Espera. Está falando sério?

— Sim! Seria tão divertido!

Agora a minha cabeça está a mil por hora pensando em todas as coisas que poderíamos fazer e ver, e todos os problemas que inventariamos em Paris.

— Aliás, estou congelando.

Remy aponta para o vestido ensopado.

— Eu também. Você acha que nossos trajes sobreviverão à nossa aventura?

— Claro. Se chama lavagem a seco.

Caminhamos, as luzes de Denbigh assombrando a colina.

Remy balança a cabeça e sorri.

— Não acredito que a gente bateu o carrinho de golfe.

— Num lago de patos.

Remy começa a grasnar. E eu grasno também. E então ela me ataca feito um pato. E eu finjo correr do ataque de pato. E a gente faz *quack* e vai rindo dali até o prédio. E, embora eu esteja congelando, e embora a gente tenha acabado de cometer um pequeno delito, e embora eu não use drogas mesmo tendo acabado de usá-las, esta é de longe, a melhor noite da minha vida.

E agora a gente vai para Paris.

PARTE II

VINTE E SEIS

Não se deve usar drogas e ir para a aula. Não se deve usar drogas e ir para a aula no dia seguinte. Não se deve usar drogas e ir para as aulas dois dias depois. Talvez seja melhor simplesmente não usar drogas. Que tal?

O Baile de Outono foi há dois dias e ainda me sinto uma alma penada, angustiada e deprimida. Remy chama isso de "recuperação".

Não existe mais nenhuma felicidade. Não é permitido. É como se toda a felicidade tivesse sido usada de uma só vez e acabado. Agora só tem eu. Triste eu. Incapaz-de-sentir-felicidade eu. Aniquilada eu.

Remy disse que seria assim. Ela queria ter me preparado para esse momento. Mas enquanto assisto à aula de literatura da srta. Ingall, só consigo pensar, *sou uma idiota*.

O que mais me assusta é a sensação esmagadora de morte. É o melhor de tudo. É realmente difícil sobreviver as idas e vindas da vida com uma esmagadora sensação de morte. Eu não desejaria isso para o meu pior inimigo.

Não que eu tenha inimigos. Por acaso eu sou uma superespiã internacional?

— Remy, não estou aguentando — cochicho.

— É só o pós-onda; já está acabando. Prometo.

Talvez ela esteja certa. Talvez seja só a baixa pós-efeito e tudo vai ficar bem novamente. Bem o suficiente para que a gente use novamente.

Viu, é assim que vai acontecer. Claro que vai.

Mas saber e fazer algo a respeito são coisas completamente diferentes.

E eu sei, só de olhar para a Remy, que também está passando pela recuperação satânica, que não farei nada a respeito.

Absolutamente nada.

Talvez não seja tão mal assim. Talvez seja apenas o preço que se paga por ter Remy como amiga. Talvez esse seja o preço da amizade.

A srta. Ingall olha para mim por alguns instantes, depois para Remy e me convenço de que ela pode ler a minha mente. Ela sabe que sou culpada. Ela sabe que estou estragando tudo. E não estou orgulhosa disso.

Ai, céus. Talvez eu seja expulsa antes das provas semestrais.

VINTE E SETE

Ouvi um boato de que existe uma "Nova" York. Dizem que... existe um lugar com todos aqueles prédios altos com os quais todo mundo deveria se importar e todas as coisas bancárias acontecem lá, assim como um monte de peças de teatro, e é preciso ser rico para sequer olhar para a cidade. Um lugar que costumava ser perigoso, mas agora todo mundo diz que é como um shopping, que parece a Disney e todo mundo queria que fosse perigosa novamente. Ah, e é uma ilha. Chamada Manhattan. É lá que os ricos nascem.

Se os filmes são minimamente confiáveis, também não existe muito espaço. Até mesmo médicos e advogados moram assim, em um espaço que lá em casa seria considerado uma espécie de trailer. Mas aqui o trailer fica no céu e todo mundo acha mágico.

Mas Milo Hesse não mora em um trailer no céu. Milo Hesse mora em um lugar que não mostram nos filmes, porque se mostrassem ninguém acreditaria. Se mostrassem esse lugar nos filmes, todo mundo se levantaria no cinema e gritaria "Até parece! Não mesmo! Não acredito!" antes de saírem revoltados nas ruas, queimando carros para protestar contra o fato de que alguém tem o direito de morar desse jeito.

Isso foi ideia da Remy. Ela achou que a gente gostaria de um bate-volta na "cidade". Acho que não devem existir outras cidades na terra porque essa aqui é simplesmente "A cidade".

Mas existe um lugar, da família do Milo Hesse, que mostra que é claro que outros lugares existem.

Antes de mais nada, o lugar tem arte. E não é qualquer arte. Não, não. Arte que se vê nos museus. Por exemplo: sabe aquele cara que faz umas pinturas pretas com uma data em branco escrita na frente? Eu sei, eu sei, parece ridículo e algo que um aluno do quarto ano faria, mas elas valem um zilhão de dólares. Porque é arte. Bem, existem duas pinturas dessa penduradas na parede do primeiro andar, do que parecem ser os dois últimos andares do prédio, transformados em um espaço vazio com uma escada em espiral do lado oposto do cômodo, que sobe para o que só posso imaginar que seja o esconderijo de um vilão.

Não é para o seu bico? Ok, que tal essa? Tem uma tela gigante da Jackie Kennedy encarando o nada de frente para outra tela gigante de Marilyn Monroe. Ambas feitas por aquele cara do cabelo branco de maluco. Tem uma escultura no meio da sala que parece um animal feito de balões, mas é do tamanho de um elefante. E o *créme de la créme*, a *pièce de resistance*, ocupa a parede inteira do fundo. Uma foto gigante em preto e branco com uma mensagem em vermelho, como fazem em camisetas. "We don't need another hero" em letras vermelhas gigantes ao lado de uma garotinha e um garotinho mostrando o muque. Mas eles parecem ser dos anos 1950. E é legal. Tudo é incrivelmente legal. Tudo ali foi feito para parecer distante e intimidante.

E lá está o Milo. Ele atravessa a sala como se estivesse na estação de metrô, ignorando completamente a vasta coleção de arte contemporânea e sobe as escadas.

— Já volto.

Ele sobe as escadas para o esconderijo vilanesco, deixando eu e Remy contemplando a pintura gigante com as crianças.

— O que você acha que significa?

— Não sei. Mas é bem legal, não acha?

Faço que sim com a cabeça.

— Barbara Kruger. Ela é incrível.

Nós duas assentimos, olhando para a sala.

Na nossa frente está pendurada uma fotografia em preto e branco de um menino latino de cinco anos com uma máscara de luta mexicana. Ele é meio gorducho e muito feliz. Está tão feliz que é impossível não ficar feliz também.

— É um Nan Goldin. A favorita do Milo.

— Ah.

— Os pais do Milo têm uma ala no MoMA com o nome deles.

Ela repara a minha cara.

— O Museu de Arte Moderna. A mãe dele é muito ligada em arte, como você pode ver. E em órfãos. Ela sempre faz coisas de caridade para órfãos.

— Nossa.

Continuo encarando o Garoto Gordinho Feliz.

— Eu sei. Não fala nada com o Milo porque ele vai ficar com vergonha.

Agora eu entendi. É possível nascer assim. É possível ter tudo isso. Mas não é possível se importar. Tipo, é preciso dar de ombros como se não fosse nada de mais e fingir que é como todo mundo e que não vive em um museu e não se importa se o nome da sua família está na parede do MoMA e não se importa se é possível ligar seus pais aos passageiros do *Mayflower*. É assim que se faz. Você tem que desdenhar. Tem que fingir que tudo isso o envergonha.

— Não acha que a gente deveria voltar para o colégio? Quer dizer, a gente nem pediu autorização nem nada.

Remy olha para mim e sorri.

— Bem, a gente pode... mas eu já menti e disse que a gente ia passar o final de semana na casa dos meus pais.

— O quê? Você fez isso?

— Sim, senhora.

— E eles acreditaram?

— Aham. Eles basicamente fazem o que eu quiser. O meu pai é do conselho.

— Hã?

— Do conselho financeiro, lembra?

— Ah, é. Claro que sim.

Circulo pela sala, inspecionando o animal gigante de balão.

— Jeff Koons. Tão hypado.

Remy revira os olhos.

Se você tem uma vida assim, eu aposto que lhe ensinaram a revirar os olhos no prezinho.

Parada ali no meio daquele espaço monstruoso, observando toda aquela arte me consumir, me dou conta de que estou a um zilhão de quilômetros de casa e a anos-luz de qualquer mundo que conheço. Em um outro mundo que eu nem sabia que existia. Quer dizer, talvez de vez em quando eu tenha vislumbrado esse mundo no passado. Como em um filme da Katharine Hepburn. Mas aqui. Agora. Neste instante. Eu não tinha reparado que existiam pessoas que viviam assim. E é como se fosse tomada por uma onda de tristeza. Eu gostaria de pensar que era uma onda de empatia, simpatia pelas massas exploradas, e por todo mundo vivendo em um trailer, ou em barraco, ou em um pequeno buraco na parede, sobrevivendo. Mas não é isso. Para ser bem sincera.

Não sou tão nobre assim.

Eu nunca vou ter nada disso. Não importa o que eu fizer, ou o quanto for bem-sucedida na vida, ou o quanto eu lute e quem sabe eventualmente me dê bem na vida e acabe em um lugar como esse ou até maior, nunca vou conseguir dar de ombros e ignorar e fingir constrangimento e simplesmente deixar rolar como se não fosse nada. Nunca vou crescer com um Andy Warhol me encarando. Nunca vou estar na lista da alta sociedade. Nunca vou ter o mesmo sobrenome de um presidente. E mesmo que eu passe metade da minha vida fazendo piadas e rindo de tudo... no fundo... bem no fundo... por mais que tenha vergonha de admitir... eu sinto inveja.

Estou com uma puta inveja.

Nossa, meu pai ficaria tão decepcionado comigo neste exato momento.

Ele ficaria, de verdade. Me daria uma lição sobre gratidão, sobre ser uma boa pessoa e nunca se comparar aos outros. E ele estaria certo. Eu sei que sim. Mas isso não muda o fato de que no meu âmago sinto como se tivesse acabado de perder.

Perdi. E ninguém nem contou que a gente tinha começado a jogar.

— Ok, quem vai primeiro?

Olho para o lado e Milo está ali. Está parado entre Remy e eu. E está com a mão estendida. E na palma da mão tem um comprimido. Três, na verdade. Um para cada.

Remy olha para mim e sorri.

— Eu vou primeiro.

— O que é?

— Nada ruim. Só X.

E lá vamos nós novamente. Não é como se eu achasse que isso não aconteceria. Acho que eu só não sabia como me sentiria em relação a isso.

Mas agora eu sei como me sinto. Aqui, nesse lugar.

Tem algo dentro de mim. Algo que tem a ver com meu último pensamento. O pensamento de que já perdi. O sentimento de — por que não? — qual o objetivo disso tudo?

— Vamos tomar juntos. Tipo, os três. — Sai da minha boca antes que eu me dê conta.

Remy assente.

— Boa ideia.

Milo vai buscar água enquanto Remy e eu nos olhamos, esperando.

— Não se preocupe. Milo sempre tem do melhor. Talvez a gente nem sinta o pós. Sério.

Gostaria de pensar que isso faria com que eu me sentisse melhor. Mas não. Não gosto do que estou fazendo, mas estou fazendo mesmo assim. Pensando que talvez, quem sabe, esse pequeno comprimido me dê algo que perdi nesta sala cinco minutos atrás. O que quer que seja. Eu quero de volta.

É quase como se eu não quisesse ver isso. Como se existisse uma verdade que não quero conhecer. Neste apartamento. Mas se eu tomar o comprimido. Se eu tomar o comprimido, não preciso ver. Tudo ficará *excelente*! Eu nem preciso me preocupar.

Milo volta e cada um de nós toma um comprimido. Noto que o Milo resolve tomar dois. Acho que ele tinha um sobrando.

Remy sorri para mim com um brilho nos olhos. Sorrio para ela também, mas não consigo deixar de me perguntar: qual será o preço dessa vez? Qual será o preço dessa aventura?

VINTE E OITO

Então, acho que se você mora em Nova York, no lugar mais perfeito do mundo, com as coisas mais legais do mundo, a primeira coisa que se faz é ir embora. Tipo, sério. Por que a gente preferiria ficar em um apartamento gigante, vazio e superfantástico no meio dessa cidade caótica? Não tem por quê. Que cafona! Ninguém fica de verdade em um lugar superfantástico. Quer dizer, por que a gente faria isso quando pode pegar um táxi e ir para o Brooklyn em um lugar lotado e sujo cheio de gente esquisita e fumaça, e algo que parece fumaça mas que tem cheiro de algodão doce, e projeções por toda a parte, e um zilhão de pessoas dançando ao som de algum chamado de acasalamento pulsante?

Caso não tenha reparado, não estou feliz aqui.

Por alguns motivos.

Qualquer que seja o efeito dessa droga, não está acontecendo, e sinto como se estivesse prestes a vomitar, e então melhoro, então quero vomitar novamente, e então fico bem. Remy diz que ainda não bateu. Talvez ela esteja certa. Não sei. Mas se for para eu ficar me sentindo assim, um lugar lotado de gente que me faz pensar no que elas estão fazendo das próprias vidas para estarem ali é o último lugar onde quero estar.

E lá está o Milo. Algo estranho e fascinante aconteceu com o Milo. No caminho para esse lugar bizarro... houve um incidente. Sabe, apareceu uma garota. E não era uma garota qualquer. Tipo uma garota com cara de top model. Com cabelo comprido e louro com luzes e um espaço entre os dentes. Mas um espaço sensual. Assim, é o tipo de garota que faz um espaço entre os dentes parecer glamoroso.

Assim, normalmente, esse é o tipo de garota que vemos cercada por um monte de caras, mas não é o caso aqui. Não, não. Remy e eu damos um passo para trás e assistimos a essa garota dar um encontrão em Milo, com as duas mãos no peito dele, ela literalmente o empurra com uma força absurda.

— Que porra é essa?!

Milo parece levemente entretido, mas um pouco nervoso.

— CARALHO, CARALHO, CARALHO?!?! — Ela repete isso sem parar. Agora o empurra para trás e ele deixa. E as pessoas começam a olhar. Remy e eu trocamos o olhar universal para #queissofera.

— Oi... — Milo enrola, as bochechas vermelhas.

— Oi? É só isso que você tem para dizer? OI?!

— Hum...

— É, deixa para lá. Sabe de uma coisa... vai se foder!

E a garota de espaço entre os dentes, porém bonita, vai embora.

Agora tem um círculo de pessoas em volta do Milo, que olha, constrangido.

— Foi mal... era a minha dentista.

Algumas risadas, alguns olhos revirados, e todo mundo volta a curtir a festa.

Então, como pode ver, Milo fica mais e mais misterioso a cada minuto que passa. Quer dizer, pensei que estava bem claro que ele era a pessoa mais merecedora de suspiros de todos os tempos, mas talvez não seja. Talvez ele seja uma babaca. Quer dizer, o comentário da dentista não foi o mais legal. E achei que estivesse claro que eu deveria estar apaixonada por ele, mas também não é o caso. No momento, ele está se transformando em uma espécie de tartaruga, quieto, fechado e responde apenas com uma palavra.

Acho que a dentista o abalou.

Se não acredita em mim, até a Remy notou. É como se ele não conseguisse olhar para a gente.

Talvez eu não devesse ter contado que sou de Iowa. Ele provavelmente acha que sou uma caipira burra. Quer dizer, a arte na parede da casa do meu pai não é emprestada, mas foi comprada de uma venda de garagem ou em uma loja de departamento, e tem uma bruxa desenhada e um gato dormindo em um pasto perto de um celeiro ao pôr do sol. Não tem nenhuma pintura de lata de sopa de tomate Campbell, mas tem as latas de verdade. É só abrir o armário, à esquerda.

Então é isso.

Isso talvez explique por que meu misterioso futuro marido Milo poderia estar no Timbutku agora, porque é como se ele não estivesse ao meu lado no meio dessa festa suada ou bacanal, ou seja lá o que for. Reparo que algumas dessas pessoas estão meio velhas para estarem aqui. Quer dizer, tipo... Não tenho certeza de qual é o limite de idade para pular com roupas brilhantes, mas dá para ver que algumas pessoas estão forçando a barra.

Se você pensou que essa era a deixa para a Remy virar pra mim e dizer, "Ah, vai, é divertido!" e sair dançando loucamente com um estranho reluzente de shorts curtos, então sabe o que mais? Você errou.

Remy parece estar tão irritada quanto eu. Está gritando no ouvido do Milo por causa da música e ele está encolhido olhando de leve para uma garota com uma roupa que só pode ser um maiô de zebra de cetim sem a parte da barriga, que tem um círculo prateado ligando a parte de cima a uma saia. É muito confuso. A própria garota parece confusa. Talvez esteja se perguntando onde foi parar o resto da zebra.

Milo assente para Remy e, de repente, sou arrastada para fora, em uma espécie de cordão humano, para o ar fresco do Brooklyn.

— Nossa, isso foi horrível.

Acho que é primeira vez que ouço a Remy falar algo negativo.

— Eu sei. Muito P e T.

— P e T?

— Ponte e Túnel.

— Tipo, pessoas que tiveram que pegar uma ponte ou túnel para chegar até aqui — explica Milo.

— Espera... mas a GENTE não teve que pegar uma ponte pra chegar aqui... no Brooklyn?

— NÃO!

Mas com certeza sim.

Mas foi o que os dois disseram. Acho que da maneira mais enfática na noite inteira. Ou talvez na vida toda.

Eis a boa notícia.

Nosso ecstasy está batendo.

Eis a má notícia.

Agora o Milo está vomitando na sarjeta.

VINTE E NOVE

Não pense que eu não sei o que você está pensando. Está pensando que ecstasy é divertido e não faz ninguém vomitar. Mas pode acreditar. Faz, sim. Se duvida, pergunte ao Milo.

Mas isso já acabou. Essa parte toda. O vômito. A náusea. O mal-estar em geral. E tudo foi substituído pela parte que faz todo mundo suportar a primeira parte.

Ah, esqueci de contar o que aconteceu. Milo vomitou, Remy chamou um Uber e antes que pudesse me dar conta estávamos de volta em Manhattan, mas dessa vez em um lugar que eu nem sabia que existia. A casa da Remy. Ou dos pais da Remy. Em Manhattan. Onde não tem ninguém. Porque estão em algum lugar chamado Amasanduíche ou Amahamburger ou algo do tipo. Mas, não importa onde isso fica, porque não é aqui, e isso quer dizer que não estão aqui, o que é bom porque o Milo ainda está meio verde. De um jeito fofo. Tipo se o Jared Leto fosse um alienígena. O que não parece muito longe da realidade.

É basicamente assim, você entra em um sala azul-França com sancas por toda a parte, até mesmo a vinte centímetros do chão. Então o azul parece um painel na parte superior das paredes. E há pinturas nelas. Discretas. Nada como as do Milo. Nada gigante e moderno. Não, não. São discretas e elegantes. O chão é de madeira, mas com um design elaborado de quadrados e formas. No meio, há uma mesa de cerejeira com flores. Castiçais estão envolvidos na decoração.

Isso é apenas o primeiro cômodo.

No segundo cômodo, a sala com a lareira onde o Milo está tentando desajeitadamente acender um fogo ou queimar o prédio, é decorada por painéis de aparência chinesa, mas também tem sancas e um calor que vem de algum lugar, e um piano de cauda longa no canto, caso decida aprender a tocar. Na verdade, o mais estranho é que daria para se esbaldar nessa sala. Não no sentido de diversão. Não, não. Dava para dar um baile de verdade. Com valsas e saias rodadas e tudo mais. Existem três áreas comuns diferentes, e não estou contando as áreas laterais, que são basicamente duas cadeiras e uma mesinha claramente designada para conspirar contra a rainha.

O que eu mais amo na Remy é que se você a visse na rua, jamais saberia isso. Ela nunca contaria. Pode parecer que foi criada em uma máquina de lavar na fase de centrifugação, mas você jamais adivinharia que ela veio desse lugar. Não é isso aqui que define a Remy. Ela é definida pelo fato de que não parece notar nada disso.

A área de estar principal fica na frente da lareira, onde o Milo está ocupado sendo um incendiário, e pode ser vista por um espelho gigante ao fundo, que deve ter sido roubado do Napoleão um tempo atrás. Se está curioso para saber onde a Remy está, ela está rolando no chão. Não é uma metáfora. Bem, até é uma metáfora, mas não nesse caso. Remy está literalmente rolando no chão, não muito distante da lareira em questão.

Se quiser saber onde eu estou, estou no chão ao lado da Remy e aparentemente também estou rolando.

O que estou fazendo aqui? Não sei, mas parece ser a única coisa que conseguimos fazer no momento.

Então, parece que essa noite virou um evento sexista. As duas garotas estão rolando no chão em frente à lareira, enquanto o garoto está ocupado acendendo o fogo para prover calor e, também, uma atividade para si mesmo. Garotos são estranhos. Eu jamais, nem em um milhão de anos, estaria tentando acender uma lareira agora. Ou brincando com objetos inflamáveis de nenhum modo.

Mas lá está ele. E devo dizer, para alguém que estava vomitando as tripas uma hora atrás, ele parece ter bastante habilidade.

Eu também estou demonstrando bastante habilidade, pelo menos me sinto muito hábil. Aqui na sala. Nesse cômodo chinês caloroso, vagamente alegre e delicado.

Só queria que você soubesse. Tem marzipãs de todas as formas de fruta, em pequenos bowls étnicos espalhados pela sala. Tipo morango, minibanana, minipera e até miniabóboras. A miniabóbora não é uma fruta de verdade. Isso seria ridículo. Todas fingem ser frutas, mas por dentro são deliciosos marzipãs. Faço uma nota mental para me lembrar de comê-los quando eu estiver com fome novamente. Algo que deve acontecer em dois dias. Talvez seja melhor eu levá-los comigo, caso a gente vá embora antes disso, mas com sorte a gente não vai embora — logo ou nunca.

Gostaria que você soubesse que meu plano funcionou. Tudo parece ótimo. E estou apaixonada. Por tudo. Estou apaixonada pelo chão, pelo marzipã, pela lareira, pelo papel de parede chinês, pelo Milo riscando fósforos e pela Remy rolando ao meu lado como uma batata louca.

E, além do mais, está tocando Local Natives. Então, isso também está transbordando amor sem motivo nenhum.

Remy está olhando para mim. Agora ela sorri. Cochicha no meu ouvido:

— Quer ouvir algo engraçado?

Local Natives cochicha no meu outro ouvido, algo sobre aviões. Repetem "I want you back back back".

Remy cochicha novamente:

— Você é a primeira pessoa daquela escola idiota que eu trouxe aqui.

Eu olho para ela como se ela tivesse pirado.

Ela faz que sim com a cabeça.

— Aham.

— Não acredito em você.

— Milo! Milo... responde uma coisa. Sério. Eu já trouxe alguém de Pembroke aqui?

Milo, de pé em frente à lareira, olha para mim pelo espelho.

— Não.

Isso está ficando estranho. Eu não digo o que gostaria de dizer: "Por que eu?" Tipo, sério, por que cargas d'água, considerando que todo mundo naquela escola se mata para conseguir ser amiga da pessoa que é considerada a mais fodona de todas... por que essa pessoa idolatrada simplesmente decidiu me escolher, por que EU? A maior caipira da escola e, provavelmente, da costa leste.

Eu não pergunto isso, mas ela não parece se importar.

Milo também não parece se importar.

Ninguém parece se importar com nada.

Todo mundo se comporta como se fosse normal e não houvesse nada estranho com isso. Não mesmo.

Todo mundo age como se eu devesse estar aqui. E eu também me comporto assim. Como não? Claro que sim. Não sou uma idiota. Não vou ficar vagando nesse lugar ridiculamente bonito e sofisticado e, de certa forma etéreo, com o queixo caído, babando nos tapetes persas e no assoalho de luxo.

Mas não consigo deixar de imaginar o que meu pai diria. Se ele me visse aqui. Acho que provavelmente me mandaria parar de usar drogas. Na verdade, do que estou falando? Ele me deixaria de castigo. Com certeza. Ele com certeza me deixaria de castigo para sempre.

Mas meu pai não está aqui agora, meu caro.

E eu não estou mais em Iowa.

Não era esse o intuito de me mandarem para cá? Andar com as pessoas certas? Fazer as coisas que eles fazem?

— Tive uma ideia.

Não é a Remy, é o Milo. Ele está sentado ao meu lado e estou tentando não reparar que no momento ele poderia ser escalado como a pessoa mais bonita da terra.

— Fica aqui. O mais imóvel possível... e me diz se você gosta disso.

Procuro por Remy. Nenhum sinal. Ela deve estar no lavabo gigante com os sabonetes caros em forma de conchas.

Mas aqui estou eu, deitada ao lado da lareira, e lá está o Milo. E ele está fazendo o seguinte; tocando a minha pele. Só no meu braço. Nada pervertido. Ele está apenas tocando a minha pele. Passando os dedos para cima e para baixo no meu braço. E agora no meu tornozelo. Na lateral do meu joelho. Na lateral da minha coxa. E sobe novamente. Para os meus braços.

Tudo muito inocente.

Certo?

Só que não é como me sinto.

Não parece ser inocente.

Parece que alguém está botando fogo na minha pele. E esse alguém é o Milo.

E parece ser algo secreto.

TRINTA

A gente nem se olha no trem de volta para Pembroke. Remy e eu. Tecnicamente não há nada errado. Nada que alguém possa apontar e dizer: "É isso! É por isso que estou tão deprimida!" Pelo contrário, estávamos o mais feliz possível há menos de doze horas. Estávamos no topo do mundo. Mas e agora? Parece que tudo virou de cabeça para baixo e nossas cabeças latejam, nossos estômagos se reviram e nós duas parecemos ter levado um soco em cada olho pela falta de sono. Envenenadas. Estamos envenenadas.

E foi divertido.

Olha, foi mesmo. Não vou mentir.

Mas agora, olhando pela janela do trem com a cabeça latejando e essa leve sensação de catástrofe... aff. De novo. Lá vamos nós de novo. Não vale a pena. Não vale mesmo a pena.

— Acho que estou fodendo tudo.

— O quê? — Remy se vira para mim.

— Eu não acho que eu deveria fazer isso. Acho que vou me arrepender. De certa forma, já estou arrependida.

— Como assim? Está falando sobre não fazer mais? Você nunca mais vai fazer isso?

— Não sei. Cara, olha para a gente.

— Sim.

— Parece que somos dois espantalhos.

— Sim.

Não é exatamente um acordo. Remy não se posiciona de nenhum lado.

— Enfim, não importa. A gente tem as provas finais em dois dias. Precisamos botar a cabeça no lugar.

— Ah, eu tinha me esquecido disso.

— Estou falando sério, Remy. A gente não pode se dar mal.

Não digo o que estou realmente pensando. Que eu tenho uma bolsa de estudos e que se for expulsa acabou para mim. A vida chegará ao final... para sempre.

Direto para a pobreza.

De volta a What Cheer.

Sem a Remy.

Sem fiança.

Essa é a diferença. Remy pode fazer quanta merda quiser, mas aquela lareira quentinha sempre estará lá. Eu, não. Eu preciso lutar por ela.

É estranho, querer lutar por algo. Quando foi a última vez que quis lutar por algo?

A última vez foi no rinque de patinação quando eu tinha dez anos. É uma história longa, ok? Mas direi apenas que lutar sobre patins não é uma tarefa fácil. Gostaria de dizer que mantive minha dignidade, mas isso seria forçado.

— Afinal, o que você achou daquela garota maluca?

Isso é a Remy tentando mudar de assunto.

— Qual garota?

— Hum, aquela na festa. Com o buraco entre os dentes e as botas de salto fino, que ficou empurrando o Milo e gritando: "CARALHO!"

Dou de ombros.

Vai ver ele também tentou *tocá-la* no escuro.

E vai ver ela deixou.

E vai ver ele nunca ligou.

Eu não contei para a Remy sobre o incidente com o Milo. Não sei por quê. Tenho uma sensação de que por algum motivo ele pertence a ela. Embora ela repita sem parar que eles são apenas amigos. Por algum motivo ele é dela. Mas, sinceramente, eu não quero que seja.

Quero que ele pertença a mim.

— É. Sei lá. Você acha que ele pode ter, tipo, dado um pé na bunda dela?

— Hum. Acho que não. Milo é tipo um coelho. Não é do feitio dele...

Ela interrompe a frase no meio e olha para a janela. E, então, sorri para mim, maliciosamente.

— Aliás... o que *você* achou do Milo?

Não vou dizer para ela.

— Ah, ele me parece bem legal. Quando não está vomitando na calçada. Ou levando esporro de uma modelo.

Não sei por que eu disse isso. Só estou tentando mantê-lo para mim. Manter a possibilidade de tê-lo exclusivamente para mim. Em segurança. Imaculada.

— Além do mais, acho que ele não gostou muito de mim.

— Por que não?

— Sei lá. Ele é meio... quieto.

— Bem, o Milo não é o tipo de cara que agarra alguém depois de lançar uma cantada barata.

Nisso, ela está certa. Ele é mais do tipo que se aproxima de alguém numa onda de ecstasy e toca no seu braço por dez segundos.

— É, talvez.

— Bem, ele deu a entender que achava você bonita.

— Deu?

— É, quando vocês se conheceram. Ele deu a entender que você era atraente... o comentário sobre Iowa? Estou acabada demais para lembrar como aconteceu exatamente.

— Bem, vocês dois disseram praticamente a mesma coisa. Eles ensinam essa cantada no maternal ou algo do tipo?

— Que cantada?

— Sobre Iowa ser um lugar onde as pessoas atraentes moram. Já que eu sou de lá ou sei lá o quê.

Ela dá de ombros.

— Bem, talvez nós dois achemos isso, já pensou nessa possibilidade?

Dou de ombros. Estamos presas numa competição de dar de ombros, aparentemente.

— Sinceramente, não sei com o que você estava acostumada na fazenda, mas todos os caras que eu conheço são completamente esquisitos e tímidos e incapazes de darem cantadas ou tomarem a iniciativa ou qualquer coisa.

— Jura?

Sinto um calafrio involuntário ao lembrar da mão do Milo subindo lentamente pela minha pele no escuro.

— Sério mesmo. Completamente incapazes. Quando eles gostam de alguém, simplesmente ignoram a pessoa. Ou dizem algo cruel. Acho que isso se chama flertar.

Ok, é a última vez que faço essa pergunta. Mas preciso saber.

— Você tem certeza de que vocês não estão apaixonados um pelo outro? Tipo uma coisa não correspondida. Porque parece muito. Quer dizer...

— Pff. Não. Claro que não. O Milo não faz meu tipo.

Se é verdade, então por que me sinto roubando o namorado dela?

Nós duas abrimos um sorrisinho, exaustas e enjoadas, com a cabeça latejando.

— Acho que da próxima vez a gente precisa beber mais água.

O trem para na estação de Pembroke. Todos se levantam, pegam suas coisas, olham ao redor.

— Na próxima vez? — pergunto.

Remy olha para mim. Pega no flagra.

— Quero dizer, na próxima vez *se a gente decidir tomar*. Só isso.

Nós saímos ao lado de uma senhora com um guarda-chuva laranja e preto. No cabo diz "Princeton Tigers". Eu olho para a mulher. Ela tem mais ou menos a idade da minha mãe. Magra com cabelo picotado cor de cobre. Ela sorri educadamente para mim e Remy.

— Pembroke, certo?

Ela fala de um jeito que somente alguém daqui falaria. Não é metido nem nada. Só um pouco anasalado, levemente animado e a boca quase não se mexe. Como se todo mundo fosse um ventríloquo.

— Sim, certíssima — responde Remy, educadamente.

É a língua que todos falam. Uma língua sempre inteligente, afiada e nunca forçada. A língua dos não impressionáveis.

Mas não estou pensando sobre isso agora. Estou pensando, enquanto saímos do trem, diante do céu de fim de tarde, sobre Remy, Milo e a *próxima vez*.

Enquanto caminhamos pela plataforma em meio à multidão, posso jurar que a *próxima vez* nos segue escada abaixo, pela calçada, até chegarmos na Pembroke.

TRINTA E UM

No meio do gramado a caminho da biblioteca acontece uma aula de arte, pintura. Somente garotos. Uma excursão de Witherspoon. Estão todos virados para o mesmo lado. A torre do relógio, a fileira de árvores e o pôr do sol ao longe. Uma vista serena, porém grandiosa. Ao passar pelos alunos, é impossível não reparar as pinturas. Aquele cara é bom. Hum, aquele ali é ok. Essa é bem obscura. Vinte interpretações diferentes da mesma torre.

Mas tem um cara.

Um palhaço.

Virado para o lado oposto.

E é o Zeb.

Lá está ele, com o cavalete posicionado a 180 graus na direção oposta. De frente para o café. Onde há uma entrada de carga e dois caras fumando. Trabalhadores de avental branco amarrados sobre uma calça verde-clara. Um deles é branco, com o rosto vermelho. O outro é negro, mais alto. Estão rindo de algo. Uma risada rápida. Talvez rindo do chefe. Talvez de nós. Talvez tenham cuspido na comida de alguém. Algum idiota.

Zeb pinta uma tela deles.

Não consigo resistir. Sou curiosa.

— Do que você acha que eles estão rindo?

— Talvez estejam rindo da minha pintura.

Ele continua, observando e brincando com o pincel, olhando novamente.

— Gostei da sua pintura. É ousada.

— Valeu, Iowa.

— Você se lembra. Que ótimo.

— Achou que eu esqueceria?

Ele levanta os olhos e ergue uma das sobrancelhas. Engraçadinho.

— Alguém já disse que você tem um estilo ousado?

— Alguém já disse que você deveria fazer essa aula comigo?

— Está louco? Pintura não é permitido no meu histórico escolar.

— Meu Deus! Que tragédia! Que ideia horrível! Que lugar é esse no qual você vai se inscrever onde pintura é tão malvisto?

— Se perguntar para a minha mãe, Princeton ou morte.

— Aff. Princeton é a morte. Não vai querer estudar lá.

— Sério? Por que não?

— Caretópolis. Sério, eles dão oxfords azul-claros e calças cinza no primeiro dia. Eca. Você odiaria aquele lugar.

— Como você sabe?

— Porque é uma faculdade para gente, tipo, futuros banqueiros. Não sei, mas você não me parece desse tipo.

— OK, onde você quer estudar? Ou vai surfar o dia inteiro ao som de rock antigo?

— Eu sei exatamente onde quero estudar. USC, documentário. Quero mudar o mundo! Como *Blackfish*.

O professor repara a minha presença e ameaça vir na minha direção, protetor.

— É melhor você ir. Senão vai levar esporro. Não vai cair bem no seu *histórico*.

Olho para trás e vejo os dois trabalhadores voltando ao trabalho. Um deles joga o cigarro fora, enquanto o outro abre a porta. Acabou o intervalo.

Eu me viro para ir embora.

— Willa — chama Zeb. — Se você entrar para Princeton, vou lá fazer um documentário sobre Princeton ser um tédio.

Ele sorri.

Não consigo resistir e sorrio também.

— Engraçado, Zeb. Muito engraçado.

Existe algo ali. Uma espécie de liberdade. Algo na maneira como o Zeb vê a grama e os minutos do dia. Algo brincalhão e jamais assustado.

E me pergunto o que preciso fazer para ser assim.

TRINTA E DOIS

Algo totalmente estranho aconteceu com a peça, e agora não é mais *Grease*.

Acho que a Terno Cinza teve uma crise nervosa porque alguém comeu a sobra do seu congelado light que estava na geladeira dos professores e ela meio que surtou e agora está de licença até conseguir se "reconcentrar", o que significa que quase a mandaram pastar, mas sentiram pena dela. Pelo menos é que estão dizendo. De todo modo, ela ficará afastada por tempo indeterminado, então trouxeram um diretor totalmente diferente com uma visão totalmente diferente. Uma visão envolvendo Shakespeare. Eu, pessoalmente, largaria essa história toda agora mesmo, mas como já tínhamos sido escalados, parece que estamos envolvidos obrigatoriamente.

Aff. *Shakespeare*.

Isso vai ser um tédio total.

Se eu tiver que usar meia-calça vou sair fora com certeza.

A peça que eles escolheram é uma obra obscura chamada *Hamlet*.

Se você gosta de assistir a programas dos anos 1970, talvez se lembre de um episódio de *Gilligan's Island* quando eles decidem transformar Hamlet em um musical.

Mas não é essa versão. E tem mais uma coisa. A professora de teatro, sra. Jacobsen, foi substituída pelo... professor de literatura de Witherspoon.

E ele é — não tenho como dizer isso de uma maneira sutil — muito gato.

Aham. Nada de Frenchy cantando nas arquibancadas. Agora estamos imersos em uma tragédia medieval *feat.* um professor de literatura gato.

Temos alguns problemas, e um deles é que não podemos todas fazer o papel de Ofélia. Existe uma quantidade limitada de papéis invejáveis para uma jovem moça. E o papel da garota louca que se mata pelo príncipe é a cereja no topo.

Então, basicamente, seremos todas coadjuvantes desnecessárias.

O tal professor de literatura é apenas um pouco mais pálido que uma fatia de pão branco, e o cabelo da cor de tinta. Tinta preta. Em negrito. O cabelo é todo em negrito. E sublinhado.

Ele é sofisticado. Elegante. Inesperado. Não é arrogante, mas deveria ser. Cof-cof.

Se você acha que a Remy não reparou, é porque não consegue ver o que ela está fazendo porque ela está escondida atrás de mim, me usando como um escudo humano, por assim dizer. Por quê? Por que diabos a Remy precisaria me usar como escudo humano? Bem, resumindo, basicamente a língua dela está caída e babando no chão de amores pelo professor na nossa frente.

Isso mesmo. Ela está se escondendo da própria língua.

— Que porra é essa?

Ela sussurra no meu ouvido, de alguma forma capacitada a falar.

— Essa porra... é o diretor da nova produção da nossa peça de Shakespeare.

— E ele é um presente de Deus?

— Na verdade, acho que ele pode ser um presente do demônio. Levando em consideração que é nosso professor.

— Acho que ele é meu marido.

Dou risada.

— Do que está falando? Isso rima com algo. Com a palavra Casmurro. Casmurro estatutário.

Remy segura meus ombros e ri nos meus ouvidos feito uma garotinha.

— Como vamos chamá-lo?

— Hum. Acho que... Humbert Humbert.

— Humbert *o quê*?

— Humbert Humbert. O cara de *Lolita*.

— E eu sou a Lolita?

— Bingo.

— Perfeito. Eu amo estar no papel principal.

TRINTA E TRÊS

Só me resta contemplar a força da natureza chamada Remy Taft.

Ela foi escalada como Marty em *Grease* simplesmente por ter respirado.

Agora, está sendo encorajada pelo nosso novo diretor, o próprio sr. Humbert, a fazer o teste para o papel (feminino) protagonista de *Hamlet*. O velho Bert disse que ela tem uma *presença inerente* quando sugeriu o personagem.

Eu quase vomitei. "Como ele sabe quem tem presença inerente?", brinquei. Mas Remy não achou graça. Ela parecia se banhar na atenção especial do Humbert como se fosse uma esponja. Dava para ver o efeito que ele tinha nela, fazendo com que fosse... mais.

Eu, por outro lado, estou me sentindo consideravelmente *menos* enquanto caminho para o Wharton.

É uma construção colonial branca estoica guiada por um caminho de cascalho, ao lado norte do gramado. O prédio fica escondido de tudo por um conjunto de árvores e, se não soubesse da existência da construção, seria fácil deduzir que alguém mora ali fazendo tortas o dia todo.

Mas, não! Esse lugar é o paraíso das traças. Livros, artigos, arquivos por toda a parte e, no alto da escada minúscula no quarto andar, está a alcova. E, no centro da alcova, está a minha professora de literatura contemporânea, srta. Ingall.

Recebi um lembrete dela com a minha correspondência. Lá estava, junto com o pacote do meu pai. (Só para constar, o pacote incluía um Tupperware com biscoitos e um lápis decorativo. Sabe, do tipo com cabelo de feltro e olhos esbugalhados? Eu gostei. Decidi chamá-lo de Zoiudinho Crespolino.)

A srta. Ingall me convocou até seu esconderijo. Sinto estar prestes a receber uma espécie de "chamado de Deus". Eu certamente não tenho sido *mesmo* o tipo de aluna superconcentrada subserviente que fingi ser todos esses anos. E então, parece que teremos uma conversa sentimental. Quem sabe? Talvez eu consiga dar a volta por cima. Talvez consiga um trabalho extra, me formarei com méritos e algo escrito em latim ao lado do meu nome.

Lá está ela. Espiando por cima dos óculos de leitura uma pilha de trabalhos da altura de um aspirador de pó quando a minha cabeça aparece na escada.

— Hum, oi?

Ela levanta o olhar, por cima dos óculos.

— Ah, Willa! Que bom que você veio. Obrigada por arranjar um tempo.

— Claro. É...

Hum. O que estou fazendo aqui? Hum, por que o mistério, srta. Ingall?

— Willa, deve estar se perguntando por que chamei você aqui nesse escritório claustrofóbico e extremamente caótico.

— É, mais ou menos.

— Bem, para falar a verdade, fiquei interessada em você.

Espera, o quê? Interessada? Os professores já me deram um apoio tácito antes, mas interesse?

— Hum.

— Você, por acaso, se lembra dos testes que a gente fez? Sabe. No primeiro dia de aula.

— Mais ou menos...

— Eu sei que eles eram bem estranhos. Devem ter parecido sem sentido.

Ela acertou essa parte.

— Bem, o negócio é que... os alunos chegam aqui por causa de circunstâncias variadas. Alguns são, bem, muito privilegiados e outros...

— São feito eu?

— Bem, digamos que eles têm históricos variados.

Então, a emenda foi pior que o soneto.

— Eu gosto de saber um pouco mais sobre meus alunos... além do que aprenderam, por vezes subconscientemente, nas escolas anteriores.

— Ah.

— Alguns testes servem para testar aqueles que, por exemplo, foram expostos a certos tipos de educação desde... bem, desde o maternal.

— OK.

— E eu não acho isso justo. Então fiz uma extensa pesquisa e encontrei um teste mais analítico. Uma maneira de enxergar meus alunos verdadeiramente logo no primeiro dia, antes de formar qualquer opinião.

Faço que sim.

— Você se importa? Quero mostrar uma coisa, se não for um incômodo.

E agora ela está mexendo na mesa.

— Meu Deus, nunca consigo encontrar nada... ah, achei.

Ela pega uma pasta azul. E tira um pedaço de papel com o gráfico da tal pasta azul.

— Está vendo isso, Willa? Está vendo todas essas marcas aqui? Esses pontos?

— Sim...

— Ok. Ok, então. Esses pontos representam habilidades analíticas. Não têm nada a ver com certos livros ou fórmulas. São simplesmente... habilidades analíticas.

Hesitante, ela me olha por um segundo.

— Está vendo esse ponto aqui?

— Hum... aham.

— Willa, esse ponto aqui é você.

— Eu sou esse ponto?

— Sim. E está vendo como está separado?

É verdade. Todos os outros pontos estão amontoados, numa festinha de pontos, e tem um ponto do lado oposto, esquecido.

— Entendi. Então estou atrasada. Faz sentido.

— Não. Não, Willa. Meu Deus. Você não está atrasada. É o contrário. Você é literalmente... um ponto fora da curva. Você é uma forasteira.

— Uma forasteira?

— Sim. Sua pontuação é estranhamente alta e, bem, pelo o que vi até agora com a sua participação e pelos seus trabalhos, não tenho motivo para achar que seja um acaso.

Estou com dificuldade de não encarar aquele ponto sozinho ali no meio do gráfico.

— Olhei seu histórico escolar e... familiar. Sinto que devo dizer... que acredito que você possa se inscrever em muitas faculdades de prestígio com antecedência. E, bem, Willa, acho que você tem uma boa chance; na verdade, acho que tem uma *grande* chance de ser aceita. E também, quero que saiba que será um prazer escrever uma carta de recomendação para você. Se quiser.

— Não é um pouco cedo para...

— Sim, é. É por isso que chamam de "escolha antecipada". Mas tem algumas vantagens. Tenho alguns folhetos aqui, apenas algumas opções, para você dar uma olhada. Pode levar. Eles mandam um monte todos os anos. Sinceramente, é um desperdício de papel. Vamos ver, tem... Oberlin. Brown. Berkeley. Cornell. Claro, qualquer uma das sete elites... Vassar, Radcliffe, Bryn Mawr...

— Hum. Srta. Ingall. Eu realmente não sei o que...

— Me ocorreu que com as suas notas, seus trabalhos, e, sinceramente, sua perspectiva única... também existem algumas opções das quais você talvez não esteja ciente. Talvez ninguém tenha contado para você. Não quero me meter, mas, sabe... eu conheço a sua mãe... Assim, Princeton...

Ela me entrega o folheto gentilmente.

— Algumas dessas faculdades oferecem bolsas de cem por cento. Para os alunos... mais necessitados.

Ela está tentando ser educada. Tentando não soar arrogante.

— Willa, você tem um... cérebro interessante. Acho que tem opções, sinceramente, além das que enxerga para si mesma.

Ao descer as escadas com uma pilha de folders, mal posso esperar para sair dali. Não tenho certeza se deveria estar me sentindo orgulhosa ou humilhada. Corro pelas escadas e a minha mente parece um caleidoscópio. Não consigo juntar as peças. O que tudo aquilo significa.

Pelo menos confirma algo de que sempre suspeitei. Sou o que todos chamam de "especial". Eles dizem essa palavra, "especial", quando querem dizer "diferente" ou "estranho".

Talvez seja por isso que o meu pai nunca podia me levar ao zoológico quando eu era criança porque eu chorava e gritava quando via os animais em jaulas enquanto todo mundo comia milho e apontava, sorrindo. Talvez seja por isso que na metade do tempo não entendo o que está acontecendo à minha volta ou quem inventou as regras e por que esse mundo fora da minha cabeça existe do modo como existe ou até por que existe como um todo.

Sou, estatisticamente, um peixe fora d'água. Meu cérebro canta uma música esquecida há muito tempo. *Uma dessas coisas não é como as outras, uma dessas coisas simplesmente não se encaixa.*

Estou na metade da trilha, dando a volta nos arbustos, quando percebo que aquilo no meu rosto são lágrimas e que existem milhares delas e que elas não querem parar.

Não estou com pena de mim mesma. Não estou. Não é isso. É só que... agora eu entendo todos aqueles olhares confusos do meu pai. Todas as vezes que ele tentou *tanto* entender a sua filha, com as reações mais bizarras a tudo que era bom e normal, como o zoológico ou o parquinho ou o posto de gasolina. E ele simplesmente não sabia o que fazer. E eu simplesmente não sabia o que fazer.

Eu simplesmente... nunca pedi nada disso. Nunca pedi para ser uma raposa na neve.

TRINTA E QUATRO

Remy está decorando as falas. De *Hamlet*. Ela me disse que é a missão da vida dela se tornar a Lolita do professor de literatura. O que não faz sentido porque ela vai fazer um teste para interpretar Ofélia. E também, não estou acostumada a ver Remy ficar atordoada com nada. Ainda mais no nível hardcore de agora. Mas o que está acontecendo no momento e, sinceramente, está me afetando.

Ela anda por aí carregando um exemplar de *Hamlet* como se fosse um personagem de Salinger. E, ao que parece, não só suspira para ele toda hora, o que é vergonhoso, mas mesmo quando ele não está presente, ela fala sobre ele. Incessantemente. Tipo, a gente conversa sobre picles e, do nada, passamos a falar sobre Humbert Humbert.

Tipo assim:

Eu: "Eu gosto de picles."

Remy: "Eu gosto do Humbert Humbert."

Ou, como no outro dia:

Eu: "Acho que vai chover. Vou vestir minhas botas."

Remy: "Acho que você tem razão. Será que o Humbert vai me dar carona na chuva?"

E não para nunca. Fale sobre um assunto. Qualquer coisa. E a Remy vai dar um jeito de mencionar o Humbert. É absurdo.

Tem outra coisa também. Ela roubou todas as caixas de comprimido da tia dela. Sem me contar.

Aham. Na semana passada, ela sumiu por alguns dias novamente. Eu não me preocupei. Meio que estou me acostumando. Ela voltou com o mesmo papo de sempre: "Decidi ficar em casa por uns dias." E então se enfiou no armário, também conhecido como o quarto de empregada. Onde ela passa muito tempo.

O que acontece no quarto de empregada fica no quarto de empregada, certo?

Mas está ficando fora de controle.

E está escondendo isso de mim. Ou tentando esconder.

Isso não é um bom sinal.

Devo dizer alguma coisa? É isso que ela quer? Ou devo ignorar, deixar para lá e dizer "que seja" e manter um sorriso no rosto?

E tudo acontece tão rapidamente que mal consigo acompanhar. Como na segunda-feira.

Ouve só.

Na segunda-feira, depois das aulas, volto para o meu quarto. Ouço a voz da Remy por detrás da porta. Ela está falando no telefone e, pelo o que posso entender, com a mãe. O lado da conversa que posso ouvir diz algo assim...

— Então, temos um novo professor de teatro e, sim, mãe, teatro... O quê? Não, não *estou inventando moda de novo*. É só uma peça da escola... tá bom. Então, estou tentando contar que ganhei um papel... Sim, eu fiz o teste. Você não fica orgulhosa... e daí *se* eu me deixei levar? Ah, sim. O nome da família. Você sabe que o filho do Kennedy fez teatro, né? Bem, talvez ele não pilotasse aquele avião se estivesse fazendo uma peça naquele final de semana. Mãe. Estou apenas contando que...

Me sinto culpada só de ter ouvido aquele pedaço, então dou meia-volta, sumo dali e vou ler na sala de estudo enquanto Remy lida com aquilo, o que quer que aquilo seja.

Quando sinto que passou tempo suficiente, volto para o andar do meu quarto. Não ouço mais nenhum diálogo. Nada. Apenas algumas batidas. Abro a porta e PQP. AIMEUDEUS. Fico sem ar. Tudo que Remy tem na vida está jogado pelo quarto, como se o lugar tivesse sido revirado por um assaltante em um seriado policial, e ela está vasculhando as coisas como se fosse o fim do mundo. E também está falando sozinha.

Feito uma maluca. Ou um rato estressado sacudindo a gaiola.

Então pergunto o que ela está procurando e sou ignorada completamente. Na verdade, ela age de um jeito meio escroto. Meio petulante. Em seguida, encontra o que estava procurando, vai para seu velho amigo, o quarto de empregada, então volta logo depois como se nada tivesse acontecido.

Suspira, aliviada, e pede desculpas.

Eu só fico olhando.

— Desculpa, eu estava surtando um pouco.

— É, tá bom.

— São os meus... pais. Eles estão sendo cruéis pra cacete comigo. Por causa da peça. Dizem que é, tipo, vergonhoso. Querem que eu desista.

Finjo não saber de nada.

— Sério?

— É. Eles acham que é, tipo, inferior a mim. Ou a eles. Sei lá.

Em seguida, ela vai na direção do banheiro e eu a observo seguir pelo corredor. Agora, no quarto de empregada, começo a vasculhar tudo. Aqui. Não. Talvez ali. Não. Ok, talvez aqui.

E então encontro.

Algo que nunca vi antes.

Ok, eu já ouvi falar sobre essa droga. Sim. Todo mundo diz que é basicamente a melhor coisa do mundo. Tipo, faz você se sentir a melhor coisa do mundo e tudo fica simplesmente supimpa. Melhor do que supimpa. Perfeito. E faz você achar que o mundo é perfeito. Tudo como deveria ser. O que é algo meio budista. Só que em forma de comprimido. Um comprimido budista.

Mas também é um remédio utilizado na recuperação de mulheres grávidas.

Após o parto.

Então, pois é, não é nada de mais.

E é isso que ela anda escondendo no quarto de empregada.

Certamente um nível inédito de uso recreativo de comprimidos controlados. Um nível que deixa a Remy reclamona, agitada, inquieta e meio má. Isso não seria o oposto do budismo?

Ouço a Remy no final do corredor e adoto uma postura completamente anormal de fingir que tudo está normal.

A gente tinha que ir para o ensaio idiota de *Hamlet*, mas, sinceramente, não quero mais ir. Pelo menos *Grease* teria sido divertido. E haveria música. Agora a gente vai ficar falando com crânios e saltando em túmulos e surtando com a própria mãe.

É claro que Remy vai ser escolhida como Ofélia. Com sorte, serei Gertrude. Sabe, a mãe que casa com o filho e finge que está tudo bem; de verdade, não se preocupe. Acho que nos tempos modernos, a Gertrude acordaria de manhã, vestiria seu conjuntinho de malhar Juicy, bateria um shake de vodca e se mudaria para Orange County. Mas a Ofélia, não. Ofélia jamais se mudaria para OC. Ofélia pode ser bonita, louca e dispensada por Hamlet até o dia em que resolve subir em uma árvore, cair no rio, afogar-se e então Hamlet a ama novamente.

PS: Por que os caras sempre se apaixonam pelas garotas *depois* que elas se matam? Não funcionaria melhor se apaixonar pela garota *antes* de ela se matar? Quem sabe, talvez ela nem se matasse... Sempre me parece que os caras se apaixonam por garotas que a) não reparam na existência deles ou b) estão mortas.

De verdade, me parece que um cara jamais gostaria de uma garota que estivesse parada na frente dele, apaixonada, não importa quem seja. Nem mesmo a Angelina Jolie.

Mas Remy não está se comportando feito a Angelina Jolie. Não, nada de olhares ligeiramente indiferentes ou esnobes. Pelo contrário, ela está se jogando no Humbert.

Até agora ele manteve o profissionalismo. Ah, claro que ele vai dar dicas de atuação e fazer comentários sobre o pentâmetro iâmbico. Mas ele não está sussurrando juras de amor ao pé do ouvido dela nem nada nojento. Apenas torço para que ele consiga manter as calças fechadas diante do que Remy pode ter planejado.

Prova A: Remy volta ao quarto e agora está um amorzinho. Feliz da vida, se vestindo para o ensaio como se fosse um encontro romântico com Humbert Humbert.

— Voce sabe que ele não pode gostar de você, né?

— Quem?

— Humbert Humbert. Ele não tem permissão para gostar de você. Mesmo se gostar um dia. Ou já tiver gostado. Ele não pode fazer nada. Perderia o emprego.

Remy olha para mim pelo reflexo do espelho. Ela está segurando um vestido estampado *boho chic* que poderia muito bem ser uma camiseta. É o tipo de roupa que parece que a pessoa esqueceu de vestir as calças antes de sair. Engulo em seco involuntariamente.

— Eu sei. Só quero que ele repare um pouquinho em mim.

— Hum, se vestir essa roupa que faz parecer que você esqueceu as calças, ele certamente vai reparar. Assim como todo mundo.

— Qual é, você não acha que ele é gato? Nem de leve?

— Acho que ele é velho, de leve.

Eu poderia perguntar agora. Poderia perguntar sobre os comprimidos e o quarto de empregada e toda essa palhaçada elaborada.

Mas, por algum motivo, não pergunto.

Por algum motivo, tenho medo de perder essa coisa que a gente tem. Essa coisa que eu nem entendo direito o que é.

— Willa, posso fazer uma pergunta?

— Talvez.

— Por que você nunca fala sobre a sua mãe?

— Minha mãe? Por que quer saber isso?

— Porque ela é famosa. Famosa por ser racional. Algo que você também é, às vezes.

— Eu não sou nada parecida com ela, na verdade. E, além do mais, economistas não são famosos.

— Ok, *reconhecida mundialmente*.

— Melhor.

— E...?

— Sinceramente, eu não a vejo faz, tipo, dez anos. Não falo por telefone há dois, e meio que prefiro assim. Antigamente, eu me importava muito com o que ela pensava, me incomodava muito, tipo, eu precisava ser perfeita. E, então, meu pai me levou a um psicólogo, e ele disse que eu não precisava me importar mais. Disse que eu podia simplesmente ignorá-la. Mesmo ela sendo a minha mãe.

— Sério?

— Aham, sério. Eu não consegui acreditar. Foi tipo: "Eu posso fazer isso? Não preciso me preocupar com o que ela pensa? Uau!" E me senti melhor. Bem melhor, na verdade. Aquele psicólogo meio que salvou a minha vida. Eu gostava muito dele. Ele parecia um pouco com o John Denver. Tinha um cabelo louro, um sorriso doce e um rosto redondo gigante. Sempre achava que ele poderia começar a cantar a qualquer momento.

— Eu queria ter feito isso.

— O quê?

— Ido a um psicólogo que parecesse com o John Denver.

Ela veste o trapo que não cobre as pernas.

— Viu? Não é tão ruim assim.

— As pessoas estão desesperadas para terem calças na Índia. E você dispensa calças como se fossem lixo.

— Você diria que estão morrendo de vontade de usar calças? — Remy zomba.

— Eu diria que você está morrendo. Tipo... está morrendo para entrar nas calças do Humbert Humbert.

Ela se vira para mim.

— Não se preocupa, *mon amie*. Não vou levá-lo para Paris com a gente.

— Muito engraçado. Espera. Você estava cogitando levá-lo para Paris?

— Não muito.

Ela pega a bolsa como se tudo aquilo fosse mágico e nada pudesse dar errado. Saímos em direção ao gramado. Mas não pense que não reparo a visita rápida que Remy faz ao quarto de empregada. E pega aquele frasco... fingindo não pegar o frasco.

Acho que ela precisa de energia para o encontro sem calças com o sr. Velho.

TRINTA E CINCO

Assistir à Remy fazer papel de idiota por causa do Humbert Humbert é um pouco constrangedor. Ela está concentrada. Ela está suspirando. Ela está prestando atenção. Porra, ela está pestanejando, pelo amor de Deus.

E eu certamente diria que isso é um completo desperdício de tempo, oxigênio, energia e roupas sem parte de baixo, mas preciso declarar que, na quarta semana de ensaio... acho que ela está progredindo.

Eis a prova:

Remy é Ofélia. (Ela conseguiu o papel, claro.) Ela está ensaiando um monólogo em que percebe que Hamlet pirou e está chateada por um cara tão legal ter surtado.

— Que nobre inteligência assim perdida!

Então, Remy está lá em mais um figurino exibicionista, emocionada por causa do Hamlet surtado e eu dou uma olhada para Humbert Humbert.

E, olha só. O cara está hipnotizado.

Dependendo da interpretação, ele se encontra em um estado de completo desejo ou sofrendo feito uma criança cujo biscoito roubaram ou ainda feito um filhote olhando para o cartaz que diz

"Proibido animais" em um desenho animado antigo. De qualquer forma, existe desejo ali. Pior do que desejo. Necessidade.

Humbert Humbert está começando a perder o controle. Só de olhar para ele já sinto um leve enjoo que preciso disfarçar.

Remy termina seu monólogo (bem genial, na verdade) e todos ficam ali, hipnotizados. Transfixados. Entorpecidos. Lúgubres.

Como, se por um instante, todos os plebeus se esquecessem dos estudos, das provas, dos trabalhos e dietas fracassadas, e ficássemos ali, por um instante, unidos pelo amor perdido da Ofélia, absorvendo a loucura do seu príncipe-namorado-secreto.

Não consigo deixar de me perguntar se o pais da Remy achariam aquilo inferior a ela. Se vissem a cena. Do que ela é capaz. Se vissem o que ela tinha acabado de fazer ali naquele teatro.

Remy olha para mim. E eu balanço a cabeça na direção do Humbert Humbert.

Lá está ele. Com toda a sua sabedoria. Fascinado.

Ah, Remy!

Você conseguiu! Realmente conseguiu. Lançou a isca. Ele fisgou. Você o puxou. Pronto.

Realmente admirável.

Nunca achei que fosse possível.

Jamais.

E assim percebo, por que me preocupo com ela? Quer dizer, pelo amor de Deus, ela obviamente tem tudo sob controle. Está conquistando o professor inconquistável e deixando a plateia com lágrimas nos olhos!

Eu deveria me preocupar *comigo*.

Bem, claramente, nada de ruim pode acontecer por causa disso. Certo? Quer dizer... é só uma garota menor de idade apaixonada por um professor de literatura em uma escola onde o pai dela faz parte do conselho.

Por favor, escolha se prefere frango ou peixe no casamento.

TRINTA E SEIS

Como sabe, não me importo nem um pouco com o Milo. Algumas pessoas que obviamente não são eu com certeza se apaixonariam por ele, mas eu jamais seria uma otária dessas porque sou verdadeiramente superior a esse tipo de coisa.

Mesmo se ele fosse o último cara na face da terra, eu diria para sermos apenas amigos, e pronto.

Então, não pense que vou me importar só porque ele apareceu no meu dormitório.

É assim que funciona com o Milo. Todo mundo sofre e luta em uma vida difícil e ele simplesmente passeia, sem se importar, se esforçar de verdade, e sabendo que tudo dará certo no final. E por que não daria? Eventualmente, ele ganhará uma posição de certo respeito, nada muito complexo, para que os envolvidos se sintam satisfeitos após um movimento simbólico de ascensão. Ele terá um cargo júnior júnior. E então um cargo júnior. E então um cargo.

Pelo o que posso ver, ele nem sequer precisa comparecer às aulas da Whiterspoon Prep. Assim, ele comparece. O máximo necessário. Também conhecido como o mínimo possível. Assim como a Remy. Será o necessário. O suficiente.

Ouvi um boato de que ele foi a uma aula de biologia. *Uma*. E passou.

Mas tudo bem. Eu até gosto do Milo. Platonicamente, claro. Mas me parece meio injusto com todos aqueles pobres coitados que se matam de trabalhar tentando subir na vida. Quer dizer, me parece meio injusto ter tudo decidido antes mesmo de nascer. E depois é só seguir.

Sei o que você está pensando. Está pensando: "Não, não, você está errada, e o Grande Sonho Americano?" Já ouvi falar disso. Mas tem uma coisa. Toda hora eu ouço falar disso. Sem parar. Mas não vejo. Lá em Iowa, um cara perdia o emprego, e era isso. Parece que todas as fazendas, fábricas, pescarias, bugigangas e equipamentos neste grande país foram enviados de barco para a China, Bangladesh ou Timbuktu, e agora o Sonho Americano virou uma espécie de empresa de exportação.

Eu adoraria que me provassem o contrário. Talvez você consiga fazer isso.

Mas, sinceramente, o Milo não é um cara ruim, ganancioso ou babaca. Ele é um humilde e cabisbaixo e meio que não diz nada. Passa metade do tempo com os ombros curvados. Pedindo desculpas. Pelo o que mesmo? Talvez por ter uma vida tão fácil.

Fico meio chocada por ele estar na porta do meu quarto, mas não estou prestes a me jogar em cima dele. Não mesmo.

E certamente não estou pensando no momento em que ele me tocou no escuro, sem dizer nada. Não. Com certeza não.

— Hum... oi.

— Oi.

Ele parece envergonhado. Pego no flagra.

— Hum... você está procurando a Remy?

Claro que é por isso que ele está ali. Deve estar extremamente decepcionado.

PS: Se ele estiver procurando a Remy, boa sorte. Não a vejo há três dias e estou um pouco irritada — novamente. Nenhuma mensagem no celular. Nenhum bilhete. Nenhum recado. Nada no sistema interno. Nenhuma ligação. Nada. Zero. Eu diria que estou preocupada, mas não tem motivo para jamais me preocupar com a Remy, tem? Me parece que se o mundo virasse de cabeça para baixo e nos tornássemos um universo pós-apocalíptico, Remy apareceria na garupa de algum bad boy, daria uma piscadela e seguiria em direção ao horizonte em chamas. Uma horda de crianças imundas, vestidas em roupas de couro improvisadas correria atrás deles, incentivando-os na disputa mortal por gasolina. E então eles venceriam.

— Willa?

— Ah, foi mal, eu estava aqui pensando na economia de combustível no futuro pós-apocalíptico.

Ele me olha, sério. Droga. Minha grande boca atacou novamente. Qual é o meu problema?

— Bem, como você poderia *não* pensar sobre isso? — pergunta ele. — Claramente teremos problemas.

Espera. Ele está... entrando na brincadeira?

— Sim, sinto que meu futuro será revestido de couro desconstruído. Super-retalhado.

— Aham. E onde você acha que vai encontrar esse couro?

— Eu mesma vou fazer. De animais mortos. Esfolados. Na maioria esquilos.

— Lá em Iowa eles ensinam a esfolar esquilos?

— Não, só os forasteiros. Bandidos. Qualquer pessoa que não tenha feito *o juramento*.

Milo sorri. Sinto que deveríamos estar rodeados de faíscas. E pequenas borboletas.

Borboletas brilhantes e cantoras.

— Posso dizer para a Remy que você apareceu ou algo assim. Na verdade, não a vejo há três dias. Deve estar em Bali ou em algum lugar espetacular. Num capricho.

— Sim, Remy tem a tendência a ser caprichosa.

— Diria que ela é excêntrica?

— Sim, diria. Mas apenas em off. Você está gravando isso?

Os olhos dele brilham — literalmente — de travessura. Quase perco a força nos joelhos. Meu Deus, sou uma nerd.

Se estou gravando isso, Milo Hesse? Nossa, como eu queria! Assistiria sem parar aos 103 anos, sentada em minha cadeira levitacional comendo gelatina, projetado na parede de memórias anteriores ao domínio dos robôs.

— Então, quer que eu diga que veio aqui?

— Hum, na verdade...

Constrangedor. Estamos os dois parados ali. Cada um em sua própria reticência.

— Hum, Willa...?

O modo como ele diz meu nome. É proposital, eu sei. Mas tem algo a mais. É como se ele acariciasse meu rosto.

— Acho que, hum... bem, eu vim ver você, na verdade.

— O quê? Como? Por quê? — Ok, não saiu como eu queria.

— É... porque eu pensei que podia ser legal ou divertido, ou sei lá, mas se não for uma boa hora vou entender, e vou embora ligeiramente. Com tranquilidade. E estilo.

— Como o estilo será envolvido nisso?

— Talvez com a ponta dos pés.

— Tipo um sapateado na ponta dos pés ou algo diferente?

— Não sei. Fiz aula de apenas um tipo de dança.

— Que tipo?

— Africana.

— Sério?

— Claro. Eu salto como ninguém. É dança da maturidade dos guerreiros. Eu basicamente pulo o suficiente para enfiar o espírito guerreiro dentro deles.

— Vou ter que ver isso.

— Terá que me encher de álcool para que isso seja possível.

— Terei que encher você de álcool para ver isso, gravar, botar no YouTube e chantagear você sob a ameaça de ser deserdado pela sua família.

— Minha família ficaria orgulhosa. Especialmente a minha mãe. Ela acharia muito politicamente correto.

— É?

— É. A única coisa da qual ela gostaria mais do que isso seria se, no final da dança, eu saísse do armário.

— Você acha que tem alguma chance de isso acontecer?

Milo tem uma resposta para isso. Uma resposta que envolve se inclinar e me beijar antes que eu perceba, até meus pés estarem fora do chão, embora ainda estejam no chão e tecnicamente eu não esteja voando. Parece mais uma levitação. Na minha mente. Com a boca do Milo na minha, e as mãos, as duas mãos, sobre minhas orelhas, como se aninhasse a mim, como se tivesse esperado por aquilo todo esse tempo, morto de vontade.

E então ele para e nos olhamos.

E ele está envergonhado.

E eu estou envergonhada.

Esse é o momento em que devo dizer algo inteligente, mas a minha mente parece estar vagando bem no fundo dos olhos verde-escuros do Milo, em algum lugar, confusa em vez de professar sarcasmos brilhantes.

— Agora você vai sair do quarto comigo.

— Agora estou estudando.

— Não. Comigo.

— Estudando.

Nós dois estamos tentando fingir que o que acabou de acontecer foi totalmente normal.

— Ok, vamos fazer um acordo. Permito que você estude agora, porque certamente é uma cientista genial que vai descobrir a solução para o aquecimento global... se, e apenas se, você prometer traquinar comigo no sábado.

— Possivelmente.

— Certamente?

— Potencialmente.

— Inevitavelmente.

Mas eu sei que vou encontrá-lo. Como dizer não? Impossível depois daquele beijo. Depois daquela conversa mágica com as borboletas cantantes. Ainda não tenho certeza se meus pés estão tocando no chão. Acho que posso ter me transformado em um beija-flor e voado para um arco-íris. E o arco-íris se transformou em um unicórnio.

TRINTA E SETE

A srta. Ingall quis me encontrar aqui. No lounge dos professores. Tem um restaurante para o chá da tarde, sabe lá o que isso quer dizer, com cadeiras brancas e lambris brancos, e o sol ilumina a sala por entre as árvores. Há trepadeiras por todas as partes, agarradas a treliças brancas nas janelas, tentando entrar. Antes que o frio chegue. Antes do inverno.

A srta. Ingall franze os olhos na sala clara e iluminada. Tenho a impressão de que ela não está acostumada a essa quantidade de luz.

— Obrigada por me convidar, srta. Ingall.

— Imagina, seja muito bem-vinda. Você gosta de chá, Willa?

— Hum... sim.

— Você não bebe chá, não é?

— Não muito.

— Eles fazem um *latte* gelado muito respeitável, se for mais do seu gosto.

O garçom se aproxima e antes que eu perceba estamos cercados de sanduíches de pepino. Quem pode ter pensando em botar um pepino dentro de um sanduíche? É uma revelação.

— Me fale, Willa. Você tem amigos em casa? Em Iowa?

— Aham. Quer dizer, eu tinha.

— E sente falta deles?

— Para falar a verdade, eu tento não pensar sobre isso. Me deixaria triste.

— Entendi.

O garçom passa por nós.

— Você pensou sobre o que conversamos, Willa?

— Hum. Mais ou menos.

— Tem alguma dúvida...?

— Bem, minha mãe meio que... ela meio que tem um plano para mim. Ela meio que quer tomar as rédeas da situação, sabe? Fazer tudo do jeito dela.

— A sua mãe. A economista.

Eu faço que sim.

— Bem, você pode imaginar que ela já tenha tudo decidido.

A srta. Ingall olha para mim. O garçom serve chá em uma pequena xícara com rosas desenhadas na alça.

— E você, Willa?

— Sim?

— Já tem tudo planejado?

As xícaras daqui são tão frágeis, parecem que se quebrariam apenas com um olhar. E a srta. Ingall. Ela também é frágil. Mas tenho a impressão de que ninguém conseguiria quebrá-la.

— Sinceramente, srta. Ingall. Eu não tenho nada planejado.

— Tudo bem, Willa. Faz parte da aventura.

— Sério?

— Sim, você precisa encontrar o seu caminho. Mas... é você quem deve encontrá-lo. Ninguém mais pode fazer isso no seu lugar.

O garçom aparece com um prato de três andares; cada andar está lotado de minibolos cor-de-rosa, creme, amarelos. Tem até alguns profiteroles de chocolate, com quem tenho um rendez-vous marcado para logo mais.

— Mas por que é preciso encontrar qualquer coisa? Quero dizer, por que não se pode simplesmente... desistir?

Eu falo antes de perceber o que estou falando.

A srta. Ingall pondera por um segundo. Repousa a xícara na mesa.

— É assim que você se sente, Willa? Com vontade de desistir?

Eu não sei o que acontece com o meu rosto. De repente, minha pele está queimando.

— Às vezes.

Ter dito aquilo. Eu ter dito aquilo, de certa forma, faz tudo vir à tona. E os meus olhos tentam chorar. Tentando muito se entregar. Mas eu não deixo. Não vou chorar sobre sanduíches de pepino.

A srta. Ingall pesa a situação. O garçom se aproxima, mas ela o dispensa com um gesto. Agora não. Agora não, minha aluna está tendo uma crise.

— Você se sente muito pressionada, Willa? Para ser... perfeita?

Parece idiota. Para algo tão simples e idiota.

— Meio que sim.

Agora começo a segurar as lágrimas.

— Willa, você não precisa ser perfeita. Acredita em mim? Não precisa. Você só precisa ser a Willa.

Eu poderia engolir toda o salão de chá agora, os minibolos cor-de-rosa, os minibolos amarelos e os profiteroles de chocolate. Eu poderia engolir o salão, as treliças e a srta. Ingall também. Apenas por ter me dado um segundo, um segundo... de alívio. Um alívio de mim mesma. Umas férias. Uma folga do "dever".

TRINTA E OITO

Aposto que você pensou que a Remy estava aprontando. Bem, você estava certo. Ela está aprontando. Ela está basicamente no último segundo antes do acidente de carro, quando já parece inevitável. Mas, por algum motivo, enquanto ela continua seguindo em frente na direção do abismo, ainda parece haver esperança, alguma esperança, de que talvez, quem sabe, ela ainda seja capaz de evitar a explosão.

Pelo o que posso ver, isso é um bicho de duas cabeças.

Eis a primeira cabeça:

Humbert.

— Willa, você nunca vai adivinhar! Tipo, é insano.

— O que é insano?

— Humbert Humbert e eu.

Faz cinco dias que não a vejo e agora ela está ali, saltando dos arbustos em direção ao gramado. Tudo à nossa volta já está amarelo, laranja e vermelho, o último vestígio das folhas praticamente sumiu, sobraram apenas algumas descoloridas e amarronzadas que se agarram aos carvalhos, nervosas. Agora está ficando frio. Mas nada próximo ao frio de Iowa. Frio para Pembroke. Úmido e molhado. O tipo de frio que entra sob a pele. O tipo de frio que faz tremer até a chegada da primavera.

Remy está com olheiras e seu queixo parece mais definido, as maçãs do rosto também.

Esquelético.

— Então, Remy. Você sabe que isso é uma péssima ideia, né? Você e Humbert Humbert.

— Talvez. Mas talvez seja a *melhor ideia de todas*.

— Meu Deus.

Eu me viro para Remy. Ela realmente parece fora de si. Tipo, tem algo ali que não se encaixa. Algo instável e incerto.

— Remy. O que você sabe sobre esse cara? Tipo, ele é velho. Pode ser *casado*.

— Não. De jeito nenhum. Eu perguntei. Não tem mulher, nem namorada. Eu jamais faria algo do tipo e...

— Ok, vamos recapitular a história por um segundo. Isso tudo que você está fazendo? É péssimo. Você não acha que essa leve obsessão e, digamos, seu sumiço de três dias podem ter algum efeito nas suas notas e, consequentemente, no seu futuro?

— Não muito.

Sinto meu corpo murchar. A verdade é que ela tem razão. As notas da Remy provavelmente não têm importância. Quer dizer, ela já está onde deveria.

Está tudo planejado por ela.

— Remy, você não... você não pode fazer isso.

— Por que não?

— Isso pode ser um... problema. Tipo... você pode morrer.

— Oi? Ai, meu Deus. Que drama!

— Ok, então e quando chegar ao fim? Com o Humbert. Já pensou nisso?

— Fim?

— Sim, Remy. Fim.

— Por que está sendo tão negativa?

Ela está começando a ficar irritada. E ela nunca se irritou comigo antes.

A questão é: ela não é a única.

Chegamos na biblioteca. É um lugar imenso com peças de tapeçaria por toda parte e tetos abobadados altíssimos. Lustres de ferro estão pendurados nas vigas a milhões de quilômetros de altura. A sala é decorada com pequenos móveis, pequenas áreas de estar iluminadas por luminárias de porcelana, aconchegantes e perfeitas, mesas de centro de madeira e muitas e muitas garotas acomodadas ali, estudando, afogadas em livros.

— Não estou tentando ser negativa. Só estou preocupada com você, ok?

— Não seja brega.

Estamos cochichando, tentando não incomodar o cenário tirado diretamente de um quadro de Norman Rockwell.

— Não sou brega. E daí se eu for? Tipo, você parece ter perdido cinco quilos nos últimos três dias.

Remy não me ouve, apenas mexe na bolsa, procurando algo. Apoio minha mochila ao lado de uma janela gigante arqueada e quando olho novamente ela está botando alguma coisa na boca, rapidamente.

— O que era aquilo?

— O quê?

— Remy, o que era aquilo?

— O quê? Eu realmente não tenho ideia do que você está falando.

Nós nos entreolhamos. É óbvio que ela está mentindo. Ela sabe e eu sei. E nós duas sabemos que a outra sabe.

Deixa para lá. Ela não precisa me contar. Eu já sei o que é. A segunda cabeça do problema de duas cabeças.

Os comprimidos. Os muitos e muitos comprimidos.

É por isso que ela está perdendo peso. Por isso que parece um cadáver. Grande parte de mim sabe — e muito bem — que ela não come nada além de meio comprimido branco. No café, almoço e jantar.

— Remy. Me ouve. Tudo isso... Eu sei que parece divertido e excitante e um grande foda-se para o mundo, mas estou dizendo para você que não está bonito.

— Não. Está. Bonito. — Ela olha para mim de cara feia. — Sabe, Willa, eu achei que você ficaria feliz por mim. Achei que você ia querer saber de tudo sobre...

— Sobre você estar enlouquecendo por causa de um professor bosta que pode acabar preso por sua causa?

— Ele não é um bosta. E estamos apaixonados.

— Você está de sacanagem?

— Não. De jeito nenhum. É isso mesmo.

— Bem, ele sabe que vocês estão apaixonados?

— Acho que sim.

As pessoas estão começando a olhar, mas Remy mantém os olhos em mim, pedindo algo de mim.

O tamanho do absurdo dessa situação me faz querer gritar, literalmente. Então, digo o necessário para sair dali:

— Ok, então, boa sorte, amém e *tudo mais*.

E vou embora. Não sei por que ela precisa que eu aceite isso. Não sei por que ela precisa que eu diga qualquer coisa.

Não tem nada aceitável nisso. E o pior é que me sinto de certa forma responsável. Como se eu fosse a única pessoa entre ela e seu desejo incontrolável de destruir tudo à sua volta.

Mas talvez seja sempre assim. Com os ricos. Talvez sempre exista um drama ou algo a se quebrar ou algo a se consertar. Talvez precise existir algo. Se não, o que eles teriam para fazer?

TRINTA E NOVE

É hilário pensar agora sobre como eu achei que seria esse encontro. Achei que seria, sei lá, um evento normal de sábado. Talvez uma visita ao museu e um passeio pelo parque. Quem sabe uma vaca preta compartilhada com dois canudos. Em uma fonte. Nos anos 1950.

Nota zero.

Esse erro de interpretação talvez tenha a ver com o fato de que eu nunca saí com ninguém. Oficialmente. Quer dizer, o mais perto disso foi aquele cara do trem. Também fui a alguns encontros no parquinho com uma criança chamada Wyatt, quando eu tinha três anos. Aparentemente, ele tinha uma casa na árvore e um chapéu de pirata. E só.

Dessa vez não existem casas na árvore, chapéus de pirata ou tarados do trem. Não, não. Esse é o tipo de coisa que ninguém sabe que está acontecendo até acontecer, e então se pensa... que porra está acontecendo?

Eis a história.

Milo aparece na minha porta vestido de um modo que só pode ser descrito como um uniforme de barman na virada do século, sem um bar por perto. Coletes estão envolvidos. Tipo, ele está bonito. Mas com certeza está *vestido*. Tipo, muito bem vestido.

Eu, por outro lado, tinha pensado em algo mais casual. Tipo, não estou vestida para uma tarde de romance épico. Talvez para um piquenique com sanduíches deliciosos, algo que às vezes pode ser a mesma coisa. Não me julgue.

Ao vê-lo na porta, imediatamente me sinto uma idiota e quero cancelar tudo.

— É... Eu não estou vestida de forma apropriada para o que a gente vai fazer, estou?

— Não, você está ótima. De verdade.

— Ok... bem, que tal me dar cinco minutos para eu botar algo um pouco menos "jogo de futebol" e um pouco mais "ópera".

— Se quiser. Não precisa...

— Acho que preciso. Tipo. Espera um segundo.

E assim eu bato a porta na cara dele, algo que realmente não tive a intenção de fazer, mas aconteceu. Então, me atiro no armário e tento encontrar algo, qualquer coisa, pelo amor de Deus, que seja bonito.

De algum modo consigo montar um look vintage. Não é tão fácil se vestir bem com uma mala de roupas e dois uniformes, e quando não se tem ideia de onde vai. Mas tentei montar algo meio universitário e acho que consegui uma nota oito pelo empenho. Quem sabe até uma estrela dourada.

Quando eu abro a porta, Milo está no telefone, cochichando. Ele está claramente aprontando alguma coisa. Acena para mim com um sorriso de moleque e percebo que está realmente se empenhando com o nosso programa.

Ele tenta me acalmar quando entramos no Uber.

— Não se preocupe. O caminho de carro até o litoral demora mais ou menos meia hora. Eu sei uma rota secreta.

Litoral? Rota? Secreta? O que está acontecendo? Achei que a gente já estaria vendo os primeiros cinco minutos dos trailers a essa altura. Ou quem sabe assistindo a uma noite de comédia no café da cidade.

O. Que. Está. Acontecendo?

Milo pisca para mim e olha pela janela. Ele está sorrindo sozinho.

— Está planejando me vender para escravos ao pôr do sol? Ou me oferecer como sacrifício para os deuses supremos reptilianos? Preciso saber.

— É o nosso primeiro encontro, certo? Eu quero causar uma boa impressão. Para falar a verdade, estou meio nervoso.

Como? *Ele* está nervoso? Se ele está nervoso, então eu estou clinicamente insana.

— Ah, toma. Eu roubei esse champanhe do meu padrasto. Ele é meio babaca, então vamos torcer para ser uma garrafa de um milhão de dólares e ele ficar superirritado.

Milo serve o champanhe em duas taças de cristal. É bem óbvio que elas também foram roubadas da coleção do padrasto.

PS: isso é ilegal.

PS 2: Milo não parece se importar.

— Eu não sabia que você tinha padrasto. Ou que seus pais eram separados. Ou nem sequer que a sua vida não era completamente perfeita em todos os sentidos.

Um momento de silêncio.

— É. Na verdade, a minha mãe é bem legal. Ela faz um monte de coisa de arte, sempre preocupada com a arte ser "disponível para os desprivilegiados". E sempre faz eventos para arrecadar dinheiro para, tipo, crianças de rua e órfãos ou algo do tipo.

— Que legal.

— É, ela tem um coração mole. Mas é ótima. Ela é meio sufocadora, ou pelo menos tende a ser. Ela me chama de pequeno príncipe. Ainda. Tipo, até hoje.

— Mas o seu padrasto...?

— Argh. Ele é um filho da puta. Um desses caras de finanças. Tipo, sabe, aqueles caras que afundam todo mundo. Ele deve comer a secretária.

— E o seu pai? Como ele é?

— Ele é tipo... morto.

— Nossa, eu sinto muito.

— Tudo bem. Faz, tipo, uns dois anos ou sei lá.

— Eu sinto muito.

— Acho estranho a Remy não ter contado. Foi meio que um evento.

— Jura?

— É. Quer dizer, ele meio que se matou.

Jesus.

O meu plano — sobre a torre do relógio — passa pela minha cabeça. E agora estou me sentindo idiota e melodramática e incrivelmente, absolutamente, uma completa idiota.

Por ver o resultado. Como é ser deixado para trás.

Ser a pessoa que é deixada para trás.

— Ai, Milo. Eu não tinha a menor ideia. Eu sinto muito...

— Tudo bem. Talvez seja por isso que eu gosto de você. Porque você não sabia.

Talvez ele se sinta atraído por pessoas que fantasiam sobre se matar. Eu não digo isso. Ainda bem.

O sol está se pondo e passamos por um monte de casas geminadas, uma após a outra. Algumas antigas de tijolos com anúncios antigos pintados. Lojas, falidas há décadas, onde a esperança também foi vencida há tempos. Impossível não questionar, ao passarmos por aquelas zilhões de vidas simples, algumas com roupas penduradas na corda, outras com brinquedos quebrados na varanda, gastos pelo sol, impossível não se perguntar, *Por que eles*? Por que eles recebem essa vida de merda que não vai a lugar algum? Quem inventa essas regras? Você fica ali. E você, ali. Ah, você... você fica lá embaixo, sinto muito. Não faz sentido. E existem pessoas como o Milo. Pessoas que têm tudo. Pequenos príncipes sem nenhuma preocupação no mundo.

A não ser um pai que se matou.

Ele vira o resto do champanhe.

— Você não tem ideia da sorte de ter nascido em Iowa.

QUARENTA

Existem certas coisas que a gente pensa que nunca vai viver, ver e que nem sequer existem. O lugar aonde o Milo me leva é uma dessas coisas.

Uma ilha.

Uma ilha particular.

Ah, você não tem uma ilha para levar seus amigos para um programa aos sábados? É. Nem eu.

É engraçado o que está acontecendo. Por um segundo, pensei que o programa fosse ficar extremamente rústico. Sabe, barcos, um píer, pedregulhos e um mar infinito de água gelada. Caminhando pelo píer, não pude deixar de pensar que talvez estivéssemos com a pior vestimenta possível para pessoas destinadas a morrer na água.

Mas não.

A parte rústica da viagem durou exatamente o tempo de pularmos no barco, onde o "barqueiro" nos levou pelo oceano não-tão-tranquilo da costa, fazendo a curva em alguns desfiladeiros e então revelando, em meio às perigosas ondas, ao longe... uma ilha, isolada, sem ligações. O sol desce no horizonte, como se um holofote subisse das águas para a ilha, iluminando os pinheiros e as pedras escuras da praia. Não parece real. Uma ilha, prostrada bem ali, bela e misteriosa, e provavelmente quase invisível de longe.

Quando a ilha aparece, eu olho para o Milo.

Ele sorri e dá de ombros de um modo fofo. Não de um modo idiota. De um modo que diz: "Eu sei, eu sei, mas não pude resistir."

Estou concentrada em não deixar meu queixo cair no chão conforme nos aproximamos. Agora é possível ver uma casa de ripas de madeira no centro da ilha, de frente para nós: inteiramente branca, com torres, uma varanda que envolve a casa de todos os lados e até mesmo uma plataforma no alto. Quando digo "ripas de madeira", não quer dizer que exista qualquer coisa remotamente aos pedaços. A casa é imensa, grandiosa e deve ter sido construída por Thomas Jefferson ou algo do tipo.

Chegamos à ponta do píer, encerrando a parte rústica da aventura e o barqueiro nos ajuda a sair.

— Com cuidado.

O barqueiro sorri. Milo sorri de volta e tenho a impressão de que esses dois se conhecem desde que o Milo era bebê. Há uma sensação acolhedora, confortável.

— Obrigado, Freddy — diz Milo.

Enquanto caminhamos pelo píer, em direção à subida para a casa, vejo uma figura sozinha descendo a inclinação. O sol poente ilumina essa coisa vestida de chiffon azul-claro translúcido, e sobre aquilo há duas mãos estendidas com algo borbulhante, um copo batendo com gelo, um limão — um drinque.

Sobre o chiffon está um pescoço alvo, cabelo preto chanel com franja, curto feito uma estrela do cinema mudo. Um rosto pálido com olhos azul-claros, que sorriem para o Milo como se ele fosse a coisa mais preciosa do mundo.

— MyMy.

Ela diz como se estivesse acariciando um gato, e entrega o drinque a ele.

Milo se vira para mim.

— Essa é a Willa. Willa... essa é a minha irmã. Kitty. O nome dela é Katherine, mas parece muito um nome de avó.

— Ah! Oi, Kitty. É um prazer.

Ela me entrega o drinque transparente como se fosse uma obviedade.

— Ah, obrigada.

— Venham, venham. Quase começamos sem vocês...

— Desculpa, Kit.

— Sério, o Brit está furioso porque acha que as ostras vão saltar do prato ou qualquer coisa extremamente paranoica. Eu queria que ele arranjasse uma namorada.

E, como se nada fosse, somos levados do mar rústico para a assombrosa casa branca, quando Kitty abre a porta e eu vejo... o que parece uma pintura, uma espécie de pintura de cena clássica. Nela, oito pessoas e uma lareira.

Todos se viram ao mesmo tempo. Todos bem-vestidos. Na medida certa. Como o Milo.

— O Brit está na cozinha, mas já vem.

São quatro garotas e quatro caras. Melhor, quatros damas e quatro cavalheiros. Tipo, estamos imersos na zona dos "maneirismos". Não consigo saber a idade deles, mas são certamente mais velhos do que nós. Talvez recém-formados na faculdade? Com certeza não trabalham. Tenho bastante certeza de que nenhuma daquelas pessoas precisará trabalhar nem um dia sequer. E, a julgar pelos nomes, acho que nem conseguiriam.

"Igby, Tad, Basil, Win (Winston, mas ninguém o chama assim), Tisley, Paige, Binky e Cricket (ela se chama Camilla, mas fica irritada quando a chamam assim)."

Observação: Não se preocupa, não precisa lembrar de todos esses nomes. Estou apenas contando porque é uma conjunção insana para um ambiente só. Pode admitir.

Fico parada ali, ao lado do Milo, me sentindo a pessoas mais burra, estranha e insignificante da terra.

— Mymy!

Ok, acho que Mymy é o apelido dele, abreviando MiloMilo.

Quem se aproxima é o cavalheiro chamado Igby. Ele é mais magro que os outros três e, por algum motivo, parece mais intelectualizado, mas talvez sejam apenas os óculos. Ele parece capaz de abrir o dicionário, apontar uma palavra e ser capaz de enumerar cinco significados de cabeça.

Paige e Tisley são as próximas. Elas meio que parecem uma dupla. Ambas de cabelo castanho comprido, liso, ambas com uma pele que viu o sol pela última vez no século passado.

— Milo, você está tão *elegante*.

Elas arrulham.

É, estão com certeza dando em cima dele. Um pouco demais para o meu gosto. Uma delas agarra a gravata dele.

— Bem, vocês sabem, eu tento...

Agora chegam Tad e Win. Esses dois parecem que não morreriam em uma briga de bar, ao contrário de Igby e Basil. Tad tem o cabelo louro e olhos azul-claros. Win tem o cabelo castanho-claro e uma gravata-borboleta adorável.

— Se nos cabe a pergunta, quem é a sua jovem convidada?

Os dois sorriem para mim de modo galanteador e sorrio também, completamente desconfortável.

— Essa é a Willa.

Por favor, não. Por favor, não. Por favor, não.

— Ela é de Iowa.

Argh. Ele disse.

E então aparece o julgamento, feito uma onda varrendo o ambiente. Ah, ela não é ninguém.

Eu queria poder enterrar a minha cabeça na areia. Milo não fez de propósito. Ele não sabe que é o único que acha legal ser caipira.

— Minha nossa. Uma fazendeira.

Tisley diz isso. E não é legal. Nem sequer uma tentativa de ser legal.

Cricket lança um olhar a ela. Não consigo dizer se a Cricket está de acordo ou julgando. De qualquer forma, me sinto uma idiota.

Kitty olha para mim. Posso ver que ela entende a situação.

— Não dê atenção para a Tisley; ela é extremamente recalcada porque todos os namorados a traem.

— Muito legal, Kitty.

Tisley sai da sala e Cricket se vira para nós.

— Kitty só não disse que eles traem a Tisley com a... Kitty.

— Isso não é nem um pouco verdade.

Kitty sorri.

Obviamente, é verdade.

Senhoras e senhores, bem-vindos à bizarrolândia. População: os presentes.

Cricket prossegue:

— Willa, a boa notícia é que o seu namorado não vai trair você com a Kitty, porque o seu namorado é irmão dela.

Milo e eu nos olhamos. Ele não é meu namorado. Será que é? Será que agora ele é oficialmente meu namorado? Será esse o significado da viagem para essa ilha estranha cheia de pessoas desajustadas? Milo não diz nada. Bem, pelo menos ele não nega. Reparo que a ponta das orelhas dele está ficando bizarramente vermelha.

— Onde está Remy? — pergunta Igby, entrando na conversa.

Ok, como assim? Tempo.

— Não faço a menor ideia. Ela está obcecada por um cara secreto e anda muito bizarra.

Arrá! Então o Milo sabe que ela está obcecada por alguém, ele só não sabe que é pelo Humbert Humbert.

Mas, voltemos ao início. Por que, em nome de Deus, a Remy estaria ali?

— Você conhece a Remy? — pergunta Win para mim.

— Aham. Ela é meio que a minha melhor amiga em Pembroke. Ela me convenceu a fazer uma peça idiota que eu odeio.

— Ah! Parece mesmo coisa da Remy.

— Hum... De onde você conhece a Remy?

Uma leve risada se espalha, inaudível. Porém palpável.

— Bem, eu a conheci uma vez por que ela é... minha prima.

A risada aumenta.

— Ah. Entendi, eu sou uma idiota.

— Não, não é. Você é adorável.

— O que eles querem dizer, Willa, é que você é muito bem-vinda — acrescenta Kitty. — Vamos comer.

E, com isso, o grupo inteiro sai para a sala de jantar, deixando Milo e eu parados ali, recuperando o fôlego.

— Desculpa por ela ter achado que você era a minha namorada. Espero que não tenha ficado ofendida.

O meu coração está pulando. E não de um jeito positivo. De um jeito o-que-estou-fazendo-aqui.

Não consigo deixar de pensar em como eu sairia sozinha daquela ilha. Tipo, e se houvesse uma guerra nuclear ou um apocalipse zumbi, ou talvez tudo simplesmente ficasse desconfortável demais com essas pessoas estranhas? Teria como fugir?

Pelos meus cálculos, com a corrente, as ondas e a força dos meus braços, minha estimativa é de conseguir nadar uns três metros.

Isso se não houver tubarões.

Então...

Parece que estou presa.

Parece que sou uma espécie de mascote para entretê-los.

Por favor, boca, fique fechada — não diga nada ou faça algo que revelará a minha proletariedade interiorana. Apenas fique em silêncio. Sério.

Zip-zap.

QUARENTA E UM

O jantar é meio surreal. Acho que preciso falar sobre isso. Assim, eu sei, é um jantar, então quem se importa? Mas é, tipo, um jantar de sete pratos, e cada prato é minúsculo, embora delicioso e montado como se pedisse uma foto ou algo assim. Assim, não sou uma dessas pessoas que tiram foto da comida e postam em todo os lugares, porque, a gente sabe, isso é coisa de idiota. Mas, se eu fosse uma dessas pessoas, faria uma sessão de fotos a cada prato.

Não que eu saiba o que é cada uma dessas coisas. Parece que muitas delas vieram do mar. E também fígado de ganso. E muito vinho. E muda toda hora, então seja rápido.

Não sei quem está preparando a comida — na minha imaginação existe um chef francês muito exigente, mas os convidados estão se revezando na hora de trazer os pratos da cozinha.

Quanta normalidade. Como são comuns!

A democracia está viva e passa bem aqui nessa ilha particular!

Nesse exato momento, um dos caras, Basil, Cecil ou Imbecil, está falando sem parar sobre a adorável Cricket e suas bizarrices nos relacionamentos.

— Então, o cara está ali, na frente dela, totalmente apaixonado e a Cricket não *faz ideia* de quem seja.

Basil está querendo chamar a atenção.

— Não é verdade. Ele parecia vagamente familiar.

— Sim, o astro ridículo do rock inglês. Ele parecia vagamente familiar. Tinha dois olhos, um nariz e duas orelhas.

Todos riem. O conceito da brincadeira parece ser: Olha a doida da Cricket. Do que ela *não* é capaz?

— E o que você fez? — pergunta Tinsley, curiosa.

— Bem, eu fiquei com ele, claro.

Hahaha! Risadas histéricas coletivas. Copos no ar. *Clinque, clinque.*

— Tipo, eu meio que fiquei com pena dele.

Mais risadas.

Tad entra na brincadeira.

— Amei isso. Os motivos da Cricket para ficar com alguém: fiquei com pena dele.

— Ou: ele existe.

— E está na minha frente.

Ondas de risos. Acho que os dois últimos comentários vieram do Basil e do Win. Um dos caras. Está bem claro que os garotos vieram pelas piadas. Os caras fazem as piadas e as garotas riem. Sim, as garotas dão gritinhos e dizem coisas inteligentes. Mas os homens são responsáveis pelas risadas, e eles competem. O cara com as tiradas mais inteligentes, ganha. É diferente das competições masculinas de Iowa.

Lá, acho que a coisa girava em torno do tamanho dos pneus do carro.

Ou os para-lamas do caminhão.

Basta dizer que, em Iowa, se você tiver um *monster truck* com pneus de aro setenta e para-lamas... você é o equivalente ao Tad na escala social.

Mas aqui, nessa ilha particular que ninguém deve saber que existe porque provavelmente não é real, o homem mais engraçadinho ganha. E ninguém fala de caminhões.

De vez em quando, Milo olha para mim, para ver se está tudo bem. É fofo, considerando que esse grupo obviamente se conhece desde antes de nascerem.

Ninguém está sendo necessariamente inconveniente, metido ou condescendente. Acho que o comentário sobre eu ser fazendeira foi a única vez. Tenho a impressão de que todos aqui são um pouco possessivos com o Milo. Afinal, ele é o caçula do grupo.

Tem um momento em que pego Kitty sorrindo para ele, de sobrancelhas erguidas. Agora eu entendo por que o Milo é tão incrivelmente charmoso. Kitty é a sua irmã mais velha. Ela nunca o permitiria agir de outra forma. Ela deve vesti-lo desde que ele tinha dois anos de idade.

Dá para ver que ela o adora.

Seria fácil odiar essas pessoas. Pensar: meu Deus, qual é o problema delas? Não conseguem ver que o mundo está caindo aos pedaços e ficam aqui sentadas, fazendo piadas, bebendo vinho e comendo coisas irreconhecíveis em porções minúsculas para humanos?!

Mas é impossível.

Porque eles são um charme. São carismáticos, alegres e adoráveis — sim, até mesmo entre eles. É uma espécie estranha de família. Uma família de sangue-azul, provavelmente ligada sanguineamente em algum momento do passado.

Curiosidade: Paige é formada em literatura afroamericana.

É, aposto que você não esperava essa.

Ela também é especialista em dança africana. Qual é a dessas pessoas com a dança africana?

Aliás, posso apenas deduzir que a Paige tem esse nome porque chegou ao mundo da cor de uma página em branco. PS: ela é tão fina quanto.

E eu terei que pedir para ela me mostrar uns passos africanos depois do jantar porque sou uma pessoa horrível.

Ah, vai. Ninguém é branco desse jeito e se especializa em literatura negra, com uma especialização em dança africana, se não quiser que em algum momento alguém aponte isso. Não sei dizer se a apropriação cultural é ridícula, fofa ou absurda. Acho que saberei depois de ver os passos de dança.

Mas ainda não é hora para isso. Não mesmo.

Porque tem outra coisa acontecendo.

Estamos deixando a sala de jantar, e todos os pratos e copos, porque aparentemente eles desaparecerão pelo ar ao sairmos da sala.

Lembra de quando contei da vez em que Milo, Remy e eu tomamos ecstasy no apartamento em Manhattan na frente da lareira, e que foi superfantástico, só que no dia seguinte no trem eu me senti horrível e prometi que nunca mais faria aquilo de novo?

Bom, a boa notícia é que não vamos tomar ecstasy.

No entanto, sinto que não seria completamente honesta com você se não dissesse que todo mundo vai tomar uma espécie de ecstasy, a versão extremamente pura de ecstasy, que eles chamam de Molly.

Desculpa.

Eu sei.

Não fica chateado comigo.

Eu juro que tentei dizer não.

QUARENTA E DOIS

Ok, precisamos falar sobre o Milo. Não acho que seja um exagero dizer que ele está acabando com o meu coração de forma lenta e precisa.

Ele não está fazendo isso de propósito.

Não, Milo não me parece o tipo de cara que magoaria alguém de propósito, jamais, por motivo algum. Pelo contrário, antes do jantar reparei que ele viu uma aranha na entrada e fez todo mundo sair de perto para ele pegá-la, botou um pedaço de papel sob a aranha e botou um copo em cima e a levou gentilmente para o lado de fora. Pois é, o Milo não faz mal a ninguém, nem mata aranhas ou fere sentimentos.

Maaaaaas, no entanto, Milo está me deixando louca porque não consigo parar de pensar que eu não deveria estar a fim dele, mas estou ficando, mas eu não deveria, mas talvez ele esteja ficando a fim de mim, mas talvez ele não esteja, mas talvez esteja, se não por que eu estaria aqui imersa nesse zoológico de nomes ridículos?

Aliás, não vou nem falar dos sobrenomes. Sabe como são, né? E o que devem ser. Posso imaginar que deva ser algo como: DuPont, Peabody, Carnegie, Picklebottom, Tiffany. Lobstertails. Não vou perguntar. Porque nós sabemos que quando eles disserem será bem difícil manter uma expressão séria.

A conversa está agitada sobre a próxima etapa nas festividades. Um monte de agitação, tentando botar a luz e a música certas. Sempre ouvi dizer que as pessoas que usam drogas são desmotivadas. Preguiçosas. Folgadas. Mas se levarmos em consideração o tempo que Tad, Muffy e, sim, Milo, estão gastando para aprimorar a experiência da droga, acredito que teríamos que discordar.

E enquanto isso tudo acontece, estou observando cuidadosamente, absorvendo o máximo possível.

Sabe aquilo de ir na casa do Saddam Hussein e encontrar cadeiras de ouro, torneiras de ouro e privadas de ouro? E tudo tinha a mesma estampa finalizada com ouro? Como se tudo tivesse sido feito para o dinheiro assustá-lo? Bem, esse lugar é o oposto disso.

Aqui tudo é o tipo de lugar onde tudo é exatamente na medida certa. Pequeno, delicado, complexo, sem jamais chamar a atenção para si.

O barco. A caixa de madrepérola. O cinzeiro de porcelana Wedgwood. O vaso chinês Willow Ware. O relógio de bolso de prata entalhado. O dente de baleia ornamentado. O abridor de envelope de marfim do Nepal.

Ainda bem que não vamos tomar LSD. Se fosse LSD, aí mesmo que eu ficaria perdida nessa coleção incrível de raridades. Por enquanto, as raridades estão sendo apreciadas, mas não são uma fonte de paixão exagerada como tudo que acontecerá comigo pelas próximas doze horas.

E então Milo vem me buscar.

— Pronta?

— Acho que sim.

Minha cara séria discorda.

Ele segura a minha mão, gentilmente.

— Ei. O que foi?

— É só que... por que a gente vai fazer isso?

Eu olho, objetivamente, para os comprimidos na mão dele.

— Peraí, sério? — pergunta ele.

Sei que eu deveria ser enigmática, impenetrável e misteriosa, e essa pergunta não é nada disso. Eu sei. Mas é que tenho aquele problema com a minha boca.

Lá está ela. Posso sentir o cérebro Willa se animando, reunindo todas as palavras e os pensamentos necessários. E lá vem, o ataque da boca grande...

— É só que... Esse lugar, a comida, todas essas coisas e *aquele barco*, e tudo mais... É tudo tão incrível e ninguém nunca tem a chance de ver essas coisas, pelo menos eu nunca tive, não antes de hoje. E você... isso é a *sua vida*, sabe? E, assim, já não é incrível o suficiente? Não é o sonho de toda pessoa? E você tem tudo isso! E agora eu estou aqui vivendo um pedacinho também. Então, não é o suficiente? Tipo. Só estou perguntando. Estou apenas... perguntando.

Ele me encara. Pisca uma, duas vezes.

Ai, meu Deus. Minhas bochechas estão quentes e vermelhas. Eu estraguei tudo completamente.

— É melhor eu ir — digo —, antes que a maré mude. Posso pegar um biquíni emprestado? — Sigo na direção do corredor.

— Willa, espere.

Milo aperta a minha mão e me puxa na direção do interior da casa. Nos sentamos na escada, no escuro, sobre os degraus cobertos por um tapete persa. O luar dá seus primeiros sinais pela janela da frente da casa.

Milo respira fundo.

— Olha, eu não sei o que você enxerga quando vê tudo isso. Acho que nunca pensei sobre o assunto. Eu não queria assustar você. Eu só achei que... você fosse gostar. Mas eu cresci aqui, entende? Todos os verões, eu, minha mãe, a Kitty e o meu pai. A gente vinha para cá. É, eu sei que é especial. Mas também é tudo que eu conheço. O negócio, Willa, é que tudo isso — ele abre os braços — não faz nada ser melhor. Ou mais normal. Assim, não se sinta ofendida. Mas pode acreditar quando eu digo que nada *disso* elimina as coisas ruins. Está me entendendo?

Eu abro a bota para argumentar, mas a fecho assim que vejo o olhar distante do Milo.

— O meu pai era um homem bom, sabe? Mas ele trabalhava para um pessoal muito ruim. E quando descobriu o tamanho da coisa, de quantas pessoas eles tinham roubado, quantas vidas destruídas, foi demais para ele.

Agora parece que até a lua está prestando atenção.

— Eu o encontrei.

— O quê?

— Fui eu quem encontrei o meu pai.

Meu coração parece estar se apertando. O meu estômago vira um buraco negro.

— Milo. Isso é horrível.

— Eu sei. Acho que você precisa saber porque... bem, todo mundo sabe. E desde então eu meio que recebi a letra escarlate.

— Não. Milo, não. Todo mundo pensa que você é uma espécie de presente de Deus. Juro! Tipo, você deveria ouvir a Remy falando de você.

— Sério?

— Aham.

— Hum.

— Isso te surpreende? Achei que vocês eram amigos.

— É... A Remy pode ser meio difícil de decifrar às vezes.

— E eu não sei?

Ele meio que assente. Um leve sorriso aparece, mas é um sorriso triste. Pensativo.

— Olha, foi mal eu ter falado sobre isso. Mas acho que estou tentando dizer que as pessoas acham que ter tudo é o segredo, né? Para a felicidade? Mas não tem segredo. Acho que... talvez só exista o que a vida nos dá. Então, se você quer saber *por que* — ele olha para a mão com os comprimidos — eu não sei. Eu penso por que não, sabe? Por que dizer não?

E fico me perguntando a mesma coisa.

* * *

Sabia que ao tomar Molly você automaticamente se apaixona pela pessoa ao seu lado? Verdade.

Sim, eu disse que não faria nada do tipo novamente, mas, nesse momento, estou me apaixonando pelo Milo. Porque coincidentemente ele está do meu lado. E eu sei que não é real, são apenas os efeitos químicos, mas, nesse exato momento, parece que o Milo também está apaixonado por mim. Como se o sentimento fosse recíproco. E eu não estivesse louca.

— Você sabe por que eu apareci naquele dia?

— Que dia?

— O dia do teste para a peça.

Não estamos exatamente no sofá, mais propriamente no chão, encostados no sofá nos encarando.

— Não. Espera, eu sei! Porque você ama *o teatro*.

— Viajou.

Ele sorri. Sou eu que digo "viajou". E agora ele também diz. Estamos falando a mesma língua! Estamos criando uma nova língua — estamos muito apaixonados!

— Ok, por quê?

— Porque a Remy me disse que tinha conhecido a garota mais legal do mundo de Iowa e queria poder namorar com ela, mas não podia porque ela não é lésbica, então eu precisava fazer isso em seu lugar.

Nós nos olhamos, ainda sorridentes, viajando.

— Espera... Ok, é uma pergunta idiota, mas... hum, esquece. Eu não quero *estragar o momento* nem nada.

Não consigo me controlar.

— O que foi? Você não vai estragar. Sério.

Milo olha para mim e eu estou prestes a me jogar em cima dele.

— A gente não está *junto*, está? Tipo, a gente só estava fazendo isso aqui, sabe lá o que é. Em uma ilha particular. Em algum lugar no litoral leste.

Milo sorri. Na nossa frente, diante da lareira, Paige, Igby e Cricket estão dançando algo que só pode ser uma forma de dança moderna primal. Nesse instante, parece que Paige é uma espécie de deusa a quem Igby e Cricket idolatram.

— Por quê, isso te ofende? — pergunta Milo, provocativo.

— O quê? Aquela dança dos deuses?

— Não. Essa coisa de... sair comigo.

Sinceramente, eu não sei o que dizer. Parte de mim quer responder não, se jogar nele e dizer que ele é o ser mais incrível do planeta, mas outra parte não quer perguntar nada, chorar e se enfiar em um buraco porque não tem autoestima. Claro que Molly está ajudando com isso.

Milo está esperando uma resposta, mas estou ocupada demais sem saber o que dizer.

— Sinceramente, Willa, a sua resposta não me importa.

— Oi?

— Porque eu vou fazer você ser a minha namorada de qualquer jeito.

— Hum.

— Não importa se vai demorar um ano, se eu tiver que me virar de mil jeitos ou ligar para o presidente. Você será a minha namorada, Willa. Não tem escolha.

— Hum.

Agora ele arregala os olhos e diz, com uma voz assustadora:

— Entregue-se, entreeeeegue-se, Willa...

Ele está fazendo gestos hipnóticos, tentando me dominar com seus olhos.

— Seeeeeja minhaaaaa...

— Ok, posso fazer uma pergunta?

— Siiiiiiim.

— Você diz isso para, tipo, todas as garotas?

— Siiiiiim. Eu tenho um haréééééém lá em caaaasa na minha tendaaaa.

Ai, meu Deus, eu não sei o que fazer com o Milo. Quero atacá-lo. Quero atacá-lo com beijos.

Embora, tecnicamente, eu nem saiba beijar.

Ai, cacete, por favor não conta isso para ninguém.

É tão vergonhoso. Mas, falando serinho, o que eu deveria fazer nessa situação? Tipo, se o Milo tentar me beijar de verdade, aposto que eu seria, tipo, o pior beijo do mundo, tipo um dragão, e antes que eu possa fazer alguma coisa ele vai contar para todo mundo e serei expulsa em meio a risadas, obrigada a nadar até a terra firme. Terra firme.

Estou em um lugar onde é preciso dizer "terra firme".

— Willa?

— Milo?

— Você não precisa responder nada. Não precisa pensar. Ou se preocupar. Ou fazer nada que não queira. Só precisa estar aqui agora. Comigo.

E então, enquanto olho para o Milo e para a dança estranha ao fundo se transforma em outra coisa, penso comigo mesma, *ninguém nunca me disse isso antes*. Ninguém nunca me deu essa brecha.

E se estar apaixonado fosse somente isso? Simplesmente tirar o peso da outra pessoa. Dar a certeza de que está tudo bem e de que nada precisa ser do jeito que *deveria*, do jeito que todo mundo diz que precisa ser? E tudo pode ser simplesmente o que é. E tudo bem.

— Milo?

— Sim?

— Quantas namoradas você já teve?

— Uma. No futuro. Ela se chama Willa.

QUARENTA E TRÊS

Preciso contar uma coisa. Você sabe guardar um segredo? Eu meio que fiz uma coisa estranha na semana passada que ninguém sabe, mas eu meio que fiz espontaneamente. Um impulso sugerido. Não sei. Acho que meu corpo foi tomado por demônios ou algo do tipo e antes que eu pudesse perceber estava baixando formulários e preenchendo documentos e pegando cartas de recomendação e visitando o prédio Wharton e falando com a srta. Ingall e escrevendo artigos e todo tipo de coisa entediante que é muito chata e demora milênios, mas algo me levou a fazer isso. Talvez tenha sido um fantasma. Um fantasma acadêmico.

Talvez tenha sido apenas a srta. Ingall.

Talvez ela tenha posto drogas no meu chá.

Não conta para ninguém, ok? Não conta para a Remy. Não conta para o Milo. E principalmente para a minha mãe. Com certeza não. Para ninguém. Nem mesmo para o meu pai. Não sei por que, mas quero guardar segredo. Acho que não quero ser o motivo de piada ou qualquer coisa. Quando eu fracassar. Se eu fracassar. Algo que... provavelmente acontecerá.

Ok, lá vai.

Eu me inscrevi para uma vaga em Berkeley.

Por conta própria.

Shh.

Eu disse para não contar!

Sério, eu só não quero me sentir idiota, ok? Não quero sentir que tentei fazer algo totalmente grandioso e inusitado e não deu certo e todo mundo fez piada e riu ou, pior, sentiu pena de mim. Então, não conta para ninguém. Eu não vou conseguir a vaga, ok? É só um chute. Só um *por que não*.

Um tiro no escuro.

QUARENTA E QUATRO

Eu realmente não achei que veria a Remy antes da aula hoje. As segundas de manhã são sempre uma correria de gente sonolenta tentando chegar na aula de literatura, cálculo ou química. Mas, quando eu estava saindo do centro do campus, lutando para conseguir me organizar com meu iced latte, minha mochila e meus livros, Remy apareceu.

— Willa. Preciso falar com você.

Agora ela está ao meu lado, enquanto nos apressamos pelo gramado.

— Hum, acha que a gente pode conversar depois das aulas porque sinto que também preciso muito conversar com você, mas não posso agora porque estou superatrasada.

Tenho um zilhão de coisas para contar. Basicamente sobre o Milo, a ilha particular, o meu coração e o que fazer sobre o assunto.

— Aham, claro. Sem problema. Ah, eu transei com o Humbert Humbert.

Ok, agora eu parei de andar.

— Você fez o quê?!

— Humbert Humbert. Ele é meu!

— Remy, que coisa mais... fodida!

Ela dá um risinho.

— Não era mais preciso dizer que *eu* estou muito fodida?

— Não, quis dizer que *ele* é fodido. Tipo, da cabeça, e fodeu a própria carreira também.

— Carreira?

— Sim, Remy. Ele é professor de literatura. Não seja esnobe.

— Bem, ele poderia ser muito mais.

— Tipo o quê, sr. Remy Taft?

Ela não responde.

— Ok, já chega. Estou saindo da peça, oficialmente. Você diz isso para o Humbert.

— Como assim? Por quê?

— Porque ele é um pervertido, e prefiro não arriscar ser molestada por ele.

— Ah, vai. Além do mais, o que eu digo para ele?

— Sei lá. Diz que eu morri.

— Sério?

— Diz que... eu sou alérgica... a teatro. E a estupradores.

— Vai, seja legal. Eu preciso de você. Estou me sentindo meio vulnerável.

Agora eu consigo ver. Remy está ali, com seu conjunto descombinado adorável, olhando para mim, e posso ver. Ela está com medo.

— Como assim?

— Tipo, sei lá... Estou me sentindo meio... sei lá, estranha.

— Tudo bem, Remy. Eu quero falar com você sobre isso e não quero que você se sinta estranha, mas também não posso faltar aula. Então, por favor, eu encontro você mais tarde. Tudo bem...?

— Tudo.

Mas ela está... Ela está tremendo?

— Ei, você está bem, né?

— Aham. Sim, tudo bem.

— Tá bom, eu vejo você depois da aula.

Ao me afastar, me viro. Remy está parada ali.

— Você não vai para a aula?

— Ah, eu meio que, tipo, não tenho nada para entregar, então...

— Então você simplesmente não vai para a aula?

— É, não estou me sentindo muito bem.

— Remy, vai para a aula.

— Estou doente.

É o diagnóstico mais absurdo do mundo. Ela obviamente não está doente. Ela obviamente apenas não quer. Ela obviamente apenas quer ficar ali pensando no Humbert Humbert.

— Remy. Se você for para a aula, vai parar de pensar no assunto. Tipo, é uma distração e você vai se sentir melhor.

— Hum... acho que não.

— Tá bom. Vejo você mais tarde.

Lá está a torre do relógio depois das abóbadas, e eu tenho mais ou menos trinta segundos para atravessar o gramado até Royce Hall. Vou conseguir porque acho que sou capaz e porque preciso.

Persevere, Willa!

Eu poderia pensar na Remy parada ali atrás de mim destruindo a vida dela ou poderia pensar que estou ficando obcecada pelo Milo ou poderia pensar que o mundo é horrível, injusto, mas nada disso me ajudaria a chegar na sala antes do sino tocar.

QUARENTA E CINCO

O Milo me mandou uma rã.

Literalmente.

Quando volto para o meu quarto, tem um sapinho ali, deixado na porta, em um viveiro decorado perfeitamente com o habitat natural dele, feito pelo Milo ou por algum funcionário dedicado de uma petshop.

É uma rã de olhos vermelhos, na verdade.

Não vou ficar com ela. Sim, eu entendo que é um gesto inusitado que significa todo tipo de dedicação e cuidado, e até mesmo amor. Mas as instruções são muito claras sobre rãs comerem minhocas e grilos, e isso me parece incrivelmente nojento.

Agora recebi uma mensagem de texto:

Se vc der um bjo, ele vira um príncipe.

Tem um convite anexado. Para um negócio em Nova York. Um negócio beneficente. E, com o anexo, um bilhete: "Vai ser incrivelmente chato, mas você precisa ir comigo. É um evento da minha mãe. Não posso ir sozinho!"

"Um evento da minha mãe"? "Um evento da minha mãe"?! Sabe o que isso quer dizer, né? Significa que ele quer que eu *conheça a mãe dele*! Ai, meu Deus. Isso está realmente acontecendo?

Espera. Eu sou realmente a namorada dele? Não posso ser a namorada dele, posso? A gente nem fez nada. A gente meio que só se apalpou. A gente se apalpou por influência das drogas. Só isso. Coisa bem censura livre. A não ser pelas drogas. E as apalpações.

Mas nem fluido corporal foi trocado.

Talvez seja isso. Talvez depois do evento de gala beneficente ele vá me pedir oficialmente em namoro. Depois que eu conhecer a mãe dele. E ela me aprovar. Espera, e se ela não me aprovar? Preciso da Remy. Preciso da Remy imediatamente. Somente ela vai conseguir me guiar por esse labirinto da alta sociedade.

Remy!

Antes que eu consiga terminar o raciocínio, saio correndo escada abaixo em direção ao centro do campus para encontrá-la. Me lembro vagamente de a aula obscura de filosofia acontecer ali por perto. De qualquer modo, ali parece ser o local por onde passam todos os que habitam o terreno sagrado de Pembroke.

Terreno sagrado? Terreno assombrado?

Essa é a última coisa que penso antes de ver. Antes de ver o que não posso desver. A coisa que eu queria poder desver.

Porque vejo Remy. Sim, é verdade. Mas não é só isso. Vejo o Milo também. Mas não é só isso. Não, não.

Eis o que eu vejo:

As mãos do Milo agarrando a Remy e a língua dele enfiada na boca da Remy, e ela o agarrando como se fosse o fim do mundo. Aham. A minha Remy. E o meu Milo.

Bem, aparentemente ele não é meu, não.

Fico paralisada ali.

E eu sei o que você está pensando. Eu deveria dizer alguma coisa. Eu sei que sim. Eu deveria gritar ou jogar tomates ou fazer o que as pessoas fazem quando veem uma traição feito essa.

Mas não. De jeito nenhum. Não mesmo. Essa é a parte em que eu me diminuo. A parte em que não quero ser vista ou escutada. A parte em que não quero existir e fingir que isso não aconteceu. Essa sou eu, está me vendo ali, andando de volta para as árvores e subindo os andares até a minha cama em Denbigh. Essa é a parte em que eu não quero ser eu.

E tem um sapo idiota em um viveiro. Não era um príncipe, no final das contas. Apenas um sapo.

QUARENTA E SEIS

Esse evento de gala beneficente no Knickerbocker vai ser ótimo. Ah, você achou que eu não ia? Ah, mas eu vou.

Não, não vou fazer uma cena na frente de todo mundo e estragar uma noite memorável nem nada disso. Tipo, afinal de contas, é um evento para os órfãos. Eu sei que posso estar ridiculamente absorta e obcecada com a traição vil da minha BFF e do meu não namorado... mas não sou tão egoísta a ponto de destruir uma noite dedicada a ajudar, medicar, alimentar, educar e abrigar as crianças órfãs do Oriente Médio. Não sou o Supremo Líder Esnobe, Darth Maul, ou sei lá quem.

O Milo está lindo. Como eu sei? Porque ele está bem ao meu lado. Aham, ele está bem ao meu lado e não faz ideia de que eu vi a pegação gosmenta e/ou namoro de muito tempo dele com a Remy.

Entende, é para isso que estou aqui.

Preciso desvendar essa história.

Não sei há quanto tempo isso acontece. Preciso saber o tamanho da dor que devo sentir.

Em cima da mesa estão alguns folhetos sobre o evento e o tipo de coisa que fazem para ajudar os órfãos das terríveis guerras que nunca parecem acabar. Não consigo evitar escolher um e, a primeira coisa que vejo, faz meu coração saltar. Não estou brincando.

Não vou nem contar o que mostram as fotos, mas desejo imediatamente não ter visto. E mais outra. E outra. E outra.

É o tipo de coisa que não se pode acreditar que existe. O tipo de coisa pior do que qualquer pesadelo e, em algum momento, é preciso pensar: como alguém pode deixar isso acontecer? Como isso pode acontecer?

Talvez seja o que acontece quando todos os países do planeta, com a exceção de meia dúzia, sejam governados por homens.

Na real, jamais existiria uma senhora Hitler. Estou falando sério. De jeito nenhum. Ela estaria ocupada demais tentando descobrir como governar a Alemanha, tentando se certificar de que não será expulsa por ter genitais femininas, pensando em quem convidar para a festa de aniversário dos filhos, o presente de Natal de todos, o que preparar no jantar e, se ele tiver um marido, o que pode fazer para ele não se sentir deprimido por ser um banana comparado à mulher dele, a ditadora suprema... então ela simplesmente não teria tempo de criar, conspirar e executar a exterminação de milhões de pessoas. Sei o que você está pensando. E se ela não tiver marido nem namorado? Bem, meu caro, então a senhora Hitler seria solteira com uma longa lista de problemas de solteira ou seria lésbica. E acho que todo nós podemos concordar que a Hitler lésbica não assassinaria nove milhões de pessoas.

Talvez o problema seja o excesso de tempo dos homens. Parece que eles ficam lá sem fazer nada, enlouquecendo cada vez mais, ficando cada dia mais agitados e paranoicos, e não importa se estão gritando "Os judeus! Os judeus!"ou "Os árabes! Os árabes!"ou até mesmo "As mulheres! As mulheres!".

Parece, inclusive, que a coisa mais perigosa que se pode fazer é deixar um homem em uma sala sem nada para fazer. Eles precisam se envolver mais em coisas como construção de parques, ou reunião de pais.

Homens. É como se eles não soubessem que a vida é uma droga e ficassem procurando algo ou alguém para culpar pelas chatices da vida. Ninguém nunca precisa explicar isso para uma garota. Uma garota sabe. Uma garota recebe o recado no primeiro dia de menstruação. Bem que podia vir com um cartão: "Parabéns! A vida é uma bosta! Agora você sabe."

É por isso que ninguém nunca vê uma mulher entediada em uma sala construindo uma milícia imaginária. O que elas fariam? Enviariam uma milícia para bombardear os céus?

E até aí tudo ótimo, mas ver essas crianças nas fotos não ajuda em nada.

Milo está ao meu lado me entregando um drinque escondido. Meio ridículo. Tenho certeza de que não está enganando ninguém.

— Cadê sua irmã?

— Ah, ela nunca vem nesses negócios. Ela acha deprimente.

Faço que sim.

— Ai, merda, a minha mãe está ali.

Ele esconde o drinque-não-tão-secreto atrás das costas na mesa. E lá está a mãe dele.

Bem, ela é loura. O cabelo está preso em coque no alto da cabeça, com uma trança em volta do coque. *Très* nobre. Ela está com um vestido tomara que caia preto formal e poderia perfeitamente ser a irmã mais velha do Milo. Mas não parece estranha ou plastificada. Não tem uma boca de pato e peitos gigantes nem nada disso. E até mesmo o cabelo louro tem um tom bonito, pálido e natural. Tipo trigo.

E tem alguma coisa nela. Seu espírito, acho. Ela tem um certo brilho. Não um brilho alaranjado que a gente sempre vê naquelas donas de casa de reality show. Um brilho que radia à volta dela. Como se ela tivesse uma lâmpada interna, emanando luz.

— Mãe, essa é a Willa. Lembra, de quem eu falei para você?

— Willa. Sim, me lembro. A namorada nova do Milo de quem ele tanto gosta.

— Mããããe.

Ele revira os olhos. Tenho certeza de que essa é a milionésima vez que ele revira os olhos para a mãe.

— Eu sei, eu sei. Estou envergonhando você e tudo que eu digo é vergonhoso.

Ela sorri, repreensiva.

— É incrível o que está fazendo, sra. Hesse. Realmente maravilhoso.

— Ah, obrigada. Muito obrigada, Willa. A gente tenta. Sinceramente, depois que se começa a gente vê o quanto gostaria de poder ajudar.

— Bem, estou realmente impressionada. De verdade.

— Obrigada, Willa.

Ela abre um sorriso discreto para Milo. Um gesto de mãe para filho. Acho até que pode ser um aceno de aprovação.

E você ouviu isso? *A namorada do Milo que ele adora tanto?* Tipo, isso está ficando muito confuso. Desejo por um segundo que a gente fosse etiquetado. Namorada ou Não Namorada. Alguém me diz qual está certa.

Um dos doadores aparece e a leva, e Milo volta a tomar seu drinque.

— A sua mãe é tão sofisticada, gentil, internacional e...

— E desesperada para tentar compensar o fato de que a minha família fraudou o dinheiro de todo mundo e que meu pai se enforcou.

Socorro, vamos dar um tempo.

— Eu não tive a intenção de...

— Não, eu sei que não.

Alguém está prestes a dar um discurso e todos parecem se dirigir para o outro lado do salão. A multidão fica silenciosa enquanto um dos doadores sobe no palco.

Milo e eu estamos de frente para aquele lado, com as costas para a parede. Todos prestam atenção, alguns leves cochichos espalhados. E agora eu cochicho também.

— Milo?

— Sim?

— Eu sei sobre você e a Remy.

QUARENTA E SETE

Milo decidiu que o lugar ideal para debater algo tão pessoal e convoluto era ao lado da mesa de comida. Então, enquanto os homens de uniforme e chapéu de cozinheiro ajeitam os aperitivos, ele e eu discutimos calorosamente sobre romance, pegação e a pavorosa natureza humana. Como se os empregados não estivessem bem ali.

— Eu não sei o que você acha que viu, mas...

— Milo. Acho que você deveria parar de mentir agora. Só fala logo a verdade.

— Não, mas eu...

— Milo, eu vi vocês, ok? Com os meus próprios olhos, na minha própria cara. Eu vi você com a língua enfiada na garganta dela dando amasso e babando. Perto do centro do campus. Babando perto do centro do campus.

Um garçom aparece e pega uma grande bandeja de figos enrolados em bacon com algum tipo de creme. Eu queria estar com fome, porque normalmente lamberia aquele prato inteiro.

Milo suspira. Olha para mim.

Eu olho profundamente para os figos enrolados em bacon antes de me virar para ele, que está pensando, tentando decidir se deve falar a verdade ou não.

— Ok, ok. Você tem razão.

— Obrigada.

— Sinto muito, Willa. Mil desculpas se chateei você.

— Se você me chateou? Está falando sério?

— Bem, qual é o problema? Sério. Remy e eu somos apenas amigos.

— Apenas amigos?

— Sim.

— Eu não faço nada *daquilo* com os meus amigos.

Ou com ninguém, acrescento sem dizer.

— Tá bom, somos amigos coloridos. Não tem nada de mais, ok? Eu sou louco é por você. Não ouviu o que a minha mãe disse? De uma forma totalmente vergonhosa?

— Bom, é demais para mim. De onde eu venho esse tipo de... agarração é exclusiva para não amigos ou mais do que amigos ou algo do tipo.

— Ok, ok. — Ele levanta as mãos. — Sinceramente, acho que isso aqui é uma diferença cultural. É tipo... quando as pessoas vão ao Japão e não entendem as privadas tecnológicas.

— Privadas?

— As privadas no Japão são muito confusas. Meio que parecem aeronaves.

— Sério?

— Sim. É tipo um bidê, uma privada, um chuveirinho e um secador tudo ao mesmo tempo. Tem até uma opção de som para simular água corrente e as pessoas terem privacidade. É meio genial, *mas não* é o ponto agora. O ponto é... essa é uma diferença cultural entre nós. De onde eu venho... isso não é nada. Porque não é mesmo. De onde você vem... isso é alguma coisa. Então a gente precisa criar uma espécie de acordo aqui, ok? Algo como uma ponte cultural.

— Milo, me desculpa, mas eu...

— Não, me ouve. Estou falando sério. Willa. Eu realmente gosto de você. Tipo eu penso muito, muito, muito, muito, muito mesmo em você, toda hora e até falei para a minha mãe, e eu nunca faço isso, e levei você para a ilha, algo que eu também nunca faço. Por favor não fica chateada comigo. Remy estava falando sem parar e chorando por causa de um cara e eu só queria que ela se sentisse melhor.

— Então você se pegou com ela?

— Olha, ela estava chorando e sendo maluca. Eu não sabia o que fazer!

— Então sempre que ela estiver chorando você vai ficar com ela?

— Não. Não vou. Olha. Agora que eu sei que isso incomoda você, com certeza não. Eu nunca vou ficar com a Remy de novo. Nem beijar nem nada. Considere uma amizade de Iowa. Classificação: todas as idades.

Do outro lado do salão, a mãe do Milo acena rapidamente para nós dois. É fofo.

— Olha, a minha mãe já chamou você de minha namorada e por mim tudo bem, porque eu quero isso. Quero que vá comigo no jantar de Ação de Graças na minha casa e a algum lugar com neve no Natal e tomar chocolate quente, tipo no alto de uma montanha e quem sabe a algum lugar superglamoroso e meio hilário na noite de réveillon. Se quiser. Quero mostrar todo tipo de coisa legal e ver a sua reação ao vê-las.

— Tipo as privadas de Tóquio?

— Sim, Willa. Até mesmo as privadas de Tóquio.

Estou tonta. Achei que ia terminar hoje. De verdade. Achei que a gente terminaria e seria isso. Mas agora estamos fazendo o oposto de terminar, que é tomar chocolate quente em chalés de Natal e observar a diferença cultural em instalações sanitárias.

E eu sei que não deveria acreditar nele. E eu sei que a história é mal contada. Mas quero que seja verdade. Quero que tudo isso seja verdade. Eu quero ser a namorada do Milo Hesse. Eu quero que todo mundo saiba e quero gritar para todo mundo ouvir, até em Zermatt e no Nepal. É o oposto de ser alguém de Iowa.

E agora, falando sinceramente: é tudo o que eu quero.

QUARENTA E OITO

Quero que você saiba que eu pensei sobre o assunto. Sobre como lidar com a Remy. Eis o que eu pensei.

Ela não sabia. Ela realmente não sabia sobre Milo e eu. Até onde ela sabia, eu mal gostava dele. Ela não sabia que eu tinha ido na ilha. Ela não sabia que eu estava a fim dele. Ela não sabia que ele tocou no meu braço de um jeito sexy e, ao mesmo tempo, inocente. Ela não sabia porque eu não contei. E não contei porque eu estava sendo escusa.

Vamos encarar os fatos.

Então, de certa forma... eu meio que mereci o que aconteceu. Eu deveria ter sido sincera com ela. Se eu tivesse dito o que estava acontecendo, se ela soubesse, não teria a menor chance da Remy ter deixado o Milo apalpá-la e babá-la toda em plena luz do dia no meio do campus. Certo?

No meio do raciocínio final sou interrompida pela chegada turbulenta de Remy, como se fosse um tornado enamorado. Ela está extremamente agitada, quicando pelas paredes.

— Foi mal pelo outro dia, eu só queria muito contar para você sobre o negócio com o Humbert Humbert, mas acho que eu deveria ter esperado.

— Remy, tudo bem. Eu preciso contar uma coisa.

Não, não vou dizer que eu vi a pegação dela com o Milo. Pra quê? Não foi culpa dela mesmo. Ela não sabia.

— Tudo bem mesmo? Ok, que bom... espera, o que houve?

— Acho que o Milo e eu somos, tipo, namorados agora.

— Ah. Legal.

— Só isso?

Remy procura alguma coisa que certamente não existe na bolsa.

— É, muito legal. Fico feliz por vocês. Ele é ótimo.

Eu realmente não ia falar nada e continuo não falando nada. Eu com certeza não vou dizer nada. Lógico que não. Só que...

— Olha, eu vi vocês se beijando, tá?

— Oi?

— Eu vi vocês se pegando no meio do campus.

— Ah. Bem isso não quer dizer nada. Tipo, a gente é só amigo.

— É, foi o que ele disse.

— É verdade. Estou obcecada pelo Humbert. Você sabe disso melhor do que qualquer pessoa.

— É, olha. Eu sei que você não sabia. Mas você sabe agora, ok?

— Claro! Agora que eu sei tudo será diferente. Tipo, *tudo*. Além do mais, eu meio que... olha, eu estou meio que surtando, na verdade.

E então Remy senta na cama ou, melhor, flutua como um pedaço de papel com toda a sua beleza de garota-que-perdeu-peso-demais-e-dormiu-de-menos-então-poderia-estar-na-capa-da-*Vogue*.

— O que aconteceu?

Eu queria não saber o que ela vai dizer, mas tenho um pressentimento de que sei.

— É o Humbert. Ele não me mandou mensagem. Nem ligou. Nem mandou e-mail. Nem nada.

Quero gritar, "Nooossa, Jura?", mas não grito.

Só o fato da Remy achar que essa situação é remotamente normal, esse negócio de dar para o professor, é realmente surreal. Tipo, o que ela acha que vai acontecer? Que ele vai levá-la no baile de formatura? “Oi, pessoal, esse é o meu namorado que, aliás, também é o meu professor! E velho o suficiente para ser meu pai!”

Agora vou consolar a Remy, embora dois segundos atrás eu tenha pensado que ela me consolaria.

— Remy, ele deve estar com medo de ser demitido ou algo do tipo. Quer dizer, com apenas uma ligação ele pode ser preso. Já pensou nisso? Ele deve estar apavorado.

É a explicação lógica. Faz total sentido. Mas não para Remy, e tem um motivo.

É assim... Remy sempre foi uma princesinha com um monte de gente à sua volta, realizando todos os seus caprichos e obedecendo todos as suas ordens. Então, em algum nível molecular, ela não faz ideia de como lidar com uma situação que não acontece exatamente como ela imaginava, exatamente do jeito que ela imaginava, exatamente quando ela imaginava.

Em resumo... ela é mimada.

Sim, senhoras e senhores, Remy é mimada.

Mas ela não é uma pessoa má. De verdade. Ela é meio protegida e me parece ligeiramente delirante. Pelo menos no que diz respeito ao seu caso com Humbert Humbert.

— Remy, você pode me contar o que aconteceu...?

— O que aconteceu é que estou meio que apaixonada por ele e meio que fui muito gata no escritório dele e me certifiquei de que ele se apaixonaria por mim.

— Então, você fez o quê, pulou em cima dele?

— Tipo isso.

Remy não consegue parar de olhar para o telefone. Botá-lo na cama. Pegá-lo de volta. Olhar o telefone. Botá-lo na cama.

Do lado de fora, o céu brilha uma cor lavanda por entres as árvores. Às seis da tarde já estará completamente escuro; é aquela época do ano. Temporada de meio-dia. Temporada de preto total.

— Bem, ele deve estar surtando, só isso.

— É.

Mas ela não parece convencida. Ela mexe no bolso e acha um comprimido. Aquele comprimido. Pequeno e branco, quase como uma aspirina. Oxicodona. Dessa vez ela nem tenta disfarçar. Toma o comprimido bem na minha frente.

— Remy, você precisa parar com isso. É perigoso demais. Você está parecendo um caso grave a um passo de ser internada em um centro de reabilitação. Eu nem sei o que você está tomando ou quanto, mas também não quero saber. E eu também preciso da sua ajuda, ok? Tipo, Milo e eu meio que fomos a uma ilha misteriosa e possivelmente da família real no final de semana.

— Higgs?

— O quê?

— Higgs. Ilha Higgs. Com o Milo. Esse é o nome dela.

— Acho que sim. Eu não perguntei...

— É meio importante, na verdade. O Milo ter levado você lá. Tipo, acho que nunca vi o Milo com ninguém lá. Nunca, na verdade.

— Sério?

— É. Ele realmente deve gostar de você.

Ficamos em silêncio.

— Willa? É bom eu te contar uma coisa...

— O quê?

Ela olha para a janela por um segundo. Morde o lábio.

— Ah, esqueci.

— Como assim, Remy. O quê?

— Não, não é nada, eu esqueci.

Não consigo dizer o que está acontecendo do outro lado do quarto, na Obsessópolis. Será que ela está chateada comigo? Será que ela está triste comigo? Será que ela está totalmente apática porque só consegue pensar no Humbert Humbert?

Provavelmente. Então, mesmo com o meu coração e a minha cabeça em um milhão de lugares diferentes, decido que preciso fazer algo.

— Olha, Remy, talvez a gente devesse sair daqui. Vamos a algum lugar. Para você esquecer essa história.

— Sério? Você não tem que ficar aqui estudando o dia todo?

(Sim.)

— Não, vamos em algum lugar fazer algo que não tenha nada a ver com Humbert Humbert ou Milo ou ninguém. Ok?

— Tá. Ok.

Eu me sinto aliviada. Bem mais do que preocupada pelo leve desvio acadêmico. Remy me ouve. Eu sei disso. E eu me sinto... responsável por ela.

Afinal, não tem mais ninguém cuidando dela.

E eu não tenho feito um bom trabalho nesse aspecto, não é mesmo?

QUARENTA E NOVE

Zeb é a primeira pessoa que vemos fora do campus. Ele ainda está de uniforme, gravata torta, bochechas levemente rosadas por causa do frio. Ele passa uma sensação verdadeiramente leve. Uma espécie de felicidade. Como se aquele cabelo jogado para o lado varresse todos os problemas para longe. Para sempre.

— *Shalom* — diz ele, galanteador.

— Saudações, *shalom* para você também, meu amigo.

Remy abre um grande sorriso cegante para Zeb. Ela está de volta ao normal. Em seu modo faço-todo-mundo-se-apaixonar-por-mim.

— O que traz as jovens moças para fora do campus nesta tarde fortuita?

— Sinceramente, não temos ideia.

— Arrá! Bem, venham comigo. Estou indo para Philthy.

— Onde?

— Ele está falando da Filadélfia. Ou Philly — explica Remy. — Mas você entendeu, Philthy, sujo em inglês, porque a cidade é imunda.

Isso me parece a melhor ideia do mundo. E antes que eu me dê conta, Zeb está chamando um Uber, Remy olha para mim e dá de ombros.

— Você disse que queria uma aventura.

CINQUENTA

Então, o Franklin Institute. A Liberty Bell. O Museu de Arte da Filadélfia. São lugares apropriados para se visitar e distrair a mente de um potencial coração partido.

Mas onde estamos? Em nenhum *desses* locais! Não seja bobo.

Estamos em algum lugar no centro de Philly, onde as ruas são de pedra, em um barzinho chamado Lamplighter. Eles não pedem identidade aqui. E todo mundo ainda fuma. É uma Twilight Zone e estamos presos no que me parece ser o meio da década de 1990.

Você está se perguntando como eu deixei isso acontecer. Vamos recapitular a cena, sim?

Zeb: Então, eu conheço esse bar...

Remy: Ai, graças a Deus!

Willa: Bar? Não, espera! Vocês sabiam que a Declaração da Independência foi assinada a menos de cinco quilômetros daqui... gente? Gente? (Corre para alcançar os amigos e ao mesmo tempo desvia dos "elogios" de um time semiprofissional em pedreiragem.)

Pois é. O Lamplighter.

Em algum lugar na jukebox está tocando Rolling Stones — "Sympathy for the Devil", e aposto que essa música tocou aqui no mínimo dez mil vezes.

Zeb entra direto e acena para o dono, que acena de volta de trás do bar.

— Hum, você é cliente daqui? — pergunto.

Zeb ri.

— Ah, é que... meu pai filmou um negócio aqui então a gente foi apresentado ao lugar.

É humilde. Despreocupado. Ele não está tentando parecer arrogante. Parece meio envergonhado de dizer aquilo.

Remy me lança um olhar fatal. Aparentemente eu não deveria ter perguntado. Mas o que eu deveria...

— Moças...

Zeb aponta para uma cabine vermelha com alguns rasgos no couro sintético. Claramente por causa de todas as brigas de canivete que acontecem ali regularmente. A Filadélfia inteira parece ter talhado o nome na nossa mesa e, também, suas opiniões e as de todo mundo. A minha frase favorita é: "Barry chupa pau de jumento."

Como pode ver, é um lugar delicado. Feito para recuperar o equilíbrio e a serenidade.

— Meu Deus, Zeb. Esse lugar é perfeito! — pia Remy.

Acho que os ricos gostam de fingir que são pobres. Engraçado, os pobres não gostam de fingir que são pobres. Ou de ser pobres.

— Eu sei. Eu amo esse lugar. Meu pai fez um negócio pesado sobre os criminosos de Philly. Sabe, um monte de caras maus em regatas. Bingo!

— Tipo você, Zeb?

Remy está mudando de assunto. Para o flerte.

— Ah, eu sou muito mau. Fica ligada.

Ele afasta o cabelo louro dos olhos e faz uma pose de caratê.

— Eu poderia derrubar aqueles caras com um temaki de tofu e teriyaki.

Nós duas rimos. Zeb é adorável. Sem nenhuma dúvida. Talvez não tenha sido tão má ideia assim.

— E então, Willa. O que está achando da costa oeste?

— Búuu. — Remy revira os olhos.

— Eu posso dizer, isso, Remy, porque sou da melhor costa. Também conhecida como oeste. Mas você, minha cara. Você vem do desconhecido centro da nossa nação. E o que *você* acha? Está odiando?

— Não, não odeio.

— Já tem um namorado?

— Hum. Já?

— Uma pena para o resto do mundo. Como ele se chama?

Remy e eu trocamos um olhar. Será que eu conto? Remy assente.

— Milo.

— Milo Hesse. Está falando sério?

— Hum. Por quê?

— E você, Zeb? — Remy ergue uma das sobrancelhas.

— Ah, vai, Remy. Você sabe que eu sou louco pela minha garota.

— Eu sei. Todo mundo sabe. Você é carta fora. Uma pena.

Eles compartilham um olhar. Eu definitivamente sinto que pode ter existido um romance entre Remy e Zeb.

— Vou levar Willa comigo para Paris no verão. Você deveria ir com a gente. Acho que vamos tentar ficar no Marais. Ou Oberkampf.

Zeb não consegue responder. O dono traz três cervejas Pabst Blue Ribbons de lata.

Eu olho para eles, incapaz de pegar uma.

O pai do Zeb não podia ter filmado em um café?

Felizmente, Remy também não pega uma cerveja. Ela se levanta para ir ao banheiro. Tremo só de pensar no *motivo*.

O dono vai embora com um aceno de cabeça e eu fico sozinha com o Zeb apreciando "Eye of the Tiger", que toca na jukebox.

— Então, Willa, você sabe de uma coisa, né?

— Hum... o quê?

— Você não pode confiar nessas pessoas.

— Que pessoas?

— Essas. Só... tenta não se apegar muito. A ninguém. Ou a nada. A nenhum resultado.

— Por quê?

— Eles simplesmente não entendem certas coisas... sobre a vida, sabe? Tipo, é, algumas coisas são triviais, mas o restante importa. Tipo, importa *muito*. E eles andam por aí como se tudo fosse horrível e nada importasse.

— Você realmente acha isso?

— Sinceramente? Acho.

— Mas eu posso confiar em *você*.

— Não, você não precisa. Mas sabe, eu gosto de você, Willa. Você é meio singular.

— Singular?

— É, diferente de todo o resto. Completamente original.

— Uau, Zeb. Certamente não existem pessoas como você em What Cheer.

Ele sorri e tudo seria perfeito. Só que uma garota de cabelo armado preto chega correndo na nossa mesa como se o bar estivesse explodindo.

— Ei! É a amiga de vocês que está lá atrás?! É melhor vocês virem correndo!

CINQUENTA E UM

O que está acontecendo com Remy é que ela não está no banheiro. Ela está no beco atrás do Lamplighter se transformando em um zumbi. Se não for isso, ela está tendo algum tipo de overdose. Está azul, deitada no chão, com o que parece ser uma respiração muito fraca entrando e saindo de seus pulmões. Como se ela estivesse em sono profundo. No beco. Ao lado do lixo.

Zeb e eu corremos para pegá-la e o dono do bar também aparece. Ele não parece estar muito contente com a transformação zumbi e/ou overdose ali no estabelecimento dele, não importa quem seja o pai do Zeb.

Ao lado de Remy, Zeb se abaixa e bota o ouvido em sua boca.

— Ela está respirando.

— Chamem uma ambulância! — grito.

— *Não*! Olha, ela não pode estar aqui.

Quem disse isso foi o dono não-tão-amigável.

E em seguida ela se engasga, ofegante e Remy volta a respirar. Zeb chega para trás, aliviado.

Tem cinco zilhões de coisas que eu quero perguntar, mas só consigo dizer:

— O que a gente faz? O que a gente faz?

— Não sei. Acho... acho que ela vai ficar bem. Pelo menos está respirando. É o mais importante.

Não consigo parar de olhar para a Remy.

— Vinnie! — chama o dono.

E assim, o supramencionado Vinnie aparece, exatamente como um figurante no filme do pai do Zeb. Ele é meio alto e magro em todas as partes, exceto na barriga. E usa muito perfume.

Ele observa a cena, acena a cabeça para o chefe e, assim, Remy, o zumbi, Zeb e eu somos levados, praticamente atirados em uma SUV completamente preta, com Vinnie ao volante.

— Para onde vamos?

— Por favor! Para o hospital mais próximo! Depressa! — grito, histérica.

Remy se encosta com a cabeça caída em Zeb. Vinnie não parece muito animado com o programa. Os olhos do Zeb estão fixos no rosto da Remy, procurando... não sei dizer o quê.

— Está tudo bem. Vai ficar tudo bem. Você está bem, Remy.

Estou segurando a mão dela.

Os olhos da Remy estão revirados, mas ela assente ligeiramente, um sinal de volta da terra dos mortos.

Tenho medo de perguntar e acho que talvez eu já saiba a resposta...

— Zeb? O que está acontecendo? O que foi?

Zeb olha para mim e não diz nada. É como se ele não quisesse ser o responsável por expulsar Eva do Paraíso.

Mas nós dois sabemos o que aconteceu. Uma overdose. É, com certeza. Eu não prestei a atenção necessária. Eu devia ter reparado que ela estava demorando para voltar. E agora...

Olho de relance para Remy. Agora ela só dorme, mas está menos azul e o peito sobe e desce.

Ela abre os olhos levemente, só um pouquinho, e volta a dormir.

Nossa carona é tranquila. Posso apenas deduzir que o Vinnie esteja ocupado demais tentando se livrar de nós o mais depressa possível para surtar com a presença de um passageiro zumbi.

— Onde você acha que ela conseguiu? O que quer que seja.

— De algum cara.

Vinnie pergunta do banco da frente:

— De algum cara aqui? No bar?

Ele usa um tom ameaçador. Morte a quem ousar vender drogas no Lamplighter.

Zeb balança a cabeça.

— Não, provavelmente em casa.

Deduzo que "em casa" signifique Nova York. As perguntas começam a se acumular na minha cabeça, mas por enquanto vamos nos concentrar no zumbi azul, ok?

Graças a Deus, Vinnie encosta na emergência do hospital. Rola um silêncio constrangedor. Estamos prestes a sair do carro e levar Remy para o hospital.

— Não... — Remy balança a cabeça.

De repente, ela está viva.

— Remy, a gente precisa ter certeza de que você está bem.

— Não... eles vão ligar para os meus pais. — Ela tem a voz enrolada, mas consegue completar a frase.

— Talvez seja *melhor* chamar os seus pais.

— Não, não. Estou bem. Estou beeeem.

Zeb e eu nos olhamos.

— Remy, eu realmente acho que você deveria ser examinada por um médico. Não é, Willa?

— É. Remy. Sério.

— Não. Estou bem. Estou bem agora. Juro.

E a verdade é que a respiração dela fica mais forte a cada segundo. Ela está voltando à terra dos vivos.

— Preferem que eu deixe vocês no final da quadra ou por ali?

Vinnie claramente quer a gente fora da SUV de qualquer jeito. Não posso culpá-lo.

— É. Talvez ali mesmo. Valeu.

— Tranquilo.

Nós saímos no final da quadra. Encontramos um banco. Nos sentamos.

Zeb e eu nos olhamos, preocupados, enquanto Remy se encosta nele.

— O que a gente faz agora?

— Bem, a gente não pode exatamente voltar para Pembroke. Talvez a gente deva... pegar uns quartos no Rittenhouse Square? Acho que ela deve estar melhor de manhã.

Então é isso. Iremos para um quarto de hotel metido à besta. Não será uma noite no beco. Não será uma noite no hospital.

Não será uma noite no necrotério.

Não dessa vez.

CINQUENTA E DOIS

Quando chegamos de volta a Denbigh é uma da tarde do dia seguinte, e a realidade da noite anterior parece voltar com toda a força assim que Zeb nos deixa. Ele não toma para si a iniciativa de dar nenhum argumento final sobre os perigos das drogas. Mas, quando eu saio do carro, ele me lança um olhar. Tenho quase certeza de que é algo como "Cuide da sua amiga" ou "Tome cuidado". Mas quem sabe. Talvez seja "Fique longe dessa garota". Pode ser isso também.

Remy está quieta. Contemplativa.

Ela não disse quase nada durante toda a manhã e, sinceramente, o que ela diria?

Subimos os degraus até nosso quarto, que a essa altura parece uma escalada no Everest. Tenho bastante certeza de que nenhuma das duas falará agora sobre o que aconteceu ou quem sabe nunca.

Mas quando volto ao quarto depois de escovar os dentes, lá está Remy, sentada na cama.

Ela ergue o olhar. Eu nunca vi isso antes. Remy, de ombros caídos, maquiagem borrada, com lágrimas nos olhos, olhando para mim.

— Willa, estou com medo.

É a voz de uma garotinha. Uma voz fraca. Uma voz desesperada.

Então estou ali, ao lado dela na cama, abraçando-a. Ela apoia a cabeça no meu ombro e depois no meu colo.

— Você vai me ajudar?

Ela está chorando, tremendo, e estou ali com ela, tentando entender aquilo tudo. Tentando descobrir como posso ajudá-la.

— Claro. Claro que vou. A gente vai conseguir, Remy. Faremos isso juntas, ok?

Ela assente, ainda chorando.

— Você não vai me abandonar porque eu só faço merda?

— Abandonar você? Por que eu faria isso?

— Porque todo mundo me abandona. Em algum momento.

Ok, eu meio que não faço ideia do que ela está falando, mas acho que talvez seja o centro da questão.

— Quem, Remy? Quem fez isso?

— Todo mundo. Meus pais. Todos os caras. Tipo, assim que eu passo a gostar deles, não estão mais interessados. O Humbert Humbert está fazendo a mesma coisa. Você vai ver. É como se eu tivesse uma doença. Como se eu fosse leprosa ou sei lá.

Então, olho para essa garota que tem tudo, e que é tudo. E me lembro do primeiro dia, quando eu a vi e seu nome apareceu como letras brilhantes em volta dela. Naquele momento, eu olhava para a torre do relógio tão poderosa ali, como um convite, e um plano — o plano de que precisava subir até seu topo para que tudo parasse.

Eu não pensava na torre do relógio... eu não pensava nela desde que essa garota me mostrou coisas e pessoas que eu jamais conheceria sem ela.

Ela me tirou de lá de cima e me botou no seu nível.

Ela me salvou.

Não me importa se soar cafona. Porque ao saber disso — de forma concreta e incontestável — como eu poderia não fazer o mesmo por ela?

— Remy, posso dizer uma coisa?

— Hm.

Ela faz que sim.

— Eu nunca vou abandonar você.

E com isso, o quarto inteiro fica imóvel.

— Eu estava mal. Tipo, muito mal. E você me fez pensar que o mundo pode ser incrível e que talvez eu devesse dar uma chance a ele.

— Eu fiz isso?

— É. Você.

Agora ela está olhando para o chão.

Ela balança a cabeça.

— Sabe o que é engraçado? Quando eu vi você, naquele primeiro dia, lá no gramado, achei que era a minha chance. Tipo a chance de ter uma amizade de *verdade*. Com alguém real. E não como essas idiotas mais preocupadas com sobrenomes, status e toda essa palhaçada. Eu me senti tão sortuda na primeira vez que falei com você. Eu disse isso para o Milo. Falei: "Tem uma garota, ela de Iowa e é meio tímida, não conhece ninguém que a gente conhece nem nada sobre nós, e eu quero ser amiga dela."

Eu abro um sorriso.

— Bem, olha só a gente agora. Somos praticamente lésbicas.

Nós rimos.

Remy olha pela janela, o sol ilumina o quarto através das folhas.

— Eu sempre digo que não vou fazer isso de novo. Tipo, para mim mesma. E então faço. Como se eu estivesse me assistindo. Sou uma espectadora do que eu faço.

Ela olha para o chão.

— Willa, acho que estou muito fodida.

Não consigo deixar de pensar como que eu não fazia ideia de que isso estava acontecendo? Tipo, eu sabia que a Remy estava sumida, mas achei que ela estava com o Humbert Humbert inventando um problema totalmente diferente.

E o que eu estava fazendo? Estava saindo com o Milo secretamente, sem fazer nenhuma pergunta. Perguntas importantes. Perguntas que talvez tivesse prevenido, tipo, *isso*.

Onde está a minha boca grande quando eu preciso dela?

— Ok. Tudo bem. Eis o que vamos fazer. Ficaremos aqui no campus. Não iremos para Nova York, Philly, muito menos Nova Jersey. Vamos nos concentrar e estudar. E vou encontrar um lugar para falar sobre isso. Com você.

— Como assim?

— Tipo um programa anônimo. Como o Alcoólatras Anônimos. Mas para drogas.

— Ah, isso se chama Narcóticos Anônimos. Não funciona.

— Remy, você pediu a minha ajuda.

— E se eu conhecer alguém que estiver lá?

— Bem, é por isso que é *anônimo*. Será em algum lugar aleatório aqui perto; ninguém saberá. Ok?

— Ok.

— A gente vai junto. Ok?

— Tá.

— Vamos conseguir. Eu prometo.

Remy faz que sim com a cabeça. Posso me ouvir dizendo aquelas coisas e a minha intenção é verdadeira, mas pareço muito um filme de sessão da tarde. Eu sei. E sei que a Remy também sabe.

— Tudo bem. Você tem razão, Willa. Eu topo.

— Willa?

— Sim?

— A viagem para Paris continua de pé, né?

Eu abro um sorriso.

— Está me zoando? Nada me faria perder essa viagem.

PARTE III

CINQUENTA E TRÊS

A igreja é de tijolos com uma porta vermelha. O lugar se chama "Os sagrados inocentes" e a fachada nem é tão ruim assim. Mas o porão onde as reuniões são feitas faz você querer pular de uma ponte.

Um porão úmido com as paredes cobertas por placas de madeira e folhetos colados sobre elas. No canto, uma mesa com café, creme, açúcar, adoçante e alguns doces. As pessoas aqui bebem café como se o mundo fosse banir a bebida. Nunca vi ninguém beber tanto café quanto aqui. E também a quantidade de cigarros. São muitos. Basicamente, dois minutos antes da reunião todo mundo fuma do lado de fora e entram correndo no último segundo antes do início da prece da serenidade.

A prece da serenidade é aquela em que todo mundo dá as mãos e diz: "Concedei-me, Senhor, a serenidade necessária para aceitar as coisas que não posso modificar, coragem para modificar aquelas que posso e sabedoria para distinguir uma da outra." Ou, no caso da Remy, a prece da serenidade é aquela em que se revira os olhos e olha para mim com um olhar de *Que merda a gente está fazendo aqui?*

E não posso culpá-la. Esse lugar é uma depressão. As pessoas são legais e tal, mas a metade parece ser de fanáticos religiosos e a outra metade sem-teto.

É a nossa quinta reunião em cinco dias.

Remy quer parar de frequentar. Eu também quero, mas não vou, pelo bem dela.

Nesse momento, uma mulher de meia-idade com uma pele de mil anos está falando sobre sua última aventura com metanfetamina e quando descobriu que precisava parar porque quase explodiu a própria casa. Também fico feliz que ela tenha parado. Ela parece ser uma mulher legal e sinto pena ao olhar para ela e pensar em como a vida dela deve ser hoje em dia. Mas ela é feliz. Ela tem uma calma que me surpreende. Como se soubesse o segredo para curar a inquietude. Talvez isso aqui possa me ajudar. Talvez *eu* possa aprender alguma coisa.

Outra pessoa começa a falar de Deus e Remy revira os olhos de novo.

Sei que vai ser difícil fazer isso aqui colar, mas não sei o que mais posso fazer. Talvez seja somente essa reunião. Esse lugar. Talvez exista uma reunião mais glamorosa para debutantes degeneradas.

Ao sairmos da reunião, duas moças se aproximam da Remy e oferecem seus números de telefone. Dizem para ela ligar a qualquer hora. Parecem um pouco loucas, mas os olhos são bondosos.

— Legal da parte delas. Elas disseram que você pode ligar a qualquer hora.

— A qualquer hora. Tipo, nunca.

— Remy, você precisa dar uma chance pelo menos.

— Eu sei, eu sei. É que esse lugar é deprimente para cacete.

— É. Mas... sabe... ter uma overdose em um beco de lixo? Acho que é mais deprimente.

— Touché.

A igreja fica a apenas dez quadras de Pembroke e é bem agradável, logo após os trilhos do trem. Tem um parque pequeno e fofo no caminho e uma sequência de lojas de coisas caras que ninguém compra. Velas caras e sabões feitos de tomilho, *tea tree*, lavanda. Uma loja de molduras. Uma loja de forros. Sério? Uma loja de forros? Tipo, existe demanda boa para alguém abrir uma loja de forros?

— Você sabe o que vai fazer no feriado de Ação de Graças? — pergunta Remy, casualmente.

Argh, eu não queria falar sobre isso. Milo quer que eu vá na casa dele, em Nova York. E eu também quero. Mas tem um problema. Não sei o que pode acontecer se eu deixar a Remy sozinha.

— Hum, não tenho certeza.

— Bem, eu acho que vou viajar com o Humbert Humbert.

— O quê? Está falando sério?

— Aham. Não tem problema. Ninguém vai saber.

— Mas Remy, tipo, ele *sabe*?

Sobre o NA, a overdose e a PQP. Acho que não preciso dizer a ela, né.

— Não. Mas acho que por isso mesmo será bom, sabe? Ele é totalmente o contrário disso. Ficarei... distraída.

— E para onde vocês vão?

— Não sei, algum lugar reservado, imagino.

— É bom que seja bem longe daqui.

— Eu sei. Não queremos que ela descubra que sou uma drogada, né?

Eu agarro o braço dela e a puxo na minha direção.

— Você não é uma drogada, Remy. Não fala isso.

— Acho que o Milo vai convidar você para ir a Nova York com ele.

Meu rosto basicamente brilha de tanta culpa e eu falo:

— Ele já me convidou. — Como ela sabia? — Estou nervosa.

— Não fica. É só não falar sobre o pai dele.

E é meio que isso, né? A única regra do Milo. Não falar sobre o pai. Nunca diga: "Ei, ouvi dizer que seu pai se enforcou depois de descobrir que a empresa dele roubou dinheiro de todo mundo em Nova York!" Compreendido.

— Olha, Remy, você vai ficar bem? Tipo, eu fico aqui com você se quiser.

— Claro que vou ficar bem. Estarei com o Humbert Humbert. Ficarei melhor do que bem. Se é que me entende.

— Isso não pode ser bom para você. É uma situação meio doentia, né?

— É, mas estamos apaixonados. Aposto que vamos nos casar. Você pode ser minha madrinha.

Franzo a testa. Ela sorri para mim.

— Sabe, você gostaria do Humbert Humbert. Ele é, tipo, muito bom de cama.

— Bem, é exatamente isso que sempre procuro em um professor.

CINQUENTA E QUATRO

Aparentemente, quando se mora em Nova York não é necessário fazer o jantar de Ação de Graças em casa com todos parentes vendo futebol americano na TV. Não, não. Lá, é possível ter um jantar de seis pratos em um restaurante fino e levar a família toda junto.

E foi o que a mãe do Milo fez. Claro.

Mas não se preocupe, temos o salão dos fundos reservado só para nós. Uma sala privada com piso de madeira escura, papel de parede vinho de linho adamascado e arandelas. Tenho certeza de que, se puxarmos uma das arandelas, a parede girará, revelando uma passagem secreta para o calabouço, que deve ser onde estão as pessoas cozinhando a nossa refeição.

Estamos apenas Milo; a mãe dele; a irmã dele, Kitty; o novo namorado da Kitty, que parece ser ignorado por todos; os avós; e, é claro, eu. O avô por parte de pai não veio. Ah, você quer saber por quê? Ah, porque ele está na prisão. A mulher dele? Hum, na Europa. Não voltará tão cedo. Então, como pode ver, é uma família muito feliz. Não há segredos aqui. E o vinho combina bem com a galinha, é verdade.

Só que agora a porta se abre e a mãe do Milo se levanta para cumprimentar o homem que deve ser o novo padrasto.

O clima muda consideravelmente dentro da sala. Agora o Milo está de cara fechada. Os avós fingem inspecionar a carta de vinhos e Kitty cochicha com o namorado, que parece ser levemente alérgico a alguma coisa. Talvez a si mesmo.

O padrasto tenta quebrar o gelo.

— Então, Milo como andam as coisas em Witherspoon?

— Aparentemente não tão bem quanto aqui.

Kitty sorri, entretida.

Ele não é um homem feio. Cabelo castanho, ralo no alto. Mas tem um rosto bonito. Dá para imaginá-lo jovem, velejando na costa de Nantucket. Mas ele é meio seco. Como se as veias fossem preenchidas com talco. A mãe do Milo é estonteante, independentemente de opinião. Então, acho que esse cara deve nadar em dinheiro.

— E você deve ser a Willa? Uma homenagem a Willa Cather, imagino.

— Sim, imaginou corretamente.

— Me dizem que você é de... Iowa?

Com isso, os avós levantam os olhos, chocados.

Kitty tenta ajudar.

— Ah, você é tão sortuda! Cresceu com todo aquele espaço e céu, em vez de uma cidade lotada de gente se esbarrando!

— Concordo — diz a mãe do Milo. — Eu adoraria ter sido criada em um lugar... pastoral. Como em um pintura de Andrew Wyeth.

Os avós se olham, mas permanecem em silêncio. Parecem intrigados com a minha existência.

— Milo, como você conheceu essa donzela do meio-oeste?

O padrasto está realmente se esforçando.

— Remy. Ela e a Remy são BFF.

— BFF? — Pergunta a avó.

— Best Friends Forever — informa Kitty. — Adorável. Remy é praticamente parte da família. Ela e o Milo estudaram na mesma creche. Antes de ela estudar na Spence, depois em Brearley e Pembroke.

— Como vai a Remy? — pergunta a mãe do Milo.

Não respondo: "Ah, tirando a parte do vício em drogas, vai bem." Mas sim:

— Ah, ela está ótima.

— E por que não a convidou, MyMy? — pergunta Kitty.

Milo dá de ombros.

— Na verdade, ela tinha outros planos...

— Aposto que sim — zomba Kitty.

— Está falando de Remy Taft? — A avó novamente. Dessa vez ela pergunta diretamente para mim. Como se, por algum motivo, eu não devesse ousar pronunciar o nome de Remy Taft.

Milo intercede.

— Claro que sim, vovó. Elas são melhores amigas.

— Hum.

E é tudo que merecerei com essa história. *Hum*.

Kitty tenta melhorar o clima.

— Bem, fico muito feliz, Willa. Remy se beneficiaria de uma amiga como você. Ela precisa de alguém pé no chão. Sabe? Para que ela não voe para as nuvens.

— É assim que se chama? — Novamente, a avó. Ela parece mais ligada do que eu esperava.

— Mãe, por favor. — Uma ordem expressa da mãe do Milo.

O padrasto toca o braço da mãe do Milo de forma protetora.

— Bem, estamos felizes com a sua presença, Willa. Temos muito o que agradecer neste dia de Ação de Graças.

Ele sorri para a mãe do Milo, intencionalmente.

E é a gota d'água para Milo.

— Ah, é verdade, tipo o fato de que meu pai está morto e agora você pode comer a minha mãe?

— Milo!

Kitty está tão chocada quanto eu.

— Quer saber de uma coisa?! Aproveitem o dia. — Milo se levanta. — Aproveitem que o meu pai está morto. Deus nos abençoe, pessoal!

Milo agarra meu braço e me leva com ele. Olho para sua mãe, que bota as mãos na cabeça, e para a irmã, que não tira os olhos da mesa. Os avós parecem subitamente interessados na louça de porcelana.

Milo sai enfurecido do restaurante, comigo a tiracolo. Passamos correndo pelas portas da frente e, antes que eu perceba, estamos em um táxi, indo para o centro.

— O que foi aquilo?!

Não consigo me conter. Estou chocada.

— Como assim?

— Hum... você acabou de estragar o jantar de Ação de Graças.

— O quê... você está de sacanagem? Era para eu ter ficado lá e...

— Olha, o que você quer? Fazer a sua mãe chorar? Para quê? Isso não é amor. Tipo, eu sei que é difícil... mas você precisa deixá-la seguir em frente. E aproveitar a vida. Tenho certeza de que tudo isso tem sido terrível.

— Ah, claro.

— Milo, você está sendo idiota. De verdade. Se ama a sua mãe, e acho que você ama, deve querer que ela seja feliz.

— Aquele filho da puta *sempre* foi a fim dela.

— Milo, esse cara não é o responsável pelo o que aconteceu com a sua família.

Milo se cala, enquanto passamos pelas ruas da cidade.

— Olha, Willa. Você não deveria falar sobre coisas que não entende.

— E você deveria parar de implicar com o que não existe. Sinceramente, Milo, acho que você precisa de ajuda, talvez de um terapeuta, para superar isso.

— Meu Deus. O seu tipo de gente é obcecado com a porra da terapia.

— Que tipo de gente?

— Gente normal.

— Tipo, a plebe?

O carro fica em silêncio enquanto atravessamos o Central Park. Mas não consigo me controlar.

— Olha, só estou dizendo que talvez você tenha que parar de fingir que está tudo bem e começar a encarar o assunto.

— Talvez você devesse parar de fingir que é minha namorada.

Ai.

Olho para o Milo. Ele está olhando para a frente, inflexível.

— Está falando sério?

Ele permanece virado para a frente, sem se dar ao trabalho de falar comigo.

De repente meu estômago parece lotado de ácido.

— Quero sair, por favor.

Não posso ficar nem um minuto sequer naquele táxi.

O motorista encosta, mas Milo sai primeiro.

— Não, eu vou sair. Toma. Leve-a para onde ela quiser.

Ele entrega um bolo de dinheiro para o motorista, grosseiramente, e sai enfurecido pelas ruas da cidade.

Fico ali parada por um segundo, pega totalmente desprevenida.

O que acabou de acontecer?

Eu estava com o Milo, agora ele se foi. Eu estava em um jantar com uma mesa lotada de pessoas, velas e vinho, e agora estou sozinha em um táxi.

— Para onde vamos?

— Hum. É... Penn Station. Obrigada.

Tenho a impressão de que o motorista quer dizer alguma coisa, algo gentil, mas acha melhor não. Talvez seja melhor deixar aquela garotinha em paz.

Há de se pensar quantas vezes uma garota ficou sozinha chorando em um táxi enquanto era levada pelas ruas de Nova York.

Aposto que mais de um milhão.

CINQUENTA E CINCO

Quando retorno a Denbigh, tenho certeza de que Remy estará em algum lugar secreto com Humbert Humbert, mas não, ela está ali. No quarto, em silêncio.

— Remy?

Ela não diz nada.

— Hum, alô? Remy?

Ela ergue o olhar.

— O que você está fazendo aqui? O que aconteceu?

— Ele não apareceu.

— Quem, Humbert?

— É, ele combinou de me buscar às seis e não apareceu. Não ligou, nem mandou mensagem. Nada. Ele me deu uma porra de um bolo. No dia de Ação de Graças.

Ela olha para mim, de alguma forma suplicante.

— Bom, se serve de consolo, o Milo acabou de me dar um fora.

— Sério?

— É. Estragou a porra do jantar da família e estourou comigo. E foi embora. Estou meio chocada ainda. Por isso não estou tendo uma crise de choro.

— Ah. Nossa... eu estava torcendo para ele ter mudado.

— Como assim?

Ela está balançando a cabeça.

— Ele anda com muita raiva ultimamente. Mas pareceu que tinha gostado de você de verdade e achei que talvez ele tivesse amadurecido. Ou que você pudesse mudá-lo ou algo assim.

— Sério?

— É, eu deveria ter falado para você. Desculpa. Eu queria. Mas não queria estragar, sabe?

— Mais ou menos.

— O Milo é um daqueles caras. Um cara ótimo. Um péssimo namorado. Por que você acha que eu nunca saí com ele?

— Bem, sinceramente, eu preferia que você tivesse me contado.

— Achei que talvez você tivesse uma chance. Me desculpa, de verdade. Meu Deus, que babaca.

— Então você acha que acabou? Não acha que ele vai mandar mensagem, nem nada? Nem tentar, sei lá, consertar o que fez?

Não sei por que estou perguntando essas coisas para a Remy. A não ser pelo fato de que ela sabe muito mais sobre essa situação do que eu. Aparentemente.

— Para ser sincera, não. Ele meio que... se fecha. Sabe?

Ótimo.

— Bem, eu não sabia, mas acho que agora sei. Nossa, estou me sentindo uma idiota.

— Não faz isso. Ele me enganou também, e eu o conheço desde o maternal. Achei que ele seria diferente com você.

— Por que você achou isso?

— Porque você é diferente.

— Aparentemente, não sou diferente o suficiente. Aff. Acho que devia ter percebido quando ele ficou com você.

— Ele só ficou comigo porque sentiu pena de mim.

Ficamos em silêncio por um instante, contemplando nossa sociedade patética mútua.

— Nossa, somos uma dupla de idiotas deprimentes, hein?

— Basicamente.

Remy confere seu telefone e o coloca de volta na cama.

Não quero nem pensar no que vai acontecer com a Remy se ficarmos ali. Qual espécie de surto ela terá, o que me parece iminente a essa altura.

— Ok, sabe de uma coisa, Remy? Que tal se a gente for a uma reunião?

— Eu já fui.

— Você foi?

— Aham.

— Sozinha?

— É.

— Remy, que orgulho. Isso é ótimo.

Ela não parece tocada.

— É, bem, não sei o que vou fazer pelos próximos dois dias. Aqui, sem fazer nada, pirando.

E ela tem razão. Temos um final de semana inteiro pela frente. E só de pensar na possibilidade de não haver nenhuma ligação ou mensagem ou desculpas do Humbert Humbert por dois dias? Isso não vai ser bom. Até lá, pelo o que posso ver, a Remy terá implodido ou ficado catatônica.

— Como você consegue, Willa? — pergunta ela.

— O quê?

— Tipo, levantar todo dia, fazer as coisas e pensar que tudo vai ficar bem.

— Eu não acho que tudo vai ficar bem. Está brincando? Tenho um medo mortal de que nada fique bem e de que vou acabar em uma sarjeta em algum lugar. Ou como uma mendiga acumuladora. Ou como uma daquelas loucas que a gente vê atravessando a rua e falando sozinha, gesticulando.

— Sério?

— Aham.

— Nossa. Eu nunca percebi isso. Só achei que você fosse simples.

— Valeu.

— Não, tipo você não pira com as coisas que eu piro. Tipo, você não torna as coisas difíceis.

— Sinceramente, Remy, eu não tenho o luxo de tornar as coisas difíceis.

— Como assim?

— Tudo já é difícil, naturalmente, tipo sua mãe se mandar com o melhor amigo do seu pai e o seu pai ser um falido, e agora você precisa deixá-lo porque é uma caipira e precisar muito da aprovação da mãe, embora a odeie, e seu pai ainda é apaixonado por ela e você só quer sacudi-lo e dizer: "Para! Ela não te ama! Ela não ama ninguém! Ela não me ama!" E por que ela me amaria se ninguém me ama nessa porra e eu sou do tipo que leva um pé na bunda dentro de um táxi no dia de Ação de Graças?

Meus olhos estão estranhos agora. Estão deixando vazar uma substância líquida.

— Willa? Você está bem?

— Sim. Não. Mais ou menos. Talvez.

— Eu não tive a intenção de chamar você de simples.

— Tudo bem. Quer saber, foda-se, vamos para algum lugar no final de semana, ficar entocada estudando para esquecer disso tudo, ok? Chega de pensar em garotos.

— Sim. Você tem razão. Chega. Embora o Humbert Humbert não seja tecnicamente um garoto.

— Remy, estou falando sério. Não vou a lugar nenhum com você se for ficar surtando *por causa dele* o tempo todo. Não vou aguentar.

— Ok, ok. Você tem razão. Não vou falar nada. Prometo.

— Eu também. Prometo. Sobre o Milo também. Ok? Agora, aonde vamos?

— A gente pode ir lá para casa?

— Nova York? De jeito nenhum.

— Que tal a outra casa?

— A outra?

— É. A gente pode ir para o Moinho Antigo.

— Moinho Antigo?

— Fazenda Moinho Antigo. Fica em Greenwich. Não tem ninguém lá agora. Está deserto. Em agosto fica impossível. Mas agora... é uma cidade fantasma.

— E é uma fazenda? Tipo que *espécie* de fazenda...?

— Hum. É, uma fazenda de verdade. Você vai gostar. Vai se sentir em casa porque é uma fazendeira que está acostumada a fazer a própria manteiga e a se pegar com parentes atrás do celeiro.

— É, claro. A gente faz isso.

Ao olhar para a Remy, que finalmente se acalmou, eu sei que o lugar para onde vamos não se parecerá com nada a uma fazenda à qual estou acostumada, com vacas, ratos e um gato de celeiro. Eu sei que não haverá tinta descascada ou um trator. Eu sei que não haverá uma alma por perto chamada Bubba, Billy Bob, Buck ou Beau. E tudo bem. O que importa é não ter uma alma por perto.

Certo? O que importa é ficarmos concentradas sem pensar em garotos, drogas, mensagens ou falta delas, e tudo ficará perfeitamente bem.

Porque vou cuidar de tudo.

Porque estou no controle da situação.

Certo?

CINQUENTA E SEIS

Tinha que ver a gente no trem. Remy com suas olheiras e eu com meu terrário. Meu plano é abrir esse terrário idiota na floresta e libertar o sapo. Junto com o Milo. Que também se revelou um sapo.

As crianças do outro lado do corredor estão muito interessadas no meu sapo, não há dúvidas. É meio engraçado. Tem um garotinho louro, que parece O Pequeno Lorde, e não para de se pendurar na cadeira para espiar o sapo. Tem outro garoto, negro, que também está muito curioso, mas é um pouco mais tímido. Agora, é fácil saber que essas duas mães tiveram criações completamente diferentes. Tipo, a mãe do pequeno lorde poderia se chamar Muffy. E a outra mãe parece que acabou de trabalhar mil horas em uma semana, de pé, sem almoçar. Tipo, ela parece muito cansada. Exasperada. De saco cheio.

A mãe Muffy tem um pouco mais de energia. Energia o suficiente para induzir amorosamente que seu filho seja curioso, mas não indelicado. Para que ele diga por favor e obrigado. Para que escute. Seja respeitoso. A outra mãe não tem a mesma energia. Posso deduzir que seja porque ela não tem uma babá. Ou um chef de cozinha. Ou mesmo um jardineiro. Todas as coisas que a Muffy claramente tem.

Então, o garoto da cidade ganha menos paciência. Ele não recebe gritos nem nada, apenas olhares de repressão e suspiros incisivos.

Ambos os meninos olham para o viveiro, que está apoiado no meu colo. Do lado de dentro, o sapo de olhos vermelhos os encara de volta. Esses garotos têm um milhão de perguntas!

— O que você dá para ele comer?

— Grilos.

— Eca.

— Ou minhocas.

— Ecaaaa!

O Pequeno Lorde olha para a mãe.

— Mamãe, ele come insetos.

— Minha nossa.

— Até mesmo minhoca.

— Muito bem. Querido, nossa parada é a próxima. Então vamos nos arrumar, ok?

A outra mãe, a exausta, chama o filho. A graça acabou para ela. O garotinho obedece contra sua vontade, mas continua encarando o sapo. A mãe fecha os olhos.

O Pequeno Lorde continua maravilhado pelo réptil de olhos vermelhos.

— Já sei... mãe! Tive uma ótima ideia!

— Sim, meu bem?

— Você acha que a gente pode ter um desses?

— Um o quê?

— Um sapo! Um sapo de árvore!

— Por que a gente não bota na lista, meu bem?

O trem para e o garotinho parece prestes a chorar. Tipo, não só parece que alguém acabou de arrancar um pirulito da boca dele, mas também que toda a tristeza do mundo acabou de se revelar para ele, que agora encara o abismo.

É demais para mim.

Eu levanto o terrário.

— Aqui, moça. Desculpa, eu... você quer? Eu quero me livrar dele. Foi um presente e, sinceramente, eu não quero...

— Ah, jura?

— Mamãe, mamãe, por favor!

A mãe suspira e olha para o Pequeno Lorde suplicante.

— Somos da Pembroke — acrescenta Remy, com o sotaque secreto.

Não tenho certeza se isso deveria dizer algo sobre nosso caráter e criação ou talvez sobre o caráter e a criação do sapo.

Ela se vira para mim.

— Está certa disso?

— Mamãe, por favooooor?

— Ok, meu bem, mas só se você agradecer muito educadamente.

— Obrigado. Muito obrigado pelo sapo.

Entrego o terrário para o garoto. Ele grita de felicidade.

— Sapinho! Eu te amo, sapinho!

A mãe sorri e abre o sorriso universal de "Ah, essas crianças malucas".

Eles saem do trem com o viveiro levantado sobre os assentos. O trem deixa a plataforma.

O garoto da cidade, acomodado ao lado da mãe que dorme, olha para mim.

Com ódio nos olhos.

Ele queria o sapo. Claro que ele queria o sapo.

O que acabei de fazer? Aquele garoto tem provavelmente um milhão de brinquedos em um quarto gigante exclusivo para isso. E essa criança, que está lançando mísseis na minha direção, deve ter um G.I. Joe quebrado ou algo do tipo.

Eu sou uma idiota.

Remy diz o óbvio.

— Talvez você devesse ter dado o sapo para o outro garoto.

— É, eu sei.

A mãe cansada não repara; ela está dormindo. O garoto continua me olhando melancolicamente.

— Nossa, estou me sentindo tão culpada.

Remy olha para mim. E então olha de novo para o garoto.

O trem para na estação seguinte.

— Agora você sabe como eu me sinto.

CINQUENTA E SETE

Se um dia você quiser morar em uma casa mal-assombrada, more com a Remy. Não estou brincando. Esse lugar é assustador. Primeiro, definitivamente não é uma fazenda. Nem de longe. Não é sequer uma casa. Não. Também, não. Todo mundo com olhos e um vocabulário básico chamaria isso aqui de castelo. Porque é exatamente isso.

A estação de trem em Greenwich não parece nada de mais. O motorista de táxi também não. Não é horrendo nem nada. Só é comum. Então tudo é comum até seguirmos por uma rua extremamente comprida, sinuosa e cheia de árvores que dá em um lugar que é basicamente uma abertura oval com uma piscina vazia no centro e cercada por quatro plantas gigantes. Acho que são chamadas de topiarias. Não por mim, eu não chamo de nenhum modo, porque nunca vi isso antes.

— Aquilo é o lado de contemplação. — Remy dá um risinho irônico. — Não se esqueça de contemplá-lo.

O motorista começa a ficar nervoso conforme passamos a entrada em direção à frente da casa. Talvez ele ache que somos ladrões. Tipo, a Remy está vestida com algo que parece três roupas diferentes. Talvez ele ache que somos mendigas. Talvez ele ache que a gente está prestes a assaltar o castelo.

— Valeu, pode ficar com o troco.

Remy salta do carro e eu a sigo. Me esforçando para não parecer impressionada com a propriedade à minha frente, possivelmente o local de nascimento de Satã.

O motorista enrola e observa a casa por um instante antes de ir embora. Me parece, e não acho que esteja inventando isso, que ele literalmente balança a cabeça enquanto se afasta. Não sei dizer se ele está fazendo isso porque não acredita que alguém de fato possa morar naquela monstruosidade demoníaca ou se porque acha que nós obviamente não moramos ali e somos golpistas tentando enganar o mundo!

Independentemente disso, ele some ao longe, depois da curva, deixando a mim e Remy ali na frente de um palácio que parece prestes a abrir a boca e nos engolir.

— Então, essa é a fazenda.

Eu tento soar vagamente irônica, mas nossa senhora, estou realmente intimidada. Alguma coisa com as trepadeiras por toda parte, o estilo Tudoriano e a porta gigante de mogno. Estou me sentindo completamente idiota.

Remy parece notar meu desconforto e, ainda bem, tenta melhorar a situação.

— Eu sei... Eu não queria mostrar para você porque sabia que você não viria. É ridículo, né? Não tenho a menor ideia do motivo para a gente ainda ter isso. Acho que tem valor sentimental ou algo assim.

Ela se dirige para a porta e vasculha a bolsa.

Será que ela está procurando por uma chave? É tão simples assim? Ah, aqui está a chave de ferro que abre a porta dessa mansão de um zilhão de dólares. Sério? Mas, assim que começo a imaginar a cena, ela tira uma chave normal de ferro e começa a mexer na fechadura.

— Não tem um alarme nem nada?

— Claro que tem, mas a gente nunca usa.

Certo. Claro. Por que alguém usaria o alarme?

Antes que eu possa reparar, estamos em um saguão dos horrores e, cara, o lugar é perfeito para uma reunião do *Scooby-Doo*.

E também, eu gostaria de ressaltar que o teto é basicamente o ápice do castelo, formado por arcos gigantes sequenciais de madeira. Sabe, como as que a gente fazia no colégio no primário e dizia "Eis uma igrejinha de torre levantada, abre-se a portinha, oh que gentarada!"

Só que dessa vez não tem nenhuma gentarada.

Há um enorme tapete persa e algumas pinturas a óleo embutidas nas paredes de madeira... mas não há pessoas. Não posso esquecer de mencionar a existência de um enorme afresco de mármore sobre a lareira, assim não é necessário se preocupar em achar um espelho ou qualquer coisa para botar ali.

— Hum, não tem tipo um mordomo ou um empregado bizarro com quem deveríamos dar de cara bem agora...?

Remy sorri.

— Que pitoresco. Não, eu disse para todo mundo ir embora. Mas a reposta para a sua pergunta é sim. Temos um empregado. Mas ele é simpático. Nada bizarro. E não está aqui. Pelo menos eu acho que ele já foi.

— Deixa eu adivinhar. O nome dele é Alfredo.

— O nome de nascimento oficial é Alfredo Mordomo.

Eu caio na gargalhada, feito uma idiota.

Mas fico feliz por estarmos sendo bobas de novo. Qualquer coisa que não seja aquele discurso interminável sobre o Humbert Humbert. *Aquilo* sim é um destino ainda pior que a morte.

A boa notícia é que o lugar parece mesmo o lugar adequado para os estudos.

— Então, em uma escala de um a dez... diga o nível de assombração desse lugar.

— Hum... eu diria... uns nove.

CINQUENTA E OITO

A boa notícia é que a Remy não está falando sem parar no Humbert Humbert. Talvez ela realmente esteja tentando se controlar. Talvez eu até possa estar ajudando. Talvez eu seja uma boa pessoa que faz coisas boas pelas pessoas à minha volta. Talvez eu não seja completamente inútil, no fim das contas.

Estamos comendo na sala de café da manhã, não na sala de jantar, então não é necessária nenhuma cerimônia. Além disso, estamos comendo comida chinesa de *delivery*. Aparentemente só existem dois lugares que entregam, e o outro é uma pizzaria.

O tal recanto para café da manhã é o que a maioria das pessoas consideraria a sala de jantar. Aliás, em Manhattan, acho que seria o apartamento inteiro da maioria das pessoas. Remy parece até animadinha, ouvindo Vampire Weekend e cantando alto, falando sobre a mãe sem revirar os olhos nem uma única vez.

— Ela não é tão ruim assim. Ele é só meio obsessiva, especialmente com tecidos.

— Eles vêm para cá de vez em quando?

— Não muito. Ela acha um tédio. Meu pai gosta mais, provavelmente porque cresceu aqui.

— E você?

— Depende. No momento estou amando este lugar.

Ficamos ali, contemplando nossos pauzinhos de madeira. Deve ser um dos lugares mais silenciosos que já conheci. Até mesmo os grilos são tirando um cochilo, deleitados.

Estamos ignorando um assunto, então resolvo tomar a iniciativa.

— É, então... estou muito orgulhosa de você. Você foi na reunião sozinha e está realmente seguindo o programa. De verdade.

Remy olha para mim. Às vezes eu acho que as pessoas nunca falam sobre nada real com ela. Às vezes acho que todo mundo dá voltas para falar com ela.

— É, sei lá. Um dia de cada vez, né?

— É, mas você está mandando bem.

Ela assente, sorri e dá de ombros de um modo fofo. Ficamos em silêncio por um instante, tentando não pensar em nossas respectivas decepções amorosas.

— Você ainda está deprimida?

— Não sei.

— Sabe, você não deveria ficar deprimida. Tem muita coisa para agradecer.

— Tipo o quê? — zomba ela.

— Por exemplo, pelas aranhas não conseguirem voar.

Ela ri.

— Sim, isso é verdade. Sou muito agradecida por isso.

— E também por suas lágrimas não serem feitas de ácido e queimarem seu rosto, aí você chora de novo e queima o rosto ainda mais, eternamente em um ciclo de choro e queimação até sobrar apenas dois glóbulos chorosos e ardentes.

— Verdade.

— Ou que você não precisa voltar no tempo para a Idade Média e ser a esposa de um peixeiro.

Remy bate em mim com a almofada da cadeira.

— E também pela invenção das almofadas. Antes disso, todos precisavam descansar as cabeças em pregos enferrujados. Era assim na Antiguidade.

— Me fale mais sobre a Antiguidade.

— Na Antiguidade, quando alguém era ranzinza... eles prendiam a pessoa. E também, todo mundo fedia. Porque nunca tomavam banho. Ou pensavam que o banho causava danos e ficavam com medo. Com medo do banho.

— *Você* tem medo do banho. Tem medo de banheiras mal-assombradas.

— Se você tivesse visto o que eu vi, também teria medo.

— Eu teria mais medo de peixeiros.

— E de peixeiros mal-assombrados?

— Cruz credo.

Está ficando tarde. Começo a pensar no quarto possuído onde passarei a noite.

— Obrigada por ter vindo comigo, *mon amie*. Eu sei que é meio peculiar.

É engraçado a Remy pensar que vir para cá é um fardo para mim. Mostra como viemos de universos diferentes.

— Está falando sério? É incrível. Só não estou babando descaradamente porque não quero que você pense que sou uma caipira.

— É tão engraçado que você pense assim, Willa. Você tem tipo vergonha de uma coisa da qual deveria sentir orgulho.

— O quê? De ser de Iowa?

— É. Você deveria achar bom, porque é bom.

— Por que seria bom?

— Porque é diferente. Você não entende. Todo nós moramos em uns aquários onde todo mundo é igual e todo mundo sempre será igual e todos sabem da vida de todo mundo e, tipo, as únicas dúvidas sempre giram em torno de Harvard ou Yale.

Ela suspira. Acho que é o máximo de palavras que Remy já disse sobre qualquer assunto.

Ela acrescenta um último pensamento:

— É... opressor.

— Nossa. Engraçado. Eu nunca teria...

— Então, você sabe... alguém como você, que não é daqui, do nosso círculo e que não é uma idiota, e é engraçada e uma pessoa boa. É quase... energizante.

— Nossa. Sério? Eu sou energizante?

— Total. Tipo um Sprite.

— O refrigerante?

— Refrigerante. Cem por cento.

— Acho que o Milo não me achou energizante.

— Willa, o Milo deve estar completamente obcecado por você e surtando por ter estragado tudo. Mas a obsessão dele não é uma coisa muito boa. Porque ele meio que magoa todo mundo. Como se tivesse espinhos. Você se lembra daquela garota na festa? A garota do "Mas que porra?"?

— Aham. Sim. Eu me lembro.

— Tipo aquilo.

Subimos as escadas, em direção aos nossos "aposentos". Tenho certeza de que verei a existência de dosséis. Tenho um quarto só para mim, claro, ou eu não teria motivo para ficar apavorada a noite inteira.

Aparentemente, ele se chama quarto azul. Remy vai dormir no quarto dela. Você pode dormir no quarto Wedgwood.

CINQUENTA E NOVE

Remy não quer estudar na biblioteca porque os pássaros a incomodam. Tem uma árvore lá fora com um montão de pássaros. Algumas pessoas gostam de pássaros e acreditam que o som emitido por eles é uma bênção que significa que todos estão felizes. Eu não sou uma dessas pessoas. Pássaros são predadores com asas. Se você estivesse amarrado ao chão, eles comeriam seus olhos. É o suficiente para eu não gostar de pássaros. E a Remy também acha isso.

Que tal no solário? Ah, você não sabe o que é um solário? Inocente! É uma sala com muitos móveis de vovó e estampas florais onde a pessoa com o pior gosto da família escolheu todas as estampas com a despreocupação peculiar apropriada somente para o solário. Então, o clima é selvagem ali. E jocoso. Vibrante. É um ambiente feliz. Mas a Remy não está satisfeita. A sala é aberta demais. Existem distrações demais.

Os últimos serão os primeiros. De volta ao grande salão. Tudo bem. Eu só estudo em cômodos grandes o suficiente para abrigarem jogos oficiais de basquete.

Quando terminamos de acomodar todas as nossas tralhas e sentamos confortavelmente, já é meio-dia. Não estou feliz com isso. Estamos perdendo muito tempo andando por aí, debatendo, decidindo e, de forma geral, evitando fazer o que deveríamos.

— Acho que estou com fome.

Não consigo não revirar os olhos.

— Remy, não. Agora a gente está estudando. Faremos uma pausa depois de literatura contemporânea e biologia.

— Ok, ok.

Ela não está entusiasmada.

Abro os livros para demonstrar uma espécie de responsabilidade entusiasmada. Sim, vamos estudar! Que ótimo!

Primeira ordem do dia: *A casa da alegria*, de Edith Wharton.

A casa da alegria fala sobre uma garota chamada Lily Bart, que deveria, muito provavelmente, se casar com um homem rico porque vem de uma boa família, com um bom nome, mas a família está falida, então o tempo todo ficam botando homens ricos no caminho dela para que fique em segurança pelo resto de sua vida. O livro é meio enlouquecedor porque o tempo todo a gente acha que ela vai se casar com um cara, depois outro, e a gente meio que torce para que isso aconteça, para que tudo fique bem, mas ao mesmo tempo não queremos isso porque os caras são todos patetas, que só falam de si mesmos, de terras ou sobre os melhores restaurantes da Europa. E a grande ironia é que nenhum dos caras interessantes têm dinheiro. A escolha se resume a casar com um cara legal e ser pobre, ou casar com alardeador pomposo e garantir uma vida boa para sempre, mas de forma tão entediante ao ponto de meter uma bala na cabeça. Não vou contar como termina, nem a moral da história. Embora eu tenha criado uma teoria pessoal que envolve nunca depender de algum babaca que só fala de propriedades.

A srta. Ingall tenta nos manter atentos com uma variedade de testes. Tipo, ela pede para a gente escrever artigos sem aviso sobre um livro, seus personagens, a trama, o que é sempre muito difícil, mas pelo menos parece ter a ver com o livro em si. Uma vez ela fez uma coisa insana, pediu que a gente escrevesse um poema inspirado no livro. Então, como pode ver, não dá para ter ideia do que vai acontecer no dia da prova, é preciso estar preparado para todas as possibilidades. E você precisa saber o livro. Precisa ser o livro.

Não consigo não gostar da srta. Ingall. Não é só porque ela se interessa por mim. Não é só por isso. Ela é animada. Ela se empolga com os livros e fica com um brilho nos olhos quando fala das histórias. Os olhos se acendem e ela gesticula, imersa, falando sobre Lily Bart, Boo Radley e Holden Caulfield. Ela prende palavras por toda a sala, em cada pedaço em branco, escritas em papéis coloridos: "Sincronicidade." "Bucólico." "Lúgubre." "Quintessência." "Volúvel." Dá para ver que ela realmente ama a literatura. Ela ama as letras e quer que a gente também ame as letras. Ame as palavras.

— Talvez seja melhor fazer a pausa antes de biologia. Você sabe que isso vai ser um saco.

Não tenho como discordar da Remy nessa. Mas a gente realmente não deveria parar. Afinal, estou tentando demonstrar responsabilidade. Ou pelo menos a habilidade de conseguir terminar alguma coisa. Uma só.

— Não sei. Vamos ver se...

— Espera, eu já volto.

— Remy?

— Preciso fazer xixi.

Ok, vou ficar aqui olhando pela janela. Tem muita coisa para olhar. Reparei do andar de cima que tem uma piscina em algum lugar lá fora. E uma quadra de tênis. E um estábulo de cavalos. E um labirinto. Olha, se você não tem um labirinto em casa, não sei o que dizer. Eu acho que pode ser bem útil quando estiver no final daquele filme com o Jack Nicholson e precisar de um lugar para despistá-lo e sobreviver.

Mas agora, olhando pela janela, você jamais saberia que nada disso existe. Porque estão escondidos, discretamente, atrás de todas as árvores, folhagens e a casa de hóspedes. É simplesmente cafona mostrar seu labirinto assim, de cara. Obviamente.

Depois de contemplar o terreno, faço um reconhecimento pelo grande salão. Talvez eu possa construir um forte na lareira.

Remy ainda não voltou, então decido passear pela biblioteca. O lugar parece um altar para homens velhos caucasianos. Todas as paredes têm uma, ou três, pinturas a óleo, de um cavalheiro velho sofisticado, solene e arrogante com o nariz empinado para você. A maioria tem a cor de giz. Estou deduzindo que são todos ancestrais de sangue azul da Remy, que devem estar me assistindo agora diretamente do sótão.

E, é claro, no final da sala... sobre a lareira. Veja só. O próprio William Howard Taft. O presidente William Howard Taft. E, pelo visto, ele deve ser o presidente com o recorde por ter comido o maior número de sanduíches. Porque ele é robusto. E tem um bigode. Um bigode louro. Que faz uma voltinha nas pontas. Já as sobrancelhas mal aparecem. Talvez ele tenha usado as sobrancelhas para fazer o bigode.

Ele é certamente o mais robusto de todos aqueles espíritos do mal em forma de retrato. Talvez seja por isso que ele conseguiu ser presidente. Todo os outros eram fracos demais para sobreviver à maratona de campanha. Não, William Howard Taft foi com certeza o único membro da família de sangue quente.

Se liga.

A Remy ainda não voltou.

O que ela está fazendo? Tipo, ela está brincando comigo? Uma espécie de travessura da elite? Uma tradição socialite de boas-vindas a ser seguida por um brinde de Pimms mais tarde?

Tudo bem. Não estou pirando. De jeito nenhum.

É só eu ir procurá-la. Tenho certeza de que a casa deve ter apenas mil quartos. Então estarei de volta em cinco horas. Te vejo mais tarde.

Sinceramente, tenho a impressão de que ela foi no quarto buscar o telefone. Eu entendo. Eu também me sinto tentada a pegar meu telefone e fazer porra nenhuma o dia inteiro. Mas não. Não, estamos aqui para sermos boazinhas. Posso ouvir a água ligada no banheiro. Ok, bem, hum... acho que o melhor a fazer é ficar aqui na cama esperando.

Esperando.

Esperando.

E... bem... esperando.

Bem, agora já faz dez minutos e a água continua correndo.

Está ficando estranho.

— Remy?

Nada.

— Remy? Oi...?

Nada de novo.

Ok, meu estômago está se revirando em um milhão de nós. Estou preocupada. Tipo, muito preocupada.

— Remy? Estou entrando, ok? Não fique irritada comigo, nem me ache esquisita. Eu realmente não quero ver você fazendo xixi, nem nada, mas estou preocupada e vou entrar, Ok?

Eu espero que a porta esteja trancada. Certo? Tipo, é algo a se esperar quando alguém vai ao banheiro.

Mas não.

Ela se abre imediatamente.

Ela se abre e lá está Remy, no delicado banheiro vitoriano, com o espelho oval dourado e a banheira de pata de leão, e tudo é tão perfeito, extraordinário e saído de um conto de fadas, a não ser pela pia que está transbordando e por Remy deitada no chão, inconsciente.

SESSENTA

Todo mundo sabe que não é normal ter uma agulha saindo do braço. Mas todo mundo sabe o que fazer quando existe uma agulha não autorizada saindo do braço?

Exatamente. O que se faz?

Você tira? Ou é uma daquelas coisas, tipo mexer um corpo após um acidente, onde se pode piorar a situação? O que eu faço? Vou no Google ou chamo uma ambulância? É, talvez seja melhor chamar a ambulância. Mas aí o incidente vai exigir um nível bem mais alto de envolvimento parental.

Foda-se. Remy está inconsciente no chão.

Ok, vou chamar uma ambulância.

Reparo, enquanto espero, que existem alguns pontos favoráveis. Parece que a Remy está respirando. Bote o ouvido em frente à boca e verá que ela definitivamente está respirando. Mas é só isso. Todo o resto está cem por cento apagado.

Que bom que ela parou de usar drogas.

Remy, porra, por favor, não morre.

Não morre. Não morre.

Nem me sinto nesse ambiente. Sinto como se estivesse no alto do banheiro, olhando para alguém cuja melhor amiga está apagada semimorta por uma overdose com uma agulha no braço. Ah, mas essa pessoa sou eu.

Acho que aquilo sou eu chorando e surtando completamente. Acho que é uma reação normal para uma situação como essa. Mas a minha versão que me vê do alto, distanciada de tudo? Essa já se desligou. Está em modo soneca.

Cara, essas ambulâncias são boas de encontrar os lugares. Chegaram muito rápido. É o que acontece quando se mora em um castelo.

Por um segundo, penso se não vou me meter em algum tipo de encrenca. Como se por algum motivo eu pudesse ser culpada por estar ali. Mas não. Eu não sou o show. Não sou a atração principal.

Ninguém nunca tranca a porta nessa vizinhança, então os caras gritam lá de baixo e eu grito aqui de cima, e então eles chegam no banheiro. Os dois caras parecem bem caretas e parecem quase tão preocupados comigo, o que é estranho.

Acho que eu deveria estar fazendo algo remotamente proativo, mas por algum motivo só consigo ficar ali, no chão, ouvindo paralisada a toda aquela comoção paralisada.

Eu sei que deveria ligar para alguém. Um adulto. Alguém responsável. Alguém que não seja eu. Minha mão mexe na bolsa da Remy e pega o telefone — uma mão fora de mim. Automática. Não é a minha mão. Não é o meu cérebro. Não é a minha vontade.

Por algum motivo, ligo para Humbert Humbert.

SESSENTA E UM

Aparentemente, foi uma péssima ideia ligar para o Humbert Humbert. Aparentemente, ele foi demitido por causa disso, expulso, decepado. Mas espera, tem mais! Aparentemente, todo o drama do caso com o professor, a coisa com o teatro, a overdose, fizeram os Taft tomar a sensata decisão de que talvez a Escola Pembroke seja uma má influência para a filha deles.

(Mal sabem eles.)

Mas então é isso.

Pembroke é ruim para a Remy.

Aqui estou eu, no meu lindo quarto gigante, com os lençóis da Remy ainda na cama e as coisas dela jogadas por toda parte.

Mas sem a Remy.

Fico desesperada para falar com ela, então fico desesperada sem vontade de falar com ela e fico presa eternamente nesse pensamento em loop.

Eu chutei as roupas sujas idiotas dela para o canto do quarto em um surto de raiva. Me enrolei nos lençóis dela e fiquei encarando, em silêncio, a minha porta aberta na direção do quarto de empregada.

E o Milo. Bem, ele anda desaparecido também. Assim como a Remy disse que ele faria. Talvez a mãe dele tenha ficado sabendo da overdose e o tirou de Witherspoon. Ele quase não ia para as aulas mesmo.

Será que ainda conseguirão dar um jeito de entregar um diploma para esses dois? Quer dizer, se conseguissem, ficaríamos surpresos?

E você. Talvez esteja esperando por um daqueles momentos românticos em comédias em que Milo correrá, no último minuto, até mim no gramado e confessará seu amor, implorando por perdão. Não. Às vezes a vida não é um filme. Às vezes ela é apenas estranha e perturbadora. Tipo levar um pé na bunda no dia de Ação de Graças e nunca mais falar com a pessoa.

Mas, tudo bem. Estou tentando ficar de boa. Talvez o segredo seja não esperar que tudo seja como um filme. Quem sabe se deixarmos a expectativa de lado e permitir que as coisas sejam o que são, talvez a gente sobreviva sem arrancar os cabelos.

Talvez a gente deva apenas deixar as coisas como são. Talvez seja só tirar o "deveria".

Mas, agora, não tem como deixar nada do jeito que está, porque todo mundo está surtando para caralho por causa da peça.

O que fazer, o que fazer?! Todos eles... surtando de ansiedade sobre o que vai acontecer com a peça.

Aparentemente, a sra. Jacobsen — que voltou após a saída abrupta (cof) do Humbert — está em uma sinuca de bico por causa de toda essa catástrofe. Sem uma Ofélia. Sem Ofélia! Como pode haver *Hamlet* sem Ofélia?!

Talvez a sra. Jacobsen possa interpretar a Ofélia. Uma performance brilhante! *Hamlet* versão executiva!

Mas a sra. Jacobsen não vai interpretar a Ofélia. E ninguém mais. Por um momento parece que talvez cancelem a peça como um todo.

Nada disso teria acontecido se tivessem mantido a decisão de produzir *Grease*, é claro.

Mas, não, *Grease* era muito prosaico.

(Eu só queria dizer que eu aprendi a música inteira da Frenchy.)

(E estou meio ressentida com isso.)

E, finalmente, o boato mais recente. Dizem que Remy Taft voltará para fazer a peça, exclusivamente. Uma apresentação única de sexta a domingo, que jamais se repetirá na história do teatro! Exclusivo!

E, sim, também existem boatos sobre o motivo do sumiço repentino da Remy. Todo mundo meio que fala e cochicha sobre um relacionamento impróprio entre ela e o professor. As pessoas vêm falar comigo, com os rostos franzidos: "É verdade? Você sabia? Há quanto tempo isso estava acontecendo?" Mas eu as dispenso com um olhar e elas fingem olhar para a prova.

Não é como se a reputação da Remy estivesse manchada. No mínimo, está ainda melhor. Essa é a Remy. Por algum motivo, tudo que é nojento e depravado cai bem nela. Para todo o resto é cafona; para Remy é chic. Até mesmo a overdose.

Mas, claro, ninguém sabe sobre isso. Ninguém que não seja eu.

Claro que não tenho notícias dela. O meu prazo venceu. Estou de volta do outro lado, observando. Não sou mais legal. Mas a quem estou tentando enganar? Eu nunca fui legal. Nunca fui essa pessoa. Sempre fui apenas uma nerd do interior. E talvez eu tenha provado que a minha mãe estava certa. Talvez tenha sido tudo um pouco demais para a minha compreensão, levando em conta de onde venho.

Mas, mesmo assim, tenho um ingresso para *Hamlet* hoje à noite. Vou assistir à porcaria da peça e encerrar esse assunto. Tenho certeza de que será terrível.

Tenho certeza de que odiarei cada minuto.

Tenho certeza de que não ficarei torcendo para Remy aparecer de um canto escuro do auditório durante o primeiro ato, cena cinco. Nem um pouco. Por que você perguntaria isso?

SESSENTA E DOIS

O lugar parece perfeito para abrigar morcegos. E aranhas. E fantasmas teatrais. Um castelo transformado em auditório transformado em palco. Tenho que admitir, é perfeito para *Hamlet*.

Na cena de abertura vemos uma paisagem em cascata, papel machê caindo ao fundo do palco até a frente, em uma espécie de tríptico dilapidado. Existem projeções no fundo. Textos escritos na parede. Uma música lúgubre mas bonita toca baixa. E, então, das coxias se ouve:

— Que frio! Chega a doer-me o coração.

É. Simplesmente. Desorientador.

Acho que o Humbert Humbert realmente era mais do que um professor de literatura tarado. Ninguém demora muito para entender que estamos presenciando algo que jamais veremos novamente. Algo extraordinário. Ao final da primeira cena, o clima na plateia deixou de ter uma apatia sarcástica para fascinação absoluta. É um poema em forma de teatro, exclusivamente nosso.

Reparo que estou feliz por não estar na peça, porque assim posso assisti-la. E tem outra coisa. Ela se movimenta pelo castelo. Nós, a plateia, nos movimentamos de cena em cena, iniciando cada uma como uma descoberta, como se por acaso tivéssemos nos deparado com aquelas conversas entre quatro paredes.

Quando Hamlet deixa Ofélia, lá está Remy, olhando ao longe, implorando.

— Que nobre inteligência assim perdida!

Ela está formidável. Ela está brilhante. E eu olho para ela. E eu olho para ela e penso as mesmas palavras sobre ela.

Que pessoa especial e incrível assim perdida. Em uma espiral decadente. Enlouquecendo a si mesma. Lá está ela. Vestindo um traje futurístico do passado. Como se alguém fizesse um lindo vestido com gaze. Não faz sentido, mas é lindo. Parece que estamos todos sonhando acordados. Compartilhando a mesma alucinação. Um sonho causado por uma febre.

Próximo ao final da peça, Ofélia (ou Remy) entra e está completamente molhada. Já enlouqueceu e distribui flores a todos, dizendo o nome de cada flor.

— Aqui está rosmaninho para lembrança... Estes amores-perfeitos são pelos pensamentos...

Conforme a cena se desenrola, o vestido dela muda. Deve haver um tipo de tinta nele e, quanto mais molhado fica, mais cor sai dele, passando do branco para um belo azul e roxo. Todos na plateia estão boquiabertos. Hipnotizados.

Em seguida, ela olha para o público e diz:

— Boa noite, senhoras! Boa noite, encantadoras senhoras!

Como se ela de repente olhasse para nós, de verdade. Como se, por um instante, Ofélia, a louca Ofélia, fosse a pessoa mais esperta na peça.

Ficamos todos em silêncio, cativados.

Observamos quando, então, ela sai da sala para o lado de fora, onde ainda podemos vê-la, através de uma gigante janela arqueada, descendo a colina, depois subindo a colina seguinte, ao longe, até se tornar apenas uma pequena mancha e então não vemos mais. Ela se foi. Desapareceu. Um truque de mágica.

SESSENTA E TRÊS

Acho que estou em um evento pós-peça, tipo um *meet and greet* com chá gelado e suco de maçã. Também tem torradas, queijo e algumas uvas, caso você tenha esquecido de comer uma fruta hoje. Todos estão sorrindo ali no salão do teatro, maravilhados com esta interpretação magnífica de Shakespeare. Tem muitas echarpes envolvidas. Acho que o uso de echarpe era um requisito para entrar, além do ingresso. Os pais e as mães olham em volta, esperando que seus pequenos gênios saiam pelas coxias para serem adorados. É a coisa em comum dos pais. Se você vomitar um pedaço de papel, eles chamam de arte. E quando você faz algo realmente bom, só falta eles botarem você em um balão de ar quente pintado com as cores do arco-íris.

Ao ver aquele mar de pais e filhos, subitamente sinto saudade do meu pai. Penso em todas as vezes, em todas as microatividades idiotas que eu fiz, como ele sempre esteve lá, cheio de orgulho. "Ah, docinho, você foi incrível! Estou tão orgulhoso!" E não importava se era algo bobo ou se eu caí de cara no chão. Ele estava lá. Como o sol, a lua e as estrelas. Constante.

Talvez seja esse o problema da Remy. Talvez a mãe ou o pai dela tenham esquecido dessa parte. Talvez não tenham estado *presentes* o suficiente.

Ou, sei lá, quem sabe foram perfeitos.

E talvez não tenha feito diferença.

Talvez eles sejam programados. Determinados desde o nascimento a ser de um jeito ou de outro e nunca, jamais, mudar.

Tenho certeza de uma coisa. Os pais da Remy estão cem por cento ausentes no momento. E isso é um crime absurdo e imperdoável depois do que acabei de ver.

Mas lá vem ela mesmo assim. Ela sai das coxias e há uma comoção, um suspiro de aprovação, um arquejo coletivo. Ela é cercada por um monte de cabeças, subindo e descendo, professando palavras gentis e elogios. Vejo que também seguiu a regra da echarpe. Um modelo vagamente étnico adorna nossa jovem estrela.

E então ela olha além das cabeças, diretamente para mim.

Fico congelada, torcendo para que não resolva expressar seu desprezo nesse fórum absolutamente terrível.

Mas isso não acontece.

Remy abre a multidão como o Mar Vermelho e vem diretamente na minha direção. Lá está ela, com toda sua glória pós-espetáculo. Ninguém jamais diria que da última vez que a vi estava com tubos no nariz e uma intravenosa no braço.

Ela inclina a cabeça.

— Está orgulhosa?

Orgulho mal consegue descrever o sentimento. Posso sentir as lágrimas se formando no canto dos olhos.

— Nossa, Remy, eu...

Ela me abraça.

Eu a abraço de volta.

— Foi... foi incrível. Sério.

— Jura?

— É, não está vendo? Olha para as pessoas. Elas não sabem o que fazer de tão incrível que foi.

Ela fica ruborizada. (Acho que as pessoas fazem isso agora.)

— Valeu. Foi legal, né?

— E você foi arrasadora. Eu praticamente chorei ou sei lá o quê.

— Aposto que você escolheu o "sei lá o quê".

Nós sorrimos, ambas um pouco tímidas.

Remy toma a iniciativa.

— Olha, Willa. Mil desculpas. Eu caguei tudo. Não deveria ter mentido para você. Sobre as reuniões. Sobre nada.

Eu falo tudo de uma só vez.

— Também tenho que pedir desculpas. Fiquei totalmente em pânico e assustada, e não sabia o que fazer.

— Tudo bem. Além do mais, você praticamente salvou a minha vida.

— Talvez.

— Acho que com certeza.

— Bem, eu sinto muito que tenham ficado sabendo da história do Humbert Humbert. Eu não devia ter ligado para ele. Não sei o que passou pela minha cabeça...

— Eles teriam descoberto mais cedo ou mais tarde. Não se preocupe com isso. Acho que talvez esse tenha sido o motivo de tudo.

— Jura?

— É. Pelo menos é o que a minha terapeuta diz.

Terapeuta?, penso. Nossa, veja só. Aparentemente não era mesmo coisa da plebe.

Ficamos ali em silêncio por um instante.

— Você sente saudade daqui? De Pembroke?

— Não.

Ai.

— Mas sinto saudade de *você*, Willa. De verdade.

Ok, posso voltar a respirar.

— Sério? Nossa, fico tão feliz que tenha dito isso. Achei que você me odiava. Tipo, eu não culparia você. Quer dizer. Nossa, estou sendo muito tosca.

— Eu nunca odiei você. Está de brincadeira comigo? E estou melhor agora. Tipo, frequento mesmo duas reuniões por dia, se é que dá para acreditar.

— Nossa, Remy.

— É, sabe, espero que mesmo que não esteja em Pembroke, que a gente ainda possa se ver. Tipo, a gente ainda pode ir para Paris...

— Espera. Paris? Jura?

— Se você quiser. Porra, totalmente.

As cabeças começam a se virar na nossa direção — mais admiradores tentando conversar com a estrela do show.

— Bem, é melhor eu não impedir que você fale com seus fãs.

Ela sorri e me abraça novamente. Um comportamento estranho para Remy. Quase normal. Ela é automaticamente engolida quando chego para trás. Uma multidão agitada que fala que nem loucos.

Como eu poderia não ter orgulho dela? Toda aquela camada secreta — vulnerável e real — de repente à mostra para o mundo. Todas as facetas escondidas que tornam Remy diferente de outros humanos — aquilo que só eu podia ver — agora todos também podiam ver.

E não estou falando apenas dos pais dela ou sobre ela ser parente de um presidente, um cientista e um romancista famoso. Estou falando de algo que existe *nela, dentro* dela, algo efervescente que dá vestidos de presente, convence alguém a roubar carrinhos de golfe ou leva uma pessoa para Paris no verão. Algo generoso, vulnerável, impetuoso e delicado tudo ao mesmo tempo.

E eu amo tudo isso — tudo nela, desde os olhos borrados pelas lágrimas até a mudança forçada para o meu quarto. Desde a bela Ofélia até o revirar de olhos na reunião naquele porão de igreja deprimente.

Eu amo tudo nela.

Nesse momento, eu poderia voar pelas estrelas, ultrapassando a Ursa Maior, passando pelo cinturão de Orion, para comemorar a volta dela. Estamos juntas de novo. E, finalmente, *eu* estou de volta. Porque posso ser a pessoa que sou quando estou com ela em vez de a pessoa que eu era quando cheguei aqui.

Mesmo meu pai estando a milhares de quilômetros de distância, sinto como se alguém estivesse me botando para dormir hoje à noite. Com algumas palavras de gentileza, tudo onde deveria estar e sem o céu estar desabando.

Estou prestes a sair do castelo, caminho sob uma excelente abóbada celeste, quando algo chama a minha atenção.

Lembra como aquilo ali estava parecendo um festival de echarpes? Bem, tem algo aos meus pés no chão.

É a echarpe da Remy. A echarpe vagamente étnica da Remy. Deve ter caído em algum momento entre o abraço estranhamente caloroso em mim e a massa de fãs.

De qualquer forma, eu não faço ideia de quando vou vê-la de novo, uma vez que ela não estuda mais em Pembroke, então obviamente é melhor eu devolver a echarpe agora. Fácil.

Mas não a vejo em lugar algum. Ela está completamente engolida pela multidão.

Não tem problema. Em uma época distante eu também estava me preparando para participar da peça, então me lembro onde ficam os camarins. É só eu botar a echarpe nas coisas da Remy. A boa ação do dia. Talvez eu até deixe um bilhetinho junto — algo engraçado, mas sincero e, principalmente, engraçado.

Certo?

Encontro a porta que leva aos bastidores e a empurro. É, isso. Dois camarins embaixo para os rapazes. Dois em cima para as meninas. É preciso subir uma escada em caracol para chegar no camarim das meninas. Deve ser assim para que os garotos não espiem.

Não há uma só alma viva por perto. Todos estão ocupados demais jogando conversa e bebendo suco de maçã. Vai ver alguém batizou as bebidas.

Há um faxineiro do outro lado do corredor, mas ele está de fone e parece se divertir sem a minha interferência.

Desço o corredor até o camarim e, lá estão, todas as coisas da Remy. Eu reconheceria aquela bolsa bordada de Istambul em qualquer lugar. Deve ser a única do mundo. E, mais, é gigante. Tipo, tenho certeza de que *eu* caberia lá dentro. Que bom, ela ainda não foi embora. Vou apenas deixar a echarpe ali.

Isso, posso deixar bem aqui. Na bolsa.

Só que...

Tem algo na bolsa dela. Algo novo. Não é um novo tom de batom ou um pó novinho, nem uma sombra. Não é um chaveiro, uma carteira ou um frasco de perfume. Não, não.

É um kit. Você já viu um desses? Eu não. A não ser na TV. Em *Law & Order*.

Se você acompanha *Law & Order*, já viu um desses.

É como uma bolsinha, uma nécessaire. Bem simples. E se você abrir, que nem eu... Lá está, veja. Tem uma colher, um pequeno frasco com um líquido, cotonetes e, é claro, duas seringas muito cuidadosamente posicionadas. Tudo muito seguro e confortável, envolvido com elásticos.

É a porra de um kit.

Bem, é uma boa notícia que a Remy agora frequenta duas reuniões por dia, não é mesmo?

A minha visão fica embaçada.

Isso sou eu não querendo ver o que está na minha mão.

Sou eu não querendo ver nada novamente.

SESSENTA E QUATRO

Então, ainda bem que fui devolver a echarpe, não é mesmo?

Se você já viu um coração partido atravessando um gramado, então vai saber imaginar o que está acontecendo comigo agora. Não estou correndo, estou apenas me arrastando lentamente por um imenso pedaço de grama que não parece ter fim.

Alguém que levou um soco no estômago.

Não consigo parar de pensar sobre como eu devia ter percebido e o quanto eu não quis perceber. Não consigo parar de pensar em como sou uma idiota, uma otária e uma boba.

Se estiver se perguntando se a Remy me viu com a mão na bolsa dela e se houve um grande momento de constrangimento em que ela finalmente admitiu a verdade, a resposta é não.

Não.

Ela não sabe.

Eu saí escondida feito um ladrão.

Somente quando cheguei no caminho de pedra depois da cerca que finalmente consegui respirar.

E aqui estou, com o coração pulando, querendo voltar no tempo para uma hora antes e viver lá para sempre. Se eu conseguisse voltar para uma hora atrás, tudo ficaria perfeito novamente.

Uma hora atrás nós tínhamos o mundo em nossas mãos.
Uma hora atrás nós íamos para Paris.
Uma hora atrás nós não éramos uma piada.

SESSENTA E CINCO

Meu pai tem mandado um zilhão de mensagens de texto, mas não estou sabendo lidar. Se eu falar com ele, ele vai saber na hora. Meu pai é como um gênio da lâmpada. Ele sabe tudo. Vai ouvir a minha voz e perguntar: "Docinho, está tudo bem?" E tentarei disfarçar, mas não vou conseguir e aí vou chorar por três horas e ele vai entrar no carro e não vai parar até chegar na porta do meu quarto.

Eu só preciso de uns dias. Aí vou me sentir melhor.

Talvez uma semana.

Ou, quem sabe, cem anos.

Eu vi o Zeb entrando no centro do campus. Ele parou e veio falar comigo. Dava para ver pela expressão em seu rosto que ele sabia de tudo.

— Ela se foi, né?

— É, basicamente.

— E você e o Milo terminaram.

— Se é que a gente estava junto. — Paro. — Espera, quem disse isso para você?

— Milo.

Suspiro.

— Entendi.

— Olha, Willa. Eu queria falar com você. Vou voltar para Los Angeles no semestre que vem. Eu sinto muita falta de lá.

Balanço a cabeça.

— Claro que você vai.

— Eu sinto muita falta, sabe?

Dou de ombros.

— É, tenho certeza.

— Bem, eu queria dizer para você antes que eu fosse...

Ele bota a mão no meu ombro e olha nos meus olhos. É quase gentil e íntimo demais para eu aguentar.

— Você é a melhor pessoa desse lugar, Willa. — Ele balança a cabeça para efeito dramático. — Não esquece disso.

Quero chorar, mas estamos no centro do campus com toda a movimentação de final de ano. Então apenas levanto o rosto e sorrio.

— Tchau, Zeb. Obrigada.

Quando ele vai embora, fico ali pensando como ele ficou daquele jeito, quem o criou e o que devem ter feito. Quem quer que sejam, eu queria poder agradecê-los.

E, então, aqui estou eu, em meu lindo quarto, enterrada sob uma verdadeira montanha de livros. Tentando enxergar como a raposa na neve.

Acho que não me matei afinal. Preciso me dar um zero em suicídio.

Ainda bem.

Essa é a maior ironia, não é? Remy me tirou da beira do abismo. Ela me trouxe de volta à vida, botou a minha cabeça no lugar e meu coração de volta dentro do meu corpo. Ela me reergueu. E essa também é a parte não tão engraçada. Eu não pude fazer nada, nenhuma dessas coisas, para salvá-la. Preciso me dar um zero em resgate de amigos.

Quem sabe ela não queria ser salva. E, quem sabe, alguma parte dela, escondida sob todas as minhas piadas idiotas e sarcásticas e meu fingimento em não me preocupar com nada, quem sabe em algum lugar escondido sob a minha fortaleza de despreocupação, eu estava desesperada para ser salva. Para ser amada. Para ser cuidada. Para ser aceita por todos os meus defeitos, em vez de constantemente não atingir as expectativas do que eu deveria ser.

Remy botou um fim à era do "você deveria".

Foi assim que ela me salvou.

E é por isso que estou aqui agora. Com um zero em suicídio.

Mas isso. Isso aqui. Socorro, essa é a única coisa na qual sou realmente boa. Me afundar nos estudos. Se eu puder me afogar em provas e trabalhos, nada mais importa. Todos os problemas evaporam em uma fumaça superpotente e eu não tenho que me importar com nada nunca mais.

Claro que de vez em quando eles ressurgem.

Se eu parar.

Ou se fizer um intervalo para comer ou, sei lá, ir ao banheiro ou algo do tipo.

Então estou evitando fazer essas coisas.

Comer? Não, obrigada.

Descansar? Não, obrigada.

Uma caminhada ocasional para clarear mente? De jeito nenhum.

Essa é a hora do perigo — quando Remy ou Milo aparecem na minha cabeça e, do nada, fico perdida em um mar de perguntas, dúvidas e frustrações por ter sido burra o suficiente para acreditar naquilo.

Não.

Em vez de fazer isso, eu estudo. Estudo, estudo, estudo. Leio. Escrevo um trabalho. Estudo. Escrevo outro trabalho. Estudo. Me preparo para a prova de cálculo. Leio. Escrevo mais um trabalho.

Estou até fazendo trabalhos extras.

Em todas as aulas.

Toda e qualquer coisa que um aluno de Pembroke pode fazer, eu faço. Visito os professores fora do horário de aula para fazer perguntas auspiciosas e incisivas e escrever trabalhos ainda melhores.

Resumindo, eu sou um robô.

Um robô acadêmico.

Sem coração. Nenhuma parte frágil onde eu possa me machucar.

Meu método me permite um banho de dez minutos todos os dias, mas ele não dura nem isso porque meus pensamentos começam a devanear e eu saio fora, ensopada, corro pelo corredor de toalha e me afundo em alguma leitura obrigatória não tão obrigatória assim.

Em algum momento, mando uma mensagem para o meu pai. Digo "é hora de enfiar a cara nos livros" e "ligo em breve". Mas, sinceramente, não fez nenhuma diferença. Não interrompeu o fluxo de comunicação. Ele tem mandado muitas mensagens mesmo. Talvez esteja solitário...

Decido mandar alguma coisa para ele. Com um cartão bonito. Talvez cupcakes. Me perco no buraco negro da internet para encontrar os melhores cupcakes, e isso toma duas horas, o que é bom, porque são duas horas onde não preciso pensar.

Só tem um problema. Tem um problema no meu plano. Apesar de eu ter virado uma máquina que passou as duas últimas semanas com uma venda nos olhos, concentrada apenas nas conquistas mais importantes e impecáveis, notas e estilo literário... ali... de alguma forma visível através da venda, tem alguém parado na minha porta, alguém está bem ali, me distraindo do meu verdadeiro objetivo e, claro, é a pessoa, a única pessoa que venho tentando ignorar em meus pensamentos, e é claro que essa pessoa é a Remy.

SESSENTA E SEIS

Claro, ela está mais magra. Tem algo quase sombrio na maneira como está vestida. Toda de preto. Talvez cinza-escuro. Todas aquelas combinações festivas, descombinadas, improvisadas já não existem mais. Acho que agora vale o que estiver disponível. Agora é somente o que estiver ali quando ela sai da cama. Agora é qualquer coisa que cubra seus braços.

Eu a vejo, mas não digo nada. Quer dizer, o que eu deveria dizer?

Ela é pura energia e alegria.

— Oi! Posso entrar?

— Claro.

Ela entra e dá uma olhada em volta. Livros, trabalhos por toda parte. O quarto de uma garota possuída.

— Uau, parece que você está realmente numa missão.

Ela não parece tão diferente da noite no Lamplighter. Pegajosa. Roxa. Doente.

— Posso dizer o mesmo sobre você.

— O quê?

Eu balanço a cabeça.

— Nada.

— Olha! Olha o que comprei para a gente!

E é inacreditável.

Remy está parada diante de mim, no alto de seus trinta e cinco quilos, pele cinza, olhos fundos, me mostrando algo na tela do telefone.

— O que é isso?

— Paris! Duas passagens... acabei de comprar. Pensei que a gente podia viajar logo depois da formatura. Tipo, sei lá, durante o verão inteiro.

Sinto como se tivesse acabado de cair em um universo paralelo.

— Remy...

— *E* eu achei um lugar no Marais, igual ao que a gente tinha falado. Você vai amar. Vamos pegar um trem. Ir para a Itália. Talvez Amsterdam.

E, lá está ela, suplicante, com aquela pele nojenta e os olhos fundos. É a mesma Remy que apareceu das árvores naquele primeiro dia. A mesma garota. Mas não é a mesma garota.

Eu sinto saudade daquela garota.

— Remy... para.

— O que foi? Ah, é Amsterdam? A gente não precisa ir para lá, a gente pode...

— A gente não vai para Paris.

— Como assim? Claro que vamos. Eu comprei as passagens.

— Remy. Eu não vou para Paris com você. Ou para lugar algum.

E lá vem aquele olhar. O olhar que toma conta do rosto dela. Como a última esperança. O último trem a sair da estação.

— Por que não?

— Remy, olha para você.

— O que tem?

— Você acha que não é óbvio?

Ela não diz nada durante um século.

E, finalmente:

— Por quê?

— Remy. Não posso ir com você. Na direção que você está indo.

Olho para Remy e me dou conta. Percebo bem ali. É a última vez que vou vê-la. Como se eu olhasse para ela, mas visse alguém que fica cada vez menor, que está desaparecendo, até sobrar apenas uma imagem, e então o traço de uma imagem e, finalmente, nada.

Uma parte de mim quer ficar com raiva dela. Uma parte quer agarrá-la e sacudi-la. Sacudi-la até ela voltar a si.

Mas seria o mesmo que tentar agarrar uma sombra.

Ficamos em silêncio. O sol começa a se pôr e a luz no quarto está um lilás fraco. Traços dourados na parede.

Ela se acalma. Tenta ser gentil.

— Você tem certeza? Você pode mudar de ideia, se quiser. Tipo, a passagem está no seu nome...

Ela não termina a frase.

O ar no quarto está tão pesado quanto uma pedra.

E então:

— V-você disse que nunca ia me abandonar.

É um soco no estômago.

E é verdade.

Mas sinto como se ela tivesse me deixado havia muito tempo.

— Eu queria ficar ao seu lado...

Ficamos as duas paradas.

Eu olho para ela. Lá está ela. A menininha perdida que eu faria de tudo para salvar.

Mas não posso. Eu não posso salvá-la.

— Me desculpa, Remy. Me desculpa de verdade.

Essa parte vem acompanhada de lágrimas. Elas surgem do nada. E eu quero segurá-la e trazê-la de volta, de volta para mim. Só quero que ela volte para mim.

E agora cai a ficha para ela.

Esse é o fim para nós duas.

Ela assente. Um meneio de cabeça rápido e apavorado. Diferente de tudo que já vi.

E ela sai pela porta, desce o corredor, depois as escadas.

E lá se vai ela, pelo gramado em direção ao pôr do sol. Posso vê-la pelas janelas arqueadas, seguindo para um lugar muito longe de mim. Lá se vai ela, e eu sinto ciúmes do mundo por tê-la, ciúmes de todas as noites e dias que a terão. Lá se vai ela, uma pessoa incrível, única, diferente de todo mundo, a melhor e a pior pessoa do mundo. E, ah, que nobre mente assim perdida.

Eu a acompanho até ela virar um pontinho no horizonte e fazer a curva nos arcos. E, em seguida, quase totalmente invisível atrás das pedras.

Lá se vai ela, e sinto como se eu estivesse olhando para um fantasma.

SESSENTA E SETE

Vou para casa no Natal. Porra, graças a Deus. Se você tivesse me perguntado um mês atrás se eu gostaria de voltar para Iowa, eu teria dito: "Está de sacanagem? De jeito nenhum, menor chance."

Mas agora não.

Agora eu me sinto como se estivesse voando para a lua.

Para casa. Para casa com o meu pai, naquela fazendinha, com a árvore na janela, meu pai grelhando um bife, uma batata assada, torta de pecã e todas as outras coisas engordativas.

A cidade começa a aparecer, pelo interior e por toda a Pensilvânia, tudo está ficando branco, um mar branco de neve, que cai, pacientemente. Vou ficar mais ou menos um dia e meio aqui nesse troço, mas não me importo muito, balançando sem parar. Dá uma sensação de calma, me sinto embalada, pronta para dormir.

Eu meio que joguei tudo em uma mochila e corri para a estação de trem. Não tive tempo para muita coisa porque as notas foram entregues hoje de manhã e tivemos que esperar horas pelos nossos boletins. Eram para terem sido entregues às dez horas, mas saíram às onze, então tudo ficou insano.

Parece que todo o meu tempo estudando foi recompensado e não vou ser condenada a passar a vida nas ruas. Aliás, parece que minha média foi dez, se você me permite tirar onda. Isso significa que a minha bolsa está garantida.

Fecha a conta e passa a régua, graças a Deus.

Lembra quando eu falei que o meu pai não parava de mandar mensagem feito um psicopata obcecado?

Docinho, ME LIGA!! CADÊ VC?! ALOOOO, TERRA CHAMANDO Docinho?! RESPONDA, Docinho?!?!?!

Bem, por algum motivo ele não desistiu, então peguei o telefone e liguei para me certificar de que não tinha enlouquecido de vez.

Então, meu querido amigo, liguei para ele e, eis o que aconteceu, palavra por palavra:

Trim. Trim.

— Alô?

Meu pai sempre atende o telefone de forma muito cautelosa. Talvez ele ache que seja alguém cobrando uma dívida.

— Oi, pai, sou eu.

— Willa?

— Hum... você tem outra filha?

— Eu tive uma filha um dia. A gente se falava todos os dias.

— Foi mal, pai.

— Bem, por onde você andava? Eu estou tentando falar com você...

— Pai, eu tinha uma quantidade absurda de coisas para estudar e, desculpa, mas foi meio caótico. Desculpa se eu não consegui ligar. Até agora. Mas eu liguei, está vendo. Sou eu. No telefone. Ligando.

— Bem, espero que não tenha sido muito exaustivo.

— Tudo bem, pai. Eu consegui. A minha média final ficou dez.

— Ah, docinho, que incrível!

— Obrigada, pai. Conta para minha mãe, sei lá.

— Bem, eu vou contar, querida. Mas não era por isso que eu mandei mensagem.

— Então por que você mandou mensagem, pai?

— Muito bem, então. Vou ser rápido.

— Ok...

— Chegou um envelope para você.

— Hum, ok.

— Está escrito que é da Universidade da Califórnia em Berkeley.

— Ah. Ai... meu Deus.

— *Berkeley*, querida?

— Pai, descreve o envelope.

— Hein?

— *Descreve o envelope!* Por favor.

— Bem, é só um envelope normal.

— Ai, porra.

— Willa Parker!

— Foi mal, pai. Eu não queria dizer isso. É só que...

— Bem, você quer que eu abra?

— Não. Não muito. Só vai servir para eu ficar mais deprimida.

— Ok.

— Valeu mesmo assim, pai. Eu vejo você em alguns dias.

— Está bem, quer saber? Vou abrir o envelope.

— Pai!

Pais nunca fazem o que a gente manda. É como se eles tivessem chegado primeiro ou sei lá o quê.

Agora estou aqui no telefone sem fazer nada. Meu Deus, eu odeio falar no telefone. Por que as pessoas não simplesmente mandam mensagens? Por que todo mundo tem que falar com tudo de qualquer jeito?

— Willa?

— Sim?

— Willa?

— Siiiim?

— Willa.

— Pai!

— Está bem, está bem. Aqui vai... "Prezada Willa Parker, em nome do departamento de admissão, é um prazer informá-la de que gostaríamos de oferecê-la uma vaga na Universidade da Califórnia – Berkeley."

— Ai, meu Deus. Ai, meu Deus.

— Willa! E a sua mãe? E Princeton?

— Sabe de uma coisa, pai? — Paro para pensar. — Foda-se Princeton.

Se é possível ouvir alguém sorrir do outro lado da linha, eu acabei de passar por isso.

— Sabe de uma coisa, querida? Você tem razão. Foda-se Princeton.

— Ai, meu Deus.

— Você vai estudar na Berkeley, querida! Vai ser uma radical!

E, em seguida, não vou mentir para você, as lágrimas começam a se formar nos meus olhos e também estou meio que sem ar, e tudo o que aconteceu no último ano, de bom ou ruim, passa pela minha cabeça de uma só vez e mal consigo respirar.

— Willa, querida, qual é o problema? Por que você está chorando? Essa era a sua última opção?

— Não!

Eu mal consigo falar, pensando em como tudo aquilo é estranho, como a vida é injusta, estranha e tumultuosa por eu conseguir isso, que eu mereço *isso* e a Remy merece... o quê? Nada faz sentido, nada nunca é justo e não tente entender porque você jamais conseguirá.

— Bem, tenho orgulho de você, Willa. Tenho muito orgulho de você.

— Obrigada, pai. É melhor você contar para a minha mãe. Ela não sabe. Eu não falei que eu ia me inscrever nem nada. Você sabe... porque ela proibiria ou tentaria mexer uns pauzinhos e aí eu nunca ia saber de verdade, sabe? Se eu tinha conseguido ou se ela seria a responsável por isso.

— Ah, isso é tão nobre. Você é tipo um leãozinho nobre.

— Ai, pai.

— Estou orgulhoso demais de você.

Ouvir aquilo me fez flutuar nas nuvens.

Eu amo meu pai e agora, de repente, aqui no trem, eu amo esse ano idiota e todas as coisas horríveis que aconteceram, e amo a neve que cai à minha volta e o trem que gira sem parar sobre os trilhos.

Um pouco antes de desligar, ele diz:

— Eu te amo muito, pequena Willa.

Ele sempre diz isso. Ele já disse um milhão de vezes. Todas as noites antes de eu ir dormir e muitas outras. Mas, por algum motivo, dessa vez aquilo me atinge bem no meio da minha alma. E mal posso esperar para vê-lo. E mal posso esperar para que ele sinta orgulho de mim.

E eu sei que ele vai.

Está escurecendo e as estrelas estão prestes a surgir, uma por uma. A lua crescente está a meio céu. Aqui estou eu, olhando para todo esse espaço infinito, questionando a existência de tudo. Às vezes tudo parece mesmo um sonho. Tipo, talvez eu esteja sonhando isso e você também. Talvez seja tudo de mentira. Um avião de papel.

A neve cai aos montes, cada vez mais impaciente. Crescente. Focada.

Penso na Remy e no Milo, e tudo bem. Eles são quem são.

E eu os deixo ser.

E os perdoo. Eu os perdoo com cada elétron de cada célula do meu corpo. Eu os perdoo. Mas sabe o que é engraçado? Eu sei que não importa o que aconteça... eles nunca vão perdoar a si mesmos. Por nada. Por tudo. Tudo que pode ser difícil... eles dificultam. E tudo que pode ser fácil... eles dificultam.

Agora acho meio absurdo, olhando para o céu tomado pela neve, todo o caminho já trilhado, de volta para aquele lugar, aquela época, aquelas luzes da cidade.

Todo aquele tempo, todo aquele sentimento de que eu estava em um romance de Fitzgerald, desejando ser como eles, tentando ser como eles, irritada comigo mesma por não ser como eles. Torcendo para que de alguma forma eu me tornasse um deles, sem pensar jamais, nem uma vez, que talvez, quem sabe, eu poderia me tornar algo *melhor*.

Talvez eu possa me tornar algo que não tenha a ver com casas de doze milhões de dólares e férias em Amasandwich e pessoas com sobrenomes tipo Hobber, Peabody e Tate.

Talvez, quem sabe, não seja tão ruim ser eu mesma.

A neve cai forte agora. Turbulenta. Nada ao alcance dos olhos que não sejam pinheiros de todos os formatos. Sem parar pelo interior da Pensilvânia, *tchú, tchú, tchú*. Quando o trem chega a Ohio me dou conta de que nunca mais voltarei.

AGRADECIMENTO

Sou extremamente grata às pessoas abaixo por terem me ajudado durante o percurso e, especialmente, na produção deste livro. Minha editora, Kristen Pettit, claro. Katie Shea Boutillier. Fred Ramey. Dan Smetanka. Rosemary Stimola. Elizabeth Lynch e todo o pessoal da Harper. Eu gostaria de agradecer à minha mãe, assim como à toda minha família, pelo incrível apoio e pelo amor em todas as etapas da minha vida. Gostaria de agradecer ao meu melhor amigo, Brad, por ter me ajudado todos esses anos. Do fundo do meu coração, quero agradecer ao meu marido, que me apoia entusiasmadamente e compreende cada etapa do processo, e de mim. Costumo ser uma pessoa ligeiramente estranha quando convivo com pessoas e meu marido não só entende isso como acolhe meu comportamento bizarro em geral. E, por último, mas não menos, meu bebezinho Wyatt, que já está quase um menino, tão animado, curioso, hilariante e doce, o que faz cada dia ser uma nova aventura, não somente pelo mundo, mas dentro do meu coração. Como o coração é infinito! Para você, Wyatt, meu pequeno príncipe.

Publisher
Omar de Souza

Editora
Giuliana Alonso

Coordenação de Produção
Thalita Aragão Ramalho

Produção editorial
Jaciara Lima

Copidesque
Rafael Surgek

Revisão
Marcela de Oliveira Ramos
Thamiris Leiroza

Diagramação
Ilustrarte Design e Produção Editorial

Capa
Igor Campos

Este livro foi impresso no Rio de Janeiro,
em 2016, pela Edigráfica, para a Editora HarperCollins Brasil.
A fonte usada no miolo é Iowan, corpo 11/15,7.
O papel do miolo é Chambril Avena 80g/m²,
e o da capa é cartão 250g/m².

em seu encalço e todo mundo surtando. Mas na vida real ninguém surtaria. Provavelmente continuariam olhando para seus telefones. Tuitando sobre "um arrastão sinistro na estação".

Em breve, roteiristas de filme terão dificuldades com isso.

Afinal, como levar a sério uma cena de perseguição se ninguém para de atualizar o status? Ou de gravar no telefone? Ou de tuitar? Sinceramente, acho que temos mais ou menos vinte anos para o fim da nossa espécie. Vinte anos até os oceanos subirem o suficiente para matar todo mundo e a gente vai estar parado gravando enquanto somos levados pela água.

Você vai ver. Pela tela do seu iPhone.

Então, o cara vai me encontrar em um lugar chamado *Pizzaria do Salgadinho. Très romantique.*

Ele meio que parece uma mistura de Steve Buscemi com Brad Pitt. Eu sei, estranho. Mas estou tentando dizer que... ele tem olhos de inseto e parece supercansado, mas também tem o cabelo louro e olhos azuis superclaros. Então, de certa forma, ele é feio e fofo ao mesmo tempo.

E está tentando fingir que se preocupa com o meu bem-estar.

— Olha, o seu trem sai em duas horas, então não deixe de chegar na plataforma às três e quinze.

E é verdade. O meu trem realmente parte em duas horas. Mas se esse cara se preocupasse mesmo com o meu bem-estar, certamente não teria me convidado para ir no Salgadinho. Ele teria me convidado para ficar no trem e me dado uma revista de presente. Talvez um pirulito.

— Você vai amar essa pizza! Já comeu a pizza de Chicago?

Ele está muito animado.

— Não, desculpa.

Não sei por que senti a necessidade de pedir desculpas por nunca ter comido esse negócio que todo mundo que comeu tira onda. É que nem o povo de Seattle quando fala de café. Parece que inventaram o troço. Como se fosse o ápice da evolução humana. Já chega, Seattle. É só uma bebida. Dá um tempo.

Também não sei por que estou aqui, exceto pela combinação já mencionada de tédio e curiosidade que foram a minha derrota em outras ocasiões e ao enorme "caguei" que tenho dado pra vida.

E mais, o fato de que em breve não estarei viva me dá argumento.

Melhor aproveitar! Pizza de massa grossa para todo mundo!

Embora subitamente eu me dê conta de que esse cara pode ser perigoso. Talvez não tenha sido uma ideia espontânea tão boa. Talvez ele seja procurado por assassinato, assassinato em série, e é assim que acha as vítimas. O bote: pizzaria do Salgadinho.

Começo a fazer a receosa.

— Sabe, é melhor eu voltar. Não quero perder o trem.

— Ainda faltam duas horas... — argumenta ele.

— É, mas eu costumo me distrair. Confia em mim. Já dei de cara em alguns postes.

— É mesmo?

Ele se aproxima de mim e cochicha:

— Então... você fuma maconha?

Ih, começou. É assim que acontece na TV, né? Eles oferecem drogas ou álcool. Tentam deixar a garota meio desorientada para que ela faça uma má escolha. Meu pai me avisou sobre esse truque. Porra, graças a Deus.

— É, não. Sou católica.

Como se fosse algum impedimento. Sim, senhor, eu sou a única católica que pensou em não pecar porque o Papa disse que não podíamos! Somos todos tão sóbrios quanto um bebê!

— Ah.

— E, também, eu tenho dezesseis anos.

Ele arregalou os olhos. E, em seguida, abriu uma expressão de coitado.

— Dezesseis? Tem certeza de que não tem... *dezoito*?

Tipo. Eca.

— Olha, é melhor eu ir.

— Ah, vai... Você nem experimentou!